P9-DVB-595

MÁS ALLÁ
DE MI REINO

Yaa Gyasi

MÁS ALLÁ DE MI REINO

Traducción del inglés de
Eduardo Hojman

narrativa
salamandra

Penguin
Random House
Grupo Editorial

Título original: *Transcendent Kingdom*
Primera edición: mayo de 2021

© 2020, YNG Books, Inc.
All rights reserved
© 2021, Penguin Random House Grupo Editorial, S. A. U.
Travessera de Gràcia, 47-49. 08021 Barcelona
© 2021, Eduardo Hojman, por la traducción

Printed in Spain – Impreso en España

ISBN: 978-84-18363-26-9
Depósito legal: B-4.765-2021

Impreso en Liberdúplex, S.L.
Sant Llorenç d'Hortons, Barcelona

SM63269

33614082403147

Para Tina

El mundo está cargado de la grandeza de Dios.
Flamea de pronto, como relumbre de oropel sacudido.

GERARD MANLEY HOPKINS,
«La grandeza de Dios»

Nada llega al universo
y nada lo abandona.

SHARON OLDS,
«Los límites»

1

Cada vez que pienso en mi madre, imagino una gran cama de matrimonio y a ella tendida encima, mientras una perfecta quietud va llenando la habitación. Durante meses, mi madre colonizó esa cama como un virus, la primera vez cuando yo era una niña, y más tarde, cuando ya había acabado la carrera. La primera vez me mandó a Ghana para que esperara allí a que se recuperase; allí estaba el día en que iba caminando con mi tía por el mercado de Kejetia, ella me agarró del brazo y señaló a alguien.

—Mira, un loco —me dijo en twi—. ¿Lo ves? Un loco.

Casi me muero de vergüenza. Mi tía hablaba a voces y aquel hombre, que era alto y tenía las rastas llenas de porquería reseca, estaba lo bastante cerca como para poder oírnos.

—Sí, lo veo. Lo veo —susurré.

El hombre pasó junto a nosotras, balbuceando para sus adentros y gesticulando entre grandes ademanes que sólo él entendía. Mi tía asintió con la cabeza, satisfecha, y continuamos nuestro camino: dejamos atrás a la muchedumbre que se congregaba en el agorafóbico mercado y llegamos al tenderete donde pasaríamos el resto de la mañana tratando de vender bolsos de imitación. En los tres meses que estuve allí, sólo vendimos cuatro. Ni siquiera tengo del todo claro por qué mi tía quiso que me fijara en aquel hombre. Tal vez creía que en Estados Unidos no había locos, que hasta ese momento yo no había visto ninguno. O tal vez estaba pensando en mi madre, en la verdadera razón por la que yo pasaría aquel verano en Ghana, sudando en un tenderete junto a una tía a la que apenas conocía mientras mi madre se curaba en nuestra casa de Alabama. Yo tenía once años y no me parecía que mi madre estuviera enferma; al menos, no de la manera a la que yo estaba acostumbrada. No comprendía de qué tenía que curarse mi madre. No lo comprendía, pero acabé comprendiéndolo. Y la vergüenza que me dio presenciar el agresivo gesto de mi tía tenía tanto que ver con esa comprensión como con el hombre que había pasado junto a nosotras. Mi tía estaba diciendo: «Así. Así es como se ven los locos», pero en cambio lo que yo oí fue el nombre de mi madre; lo que vi fue la cara de mi madre, inmóvil como el agua de un lago, con la mano del pastor descansando sobre su frente mientras el suave ronroneo de sus rezos reverberaba en la habitación. No sé muy bien qué aspecto tienen los locos, pero incluso hoy, cada vez que oigo esa palabra, me imagino una pantalla dividida en dos, el hombre de rastas de Kejetia está en uno de los lados y mi madre tendida en la cama en el otro. Me digo que nadie reaccionó al ver al hombre del mercado, nadie pareció asustarse ni sentir asco, nada, excepto mi tía, que quería que yo me fijara en él. Me pareció que el hombre estaba en paz, pese a sus furiosas gesticulaciones, pese a sus balbuceos.

Sin embargo, tendida inmóvil en la cama, mi madre se consumía por dentro.

2

La segunda vez que ocurrió, me llamaron por teléfono al laboratorio de Stanford donde trabajaba. Había tenido que separar a dos de los ratones porque estaban matándose entre sí en la caja de zapatos donde los habíamos metido. Encontré un pedazo de carne en una esquina de la caja, pero al principio no pude distinguir a cuál de los ratones pertenecía; los dos estaban ensangrentados y enloquecidos y cuando intentaba cogerlos salían corriendo, a pesar de que no tenían adónde ir.

—Oye, Gifty, hace casi un mes que no aparece por la iglesia. He intentado llamarla a casa varias veces, pero no coge el teléfono. De vez en cuando me paso por allí para asegurarme de que tenga comida y de todo, pero creo que... ha vuelto a las andadas.

No dije nada. Los ratones ya estaban bastante más tranquilos, pero yo seguía impactada por el espectáculo que acababa de presenciar y preocupada por mi investigación. Preocupada por todo.

—¿Gifty? —dijo el pastor John.

—Debería venirse a vivir conmigo.

No sé cómo se las arregló el pastor para meter a mi madre en el avión. Cuando la recogí en el aeropuerto de San Francisco parecía del todo ausente, con el cuerpo laxo. Imaginé al pastor John doblándola como si se tratara de uno de esos trajes de faena de una sola pieza, cruzándole los brazos por encima del pecho, subiéndole las piernas hasta la altura de los brazos y luego guardándola cuidadosamente dentro de una maleta a la que añadiría la pegatina de FRÁGIL antes de entregársela a la auxiliar de vuelo.

Le di un abrazo forzado y al tocarla ella se estremeció. Inspiré hondo.

—¿Has facturado alguna maleta? —le pregunté.

—*Daabi* —respondió.

—Vale, no hay maletas. Muy bien, entonces podemos ir directamente al coche.

El tono alentador y dulce de mi voz me irritó tanto que me mordí la lengua para no decir nada más. Noté el sabor de la sangre y tragué saliva.

Mi madre me siguió hasta el coche. En mejores circunstancias se habría burlado de mi Prius, una rareza para alguien como ella, que había vivido años en Alabama rodeada de camionetas y todoterrenos. «Gifty, mi defensora de causas perdidas», me decía a veces. No sé de dónde había sacado esa expresión, pero imaginaba que tanto el pastor John como los diversos telepredicadores a los que ella tenía de fondo mientras andaba enredada en la cocina la utilizaban con sentido peyorativo para referirse a aquellas personas que, como yo, habían abandonado Alabama para vivir entre los pecadores del mundo, presumiblemente porque el exceso de sentimentalismo nos volvía demasiado débiles para resistir entre los fuertes, los elegidos de Cristo en el Cinturón de la Biblia, la extensa región de Estados Unidos donde había

14

arraigado el cristianismo evangélico. A ella le encantaba Billy Graham, quien decía cosas como «un verdadero cristiano es aquel que puede darle su loro al cotilla del pueblo». Qué cruel, pensaba yo cuando era una niña, regalar a tu loro. Lo gracioso de las expresiones que usaba mi madre es que siempre las decía un poco mal. Yo era «su» defensora de causas perdidas, no «una» defensora de causas perdidas. Es una «verídica» vergüenza, en lugar de es una «verdadera» vergüenza. Hablaba con una mezcla de acento sureño y ghanés. Me recordaba a mi amiga Anne, que tenía el pelo castaño, pero algunos días, cuando le daba el sol directo, parecía pelirroja.

Una vez en el coche, mi madre se puso a mirar por la ventanilla y no dijo ni pío. Traté de imaginarme el paisaje como debía de verlo ella. Cuando llegué a California, todo me había parecido muy bonito. Incluso la hierba amarillenta, abrasada por el sol y por aquella sequía aparentemente eterna, me había hecho sentir en otro mundo. «Esto debe de ser Marte», pensé, porque ¿cómo era posible que también fuera Estados Unidos? Recordé los aburridos pastos verdes de mi niñez, las pequeñas colinas que llamábamos montañas. La inmensidad de ese paisaje del oeste me abrumaba. Había venido a California porque quería perderme, encontrar. En la universidad había leído *Walden*, porque un chico que me gustaba había dicho que el libro le gustaba. No entendí nada, pero lo subrayé todo, incluido este párrafo: «No es hasta que nos perdemos, en otras palabras, hasta que hemos perdido el mundo, cuando empezamos a hallarnos a nosotros mismos y nos damos cuenta de dónde estamos y del alcance infinito de nuestras relaciones.»

No habría sabido decir si mi madre también se sentía conmovida por el paisaje. Avanzábamos entre el tráfico dando bandazos y en un momento dado intercambié una mirada con el conductor del coche contiguo. Él apartó los ojos rápidamente, luego me miró otra vez y volvió a desviarlos. Yo quería incomodarlo, o al menos pasarle a él mi propia incomodidad, así que seguí mirándolo fijamente. Por la manera en que se aferraba al volante, me di cuenta de que se esforzaba en no volver a mirar en mi dirección. Tenía los nudillos pálidos, venosos, bordeados de rojo. Al fin se dio por vencido, me lanzó una mirada de exasperación y articuló un «¿Qué?» con los labios. Siempre he pensado que no hay como un atasco en mitad de un puente para llevar a la gente al límite; dentro de cada coche, el conductor atisba el punto de ruptura, mira hacia el agua y se pregunta: «¿Qué pasaría si...?», «¿Podría haber otra salida?». Echamos a andar de nuevo. Entre la avalancha de coches, el hombre parecía estar al alcance de la mano. ¿Qué haría él si pudiera tocarme? Si no tuviera que contener toda la rabia en el interior del Honda Accord, ¿hacia dónde la dirigiría?

—¿Tienes hambre? —le pregunté a mi madre cuando al fin aparté la mirada.

Ella se encogió de hombros, sin dejar de contemplar el paisaje por la ventanilla. La última vez que había tenido un episodio similar mi madre había perdido más de treinta kilos en dos meses. Cuando regresé del verano en Ghana, apenas reconocí a esa mujer a quien le desagradaban profundamente las personas flacas, como si la pereza o la debilidad de carácter les impidiera apreciar el placer de una buena comida. Luego se sumó a sus filas: se le hundieron las mejillas, se le desinfló el estómago. Y ella se vació, desapareció.

Estaba decidida a que algo así no volviera a suceder. Había comprado por internet un libro de cocina ghanesa para compensar todos los años que pasé evitando la cocina de mi madre y había practicado con algunas de las recetas en los días previos a su llegada, con la esperanza de perfeccionarlas.

Incluso había comprado una freidora, aunque en mi presupuesto de estudiante de posgrado había poco lugar para extravagancias como los *bofrot* o el plátano macho. La comida favorita de mi madre era frita. Mi abuela materna preparaba frituras en un carro a un costado de la carretera en Kumasi; era una fante de Abandze, un pueblo costero, y tenía fama de despreciar a los asante, a tal punto que se negaba a hablar en twi, pese a que ya llevaba veinte años viviendo en la capital asante. Si le comprabas comida, tenías que escucharla en su idioma.

—Ya hemos llegado. —Corrí a ayudar a mi madre a salir del coche.

Ella entró en el apartamento unos pasos por delante de mí, aun cuando jamás había estado allí. Sólo había venido a visitarme a California un par de veces.

—Siento el desorden —dije, aunque no había ningún desorden.

Al menos, no un desorden que mis ojos pudieran detectar, pero mis ojos no eran los de mi madre. Durante años, cada vez que me visitaba pasaba un dedo por cosas que jamás se me había ocurrido limpiar, como la parte de atrás de las persianas, las bisagras de las puertas, y luego extendía el dedo lleno de polvo y ennegrecido con aire reprobatorio, y en respuesta yo me encogía de hombros.

—La limpieza hace una gran virtud —acostumbraba a decir ella.

17

—La limpieza *es* una gran virtud —la corregía yo, y ella me miraba con el ceño fruncido. ¿Cuál era la diferencia?

Le mostré el dormitorio y, en silencio, se metió en la cama y se quedó dormida.

3

En cuanto oí sus suaves ronquidos, salí del apartamento y fui a ver a los ratones. A pesar de que los había separado, el que tenía las heridas más graves se quedó acurrucado y dolorido en una esquina de la caja. Mientras lo observaba, me dije que seguramente no viviría mucho y aquello me causó tal angustia que cuando Han, mi compañero de laboratorio, me encontró veinte minutos más tarde desconsolada en un rincón de la sala, pensé que no podía confesarle que lloraba porque había pensado que uno de los ratones iba a morirse.

—He tenido una mala cita —le dije a Han.

Una expresión de horror le cruzó la cara al tiempo que se esforzaba por pronunciar unas pocas y lastimosas palabras de consuelo. Imaginé lo que estaría pensando: «Decidí dedicarme a las ciencias puras para no tener que aguantar a mujeres emotivas.» El llanto se transformó en una carcajada fuerte y sardónica; él me dedicó una mirada horrorizada aún más intensa que la anterior y las orejas se le pusieron rojas como tomates. Dejé de reírme, salí corriendo del laboratorio, entré en el baño y me miré en el espejo: tenía los ojos hinchados y rojos, y la piel de alrededor de los orificios nasales, seca y escamosa por culpa de los pañuelos de papel.

—Contrólate —le ordené a la mujer del espejo, pero enseguida me vi como un tópico, como si estuviera recreando la escena de alguna película, de modo que empecé a sentir que no podía controlarme porque no había un yo al que controlar o, más bien, tenía un millón de yoes, demasiados para reunirlos en uno solo.

Uno estaba en el baño, representando un papel; otro en el laboratorio, contemplando el ratón herido, un animal por el que no sentía absolutamente nada, pero cuyo dolor me había mermado en cierta forma. O me había multiplicado. Otro de mis yoes seguía pensando en mi madre.

La pelea de los ratones me había afectado tanto que empecé a controlarlos más a menudo para que no volviera a ocurrir. El día de la llegada de mi madre, cuando entré en el laboratorio, Han ya estaba allí, operando a sus ratones. Como siempre que Han llegaba al laboratorio antes que yo, el termostato estaba bajo. Me estremecí y él levantó la mirada.

—Hola —dijo.

—Hola.

Aunque ya llevábamos meses compartiendo ese espacio, apenas cruzábamos más palabras que ésas, salvo el día que me había encontrado llorando. Ahora Han me sonreía más a menudo, pero sus orejas seguían encendiéndose cada vez que yo intentaba que la conversación fuera más allá de ese saludo.

Examiné mis ratones y mis experimentos. No se habían peleado, no había sorpresas.

Regresé a mi piso. Mi madre continuaba en el dormitorio, tapada con un montón de mantas. Sus labios dejaban escapar una especie de ronroneo. Yo llevaba tanto tiempo viviendo sola que incluso ese sonido tan suave, apenas un zumbido, me ponía de los nervios. Había olvidado lo que significaba vivir con mi madre, cuidar de ella. Durante mucho tiempo —durante la mayor parte de mi vida, de hecho— habíamos vivido las dos solas, pero el nuestro era un emparejamiento antinatural. Ella lo sabía y yo lo sabía, y ambas tratábamos de pasar por alto lo que sabíamos: que habíamos sido cuatro, después tres, dos. Cuando mi madre se marche, sea o no por su propia mano, sólo quedará una.

4

Querido Dios:

Me pregunto dónde estás. Quiero decir, sé que estás aquí, conmigo, pero ¿dónde estás exactamente? ¿En el espacio?

Querido Dios:

La Mamba Negra hace muchísimo ruido la mayor parte del tiempo, pero cuando está enfadada se mueve muy pero que muy despacio y en silencio y de pronto la tienes delante. Buzz dice que es porque es una guerrera africana y por eso es tan sigilosa.

Buzz es muy gracioso cuando la imita. Se mueve a hurtadillas y entonces, de repente, ensancha mucho el cuerpo, recoge algo del suelo y dice: «¿Esto qué es?» Ya ha dejado de imitar al Hombre Chin Chin.

Querido Dios:

Si estás en el espacio, ¿cómo puedes verme y qué aspecto tengo para ti? ¿Y qué aspecto tienes tú, si es que tienes alguno? Buzz dice que él jamás querría ser astronauta y a mí me parece que yo tampoco quiero, pero iría al espacio si tú estuvieras allí.

5

Cuando éramos cuatro, yo era demasiado pequeña para apreciarlo. Mi madre solía contar historias de mi padre: medía casi un metro noventa y cinco y era el hombre más alto que ella había visto; de hecho, creía que era el hombre más alto de todo Kumasi. Él pasaba a menudo por el puesto de comidas de mi abuela, se burlaba de su empecinamiento en hablar fante y terminaba convenciéndola de que le regalara una bolsa de *achomo*, que él, como los nigerianos de la ciudad, llamaba «*chin chin*». Mi madre tenía treinta años cuando se conocieron y treinta y uno cuando se casaron. Ya era una solterona para los criterios ghaneses, pero decía que Dios le había ordenado que esperara y, cuando conoció a mi padre, supo qué era lo que había estado esperando.

Ella lo llamaba el Hombre Chin Chin, igual que su madre. Y cuando yo era muy pequeña y quería oír historias sobre él, me daba golpecitos en el mentón, que en inglés es *chin*, hasta que mi madre me hacía caso. «Cuéntame cosas de Chin Chin», le decía. Casi nunca pensaba en él como mi padre.

El Hombre Chin Chin era seis años mayor que ella. Como su madre lo mimaba mucho, no tenía prisa por casarse. Se había criado como católico, pero en cuanto mi madre lo conquistó, lo llevó a rastras a la iglesia pentecostal que ella frecuentaba, la misma iglesia donde se casaron con un calor sofocante y tantos invitados que dejaron de contarlos cuando llegaron a los doscientos. Rezaban para que Dios les diera un hijo, pero mes tras mes, año tras año, éste no llegaba. Fue la primera vez que mi madre dudó de Dios. «¿Después que he envejecido tendré deleite, siendo también mi señor ya viejo?»

—Puedes tener un hijo con otra —propuso ella, tomando la iniciativa ante el silencio de Dios, pero el Hombre Chin Chin se rió y no le hizo caso.

Mi madre pasó tres días ayunando y rezando en la salita de la casa de mi abuela. Debía de estar espantosa como una bruja, y apestar como un perro callejero, pero cuando abandonó la sala de oración, le dijo a mi padre «Ahora», y él fue hacia ella y se acostaron. Exactamente nueve meses más tarde, nació mi hermano Nana, el Isaac de mi madre.

Mi madre acostumbraba a decir: «Deberías haber visto cómo sonreía el Hombre Chin Chin a Nana.» Le sonreía con toda la cara. Los ojos le brillaban, los labios se estiraban tanto que casi le tocaban las orejas, las orejas se levantaban. Nana le respondía dibujando también una gran sonrisa. El corazón de mi padre era una bombilla que había ido apagándose con la edad. Nana era pura luz.

A los siete meses, Nana ya caminaba. Por eso supieron que sería alto. Era el niño mimado de toda la urbanización, y los vecinos acostumbraban a reclamarlo para sus fiestas. «¿Traeréis a Nana?», decían, deseando llenar sus apartamentos con su sonrisa y su baile de criatura patizamba.

Los vendedores ambulantes siempre le regalaban algo: una bolsa de *koko*, una mazorca de maíz, un tambor diminuto. «¿Hay algo que no le darían?», se preguntaba mi madre. ¿Por qué no le daban el mundo entero? Ella sabía que el Hombre Chin Chin estaría de acuerdo. Nana, amado y cariñoso, se merecía lo mejor. Pero ¿qué era lo mejor que podía ofrecerle el mundo? Para el Hombre Chin Chin, era el *achomo* de mi abuela, el bullicio de Kejetia, la arcilla roja, el *fufu* de la madre de él, amasado de cierta forma. Era la ciudad de Kumasi, Ghana. Mi madre no estaba tan convencida. Tenía una prima en Estados Unidos que mandaba dinero y ropa a la familia regularmente, lo que a buen seguro significaba que al otro lado del Atlántico había dinero y ropa en abundancia. Después del nacimiento de Nana, Ghana había empezado a parecerle un país demasiado abarrotado de gente, y quería que su hijo dispusiera de espacio para crecer.

Se enzarzaban en discusiones infinitas, pero el Hombre Chin Chin era un tipo tranquilo que evitaba los conflictos, así que dejó hacer a mi madre, y en menos de una semana ella presentó una solicitud para la lotería del permiso de residencia y trabajo en Estados Unidos. En esa época no había allí muchos inmigrantes ghaneses, lo que equivale a decir que podías participar en la lotería y ganar. Pocos meses más tarde, mi madre se enteró de que había sido seleccionada al azar para obtener la residencia permanente en Estados Unidos. Guardó en una maleta sus escasas pertenencias, abrigó bien a Nana y se mudó a Alabama, un estado del que jamás había oído hablar, pero donde planeaba alojarse en casa de su prima, que estaba terminando su doctorado. El Hombre Chin Chin la seguiría más tarde, después de que hubieran reunido el dinero suficiente para un segundo billete de avión y una casa propia.

6

Mi madre dormía todo el día y toda la noche, todos los días, todas las noches. ·Era incorregible. Siempre que podía, yo intentaba convencerla de que comiera algo. Le había tomado el gusto a preparar *koko*, mi comida favorita de cuando era niña: suponía ir a tres tiendas distintas para encontrar el mijo de la clase adecuada, las farfollas de maíz de la clase adecuada, los cacahuetes adecuados para espolvorearlos por encima. Tenía la esperanza de que las gachas desaparecieran sin más. Por la mañana, antes de irme a trabajar, le dejaba un cuenco lleno al lado de la cama y al volver encontraba las gachas cubiertas por una película, y tan endurecidas que tenía que frotar mucho antes de tirarlas por el fregadero.

Mi madre siempre estaba tendida dándome la espalda, como si tuviera un sensor interno que le indicaba cuándo entraría en la habitación para dejarle el *koko*. Yo imaginaba el montaje de una película sobre nuestra rutina, con los días desglosados en la parte inferior de la pantalla, mis cambios de ropa, nuestros actos siempre idénticos.

Después de unos cinco días de esta situación, entré en el cuarto y encontré a mi madre despierta y mirándome.

—Gifty —me dijo mientras yo depositaba el cuenco de *koko* en la mesita—. ¿Sigues rezando?

Habría sido más amable mentir, pero yo ya había dejado de ser amable. Recordaba vagamente haber sido un poco amable en la infancia, pero tal vez estaba confundiendo inocencia con amabilidad. La persona que yo había sido de niña y la que era ahora tenían tan poco en común, que no creía que tuviera sentido siquiera proponerme mostrar a mi madre algo semejante a la compasión. ¿Era compasiva yo de niña?

—No —respondí.

Cuando era una niña rezaba. Estudiaba la Biblia y llevaba un diario con anotaciones dirigidas a Dios. Llevaba el diario de forma paranoica, a tal punto que había asignado nombres en clave a todas las personas de mi vida que quería que Dios castigase.

Al leer ese diario queda claro que profesaba un cristianismo del tipo que predica el célebre sermón calvinista «Pecadores en las manos de un Dios airado» y que también creía en la capacidad redentora del castigo. «Porque se dice que cuando ese tiempo esperado, o momento señalado llegue, sus pies resbalarán. Luego se dejarán caer, de la manera en que están inclinados a ello por su propio peso.»

El nombre en clave que le había asignado a mi madre era la Mamba Negra, porque acabábamos de estudiar las serpientes en la escuela. En la película que nos mostró la maestra aquel día aparecía una serpiente de más de dos metros de largo que parecía una mujer delgada en un vestido de cuero muy ceñido, deslizándose por el Sáhara en busca de una ardilla de matorral.

El día que estudiamos las serpientes, escribí en mi diario:

Querido Dios:
La Mamba Negra me está tratando muy mal últimamente. Ayer me dijo que si no limpiaba mi habitación, nadie querría casarse conmigo.

Mi hermano Nana tenía el nombre en clave de Buzz. En este preciso momento no recuerdo por qué motivo. En las entradas de los primeros años, Buzz era mi héroe:

Querido Dios:
Hoy Buzz ha corrido detrás del camión de los helados. Ha comprado un polo Firecracker de tres sabores para él y también una piruleta de los Picapiedra para mí.

O:

Querido Dios:
Hoy, en el recreo, ningún niño ha querido ser mi pareja en la carrera de tres piernas porque decían que yo era demasiado pequeña. ¡Pero entonces ha venido Buzz y ha dicho que él lo sería! ¿Y sabes qué? Hemos ganado y me han dado un premio.

En ocasiones me hacía enfadar, pero en aquella época sus ofensas eran inocuas, triviales.

Querido Dios:
¡Buzz no deja de entrar en mi cuarto sin llamar a la puerta! ¡No lo soporto!

Pero después de unos años mis ruegos a Dios pasaron a ser completamente distintos.

Querido Dios:

Anoche cuando Buzz llegó a casa empezó a gritar a LMN, y la oí llorar, así que bajé para ver qué pasaba aunque se suponía que debía quedarme en la cama. (Lo siento.) Ella le dijo que hablara más bajo para no despertarme, pero entonces él estrelló el televisor contra el suelo y de un puñetazo hizo un agujero en la pared y le empezó a sangrar la mano y LMN se puso a llorar y levantó la mirada y me vio y yo volví corriendo a mi cuarto mientras Buzz me gritaba largo de aquí, cotilla de los cojones. (¿Qué es «cojones»?)

Tenía diez años cuando lo escribí. Ya era lo bastante lista como para usar nombres en clave y apuntar las palabras nuevas que aprendía, pero no lo bastante como para entender que cualquiera que supiese leer podría descifrar mi código sin demasiado esfuerzo. Escondía el diario debajo del colchón, aunque, teniendo en cuenta que mi madre es una de esas personas a quienes se les ocurre limpiar debajo de los colchones, estoy segura de que lo encontró en algún momento. Si lo hizo, jamás me lo mencionó. Aquella vez, después del incidente del televisor roto, mi madre subió corriendo a mi cuarto y cerró la puerta mientras Nana seguía despotricando en la planta baja. Me abrazó con fuerza, hizo que las dos nos arrodilláramos detrás de la cama y comenzó a rezar en twi.

Awurade, bɔ me ba barima ho ban. Awurade, bɔ me ba barima ho ban. «Señor, protege a mi hijo. Señor, protege a mi hijo.»

—Deberías rezar —me dijo mi madre, al tiempo que cogía el *koko*.

La vi comer dos cucharadas antes de volver a depositarlo sobre la mesita de noche.

—¿Está bueno? —le pregunté.

Ella se encogió de hombros y volvió a darme la espalda.

Fui al laboratorio. Han no se encontraba allí, de modo que la sala estaba a una temperatura soportable. Colgué la chaqueta en el respaldo de una silla y dispuse mis elementos de trabajo; a continuación, cogí un par de ratones y empecé a prepararlos para la cirugía: les afeité la coronilla hasta que el cuero cabelludo quedó a la vista. Fui abriendo esa zona cuidadosamente, limpiando la sangre, hasta que me topé con el rojo vivo de sus cerebros; mientras tanto, los anestesiados roedores tomaban aire y lo soltaban en una respiración inconsciente que les expandía y desinflaba el pecho de manera mecánica.

Había hecho esa misma operación un millón de veces, pero tener un cerebro a la vista todavía me intimidaba. Saber que, aunque pudiera llegar a entender ese órgano diminuto en el interior de aquel ratoncito concreto, esa comprensión no alcanzaría a explicar la inmensa complejidad del órgano correspondiente que se encontraba en mi cabeza. Y, sin embargo, debía tratar de entenderlo, de extrapolar ese entendimiento limitado para intentar aplicarlo a los que conformábamos la especie *Homo sapiens*, el animal más complejo, el único que creía haber ido más allá de su reino, como acostumbraba a decir uno de mis profesores de biología de la escuela secundaria. Esa creencia, esa trascendencia, residía en el interior de este mismo órgano. Infinito, incognoscible, conmovedor, quizá hasta mágico. Yo había reemplazado el pentecostalismo de mi niñez por esta nueva religión, esta nueva búsqueda, sabiendo que jamás llegaría a saberlo todo.

Estaba cursando un doctorado en Neurociencia de seis años de duración en la Facultad de Medicina de la Universidad de Stanford e investigaba los circuitos neuronales del comportamiento de búsqueda de recompensa. Durante mi primer año de posgrado, en una ocasión salí con un tipo al que de poco mato de aburrimiento cuando le expliqué lo que hacía a diario. Él me había llevado a la Tofu House de Palo Alto y, mientras lo veía luchar con los palillos y dejar caer varios trozos de *bulgogi* en la servilleta que tenía sobre las piernas, le hablé largo y tendido sobre la corteza prefrontal medial, el núcleo accumbens y la microscopía de excitación de dos fotones.

—Ya sabemos que la corteza prefrontal medial cumple una función fundamental en la supresión del comportamiento de búsqueda de recompensa; sin embargo, no entendemos bien el mecanismo de los circuitos neuronales que permiten que ello ocurra.

Lo había conocido en OkCupid. Tenía el pelo rubio ceniza y la piel muy quemada por el sol, parecía un surfista del sur de California. Durante el tiempo en que habíamos estado mandándonos mensajes yo me había preguntado si sería la primera chica negra a la que él invitaba a salir, si estaría rellenando una casilla en alguna lista de cosas nuevas y exóticas que le gustaría probar, como la comida coreana que teníamos delante, con la que ya se había dado por vencido.

—Ah —dijo—. Suena interesante.

Quizá él esperaba algo diferente. Entre las veintiocho personas que trabajaban en mi laboratorio había sólo cinco mujeres y yo era una de las tres estudiantes de doctorado negras de toda la Facultad de Medicina.

Le había comentado al surfista del sur de California que estaba tratando de obtener un doctorado, pero no le había contado sobre qué, porque no quería ahuyentarlo. Puede que la neurociencia pareciera una labor «inteligente», pero, desde luego, a nadie le parecería algo «sexi». Si añadíamos a eso mi negrura, tal vez yo era una anomalía excesiva para él. Jamás volvió a llamarme.

A partir de ese momento, cuando salía con alguien le contaba que mi trabajo consistía en hacer que los ratones se volvieran adictos a la cocaína para luego privarlos de ella.

Dos de cada tres me hacían la misma pregunta: «¿Eso quiere decir que tú, o sea, tienes un montón de coca?» Yo jamás admitía que habíamos pasado de la cocaína al suplemento vitamínico Ensure, que era más fácil de conseguir y suficientemente adictivo para los ratones. Me encantaba tener algo interesante e ilícito que contarles a esos hombres, con quienes me acostaría sólo una vez y a quienes no volvería a ver nunca más en la mayoría de los casos. Me sentía poderosa cuando sus nombres aparecían en la pantalla del teléfono horas, días, semanas después de que me hubieran visto desnuda, después de que hubieran hundido sus uñas en mi espalda, a veces hasta hacerme sangre. Cuando leía sus mensajes de texto me gustaba palparme las marcas que me habían hecho. Tenía la sensación de que podía dejarlos allí, en suspenso, unos meros nombres en la pantalla del móvil, hasta que, después de un tiempo, no llamaban más, pasaban a otra cosa, y entonces me sentía poderosa por su silencio. Al menos, durante un tiempo. No estaba acostumbrada al poder en las relaciones, al poder en la sexualidad. Durante la secundaria jamás me habían invitado a salir. Ni una sola vez. No era lo bastante enrollada, lo bastante blanca, no era bastante. En la universidad, era tímida y torpe, todavía estaba despojándome de la piel de un cristianismo que insistía en que debía preservarme para el matrimonio y que me había insuflado miedo a los hombres y a mi cuerpo. «Cualquier otro pecado que el hombre cometa está fuera del cuerpo; mas el que fornica contra su propio cuerpo peca.»

—Soy guapa, ¿no? —le pregunté a mi madre en una ocasión.

Estábamos las dos delante del espejo mientras ella se maquillaba para irse a trabajar. No recuerdo cuántos años tenía yo, pero sí que todavía no se me permitía ponerme maquillaje; tenía que hacerlo a hurtadillas cuando mi madre no estaba en la casa, aunque eso tampoco era tan difícil. Mi madre trabajaba todo el tiempo. No estaba nunca.

—¿Qué clase de pregunta es ésa? —dijo ella. Me agarró del brazo y me empujó hacia el espejo—. Mira.

Al principio pensé que estaba enfadada conmigo. Traté de apartar la mirada, pero cada vez que bajaba los ojos, ella me tironeaba del brazo para que prestara atención. Me tironeó tantas veces que pensé que el brazo se me saldría del hombro.

—Mira lo que ha hecho Dios. Mira lo que he hecho —dijo en twi.

Nos quedamos un buen rato contemplándonos en el espejo. Seguimos así hasta que sonó la alarma de trabajo de mi madre, la que le indicaba que era hora de salir de un trabajo para entrar en el otro. Ella terminó de pintarse los labios, besó su reflejo en el espejo y se marchó deprisa. Yo seguí mirándome después de que se hubiera ido, besando mi propio reflejo.

• • •

Observé cómo los ratones iban volviendo a la vida, atontados aún por la anestesia y mareados por los sedantes que les había administrado. Les había inyectado un virus en el núcleo accumbens y les había implantado una lente en el cerebro para poder ver cómo se les activaban las neuronas cuando yo llevaba a cabo mis experimentos. En ciertas ocasiones me preguntaba si notaban el peso añadido que acarreaban en la cabeza, pero intentaba evitar esa clase de pensamientos, procuraba no humanizarlos, porque temía que esas ideas entorpecieran mi tarea. Limpié mi área de trabajo y fui al despacho para escribir un rato. Se suponía que estaba redactando un trabajo académico, probablemente el último que tendría que presentar antes de graduarme. La parte más difícil, reunir las cifras, por lo general me llevaba alrededor de unas semanas, pero últimamente me dedicaba a perder el tiempo e iba postergándolo todo. Había pegado una pequeña advertencia en la pared encima de mi escritorio, para hacerme entrar en vereda. VEINTE MINUTOS DE ESCRITURA POR DÍA O SI NO. O si no, ¿qué?, me pregunté. Cualquiera podía darse cuenta de que era una amenaza vacía. Después de veinte minutos de garabatear, saqué una anotación de mi diario redactada muchos años atrás que guardaba en lo más hondo de mi escritorio. Solía leerlo los días en que mi trabajo me frustraba, cuando me sentía deprimida, sola, inútil y desesperada. O cuando deseaba tener un trabajo en el que cobrara más que la asignación de diecisiete mil dólares que debía durarme durante todo un trimestre en esa cara ciudad universitaria.

Querido Dios:

Buzz va a ir al baile del colegio ¡y se ha puesto un traje! Un traje azul marino con una corbata rosa y un pañuelo de bolsillo también rosa. LMN tuvo que encargar el traje a medida porque Buzz es tan alto que en la tienda no tenían nada de su talla. Nos pasamos toda la tarde haciéndole fotos y nos reíamos y nos abrazábamos y LMN lloraba y decía «¡Qué guapo eres!» una y otra vez. Y luego vino una limusina a recoger a Buzz para que él pudiera ir a buscar a la chica con la que iba a salir y él sacó la cabeza por el techo corredizo y nos saludó. Parecía normal. Por favor, Dios, haz que se quede así para siempre.

Mi hermano murió de una sobredosis de heroína tres meses más tarde.

7

Cuando quise conocer la historia completa de por qué mis padres habían emigrado a Estados Unidos, ya no era una historia que a mi madre le gustara contar. La versión que me habían dado —que mi madre había querido entregarle el mundo a Nana y que el Hombre Chin Chin había aceptado a regañadientes— nunca me pareció suficiente. Como muchos estadounidenses, sabía muy poco del resto del mundo.

Durante años les había contado a mis compañeros de clase mentiras rebuscadas según las cuales mi abuelo había sido un guerrero, un domador de leones, un jefe importante.

—En realidad, soy una princesa —le dije a Geoffrey, un niño de la guardería que siempre moqueaba.

Geoffrey y yo nos sentábamos juntos al fondo del aula. Siempre sospeché que la profesora me había colocado allí como una especie de castigo; la obligación de ver todos los días la babosa que le caía de la nariz a Geoffrey me recordaría que yo no había nacido en ese país, así que yo siempre estaba enfadada y ponía todo mi empeño en torturar a Geoffrey.

—No, no es verdad —repuso Geoffrey—. Las negras no pueden ser princesas.

Cuando volví a casa le pregunté a mi madre si eso era cierto y ella me contestó que me callara y que dejara de molestarla con mis preguntas. Siempre que le pedía que me contara historias me respondía lo mismo, y en aquel entonces yo no paraba de pedirle que me contara historias. Quería que sus historias sobre la vida en Ghana con mi padre estuvieran llenas de reyes y reinas y maldiciones capaces de explicar por qué mi padre no estaba con nosotras, relatos que lo explicasen de un modo mucho más grandioso y elegante que la historia sencilla que ya conocía. Y si nuestra historia no podía ser un cuento de hadas, estaba dispuesta a aceptar un cuento como los que veía entonces en la televisión, donde las únicas imágenes de África que había eran de personas afectadas por la guerra y las hambrunas. Pero en las historias de mi madre no había guerra, y si había hambre, era de una clase diferente, el hambre simple de aquellos a quienes se les ha dado de comer una cosa pero querían otra. Un hambre sencilla, imposible de satisfacer. También yo tenía hambre, y las historias con las que mi madre me alimentaba nunca eran lo bastante exóticas, lo bastante desesperadas, nunca bastaban para suministrarme la munición que creía necesitar para luchar contra Geoffrey y su moco de babosa, mi profesora de la guardería y aquel asiento al fondo del aula.

Mi madre me contó que el Hombre Chin Chin se reunió con ella y Nana en Estados Unidos pocos meses después de que ellos se mudaran a Alabama. Era la primera vez que se subía a un avión. Había viajado en *trotro* hasta Accra, con una maleta y una bolsita del *achomo* de mi abuela. Apretujado entre los cuerpos de los otros cientos de pasajeros del autobús, sintiendo las piernas cansadas y doloridas después de casi tres horas de pie, agradeció que su estatura le permitiese respirar el aire fresco que flotaba por encima de las cabezas de todos los demás.

En Kotoka, los agentes de la puerta de embarque le dieron ánimos y le desearon suerte cuando vieron adónde se dirigía. «Manda a alguien a buscarme después, *chale*», le dijeron. En el aeropuerto de Nueva York, los agentes de Aduanas y Migraciones le quitaron la bolsita de *chin chin*.

En aquella época, mi madre ganaba diez mil dólares al año trabajando como cuidadora del anciano señor Thomas.

—No puedo creerme que los gilipollas de mis hijos me endilgaran a una negra —se quejaba habitualmente el señor Thomas, que era un octogenario que sufría de Parkinson en el primer estadio y al que los temblores no le impedían ser un malhablado.

Mi madre le lavaba el culo, le daba de comer, veía *Jeopardy!* con él y esbozaba una sonrisita de satisfacción al ver que él no acertaba la respuesta de casi ninguna de las preguntas. Los hijos gilipollas del señor Thomas habían contratado a cinco cuidadoras a domicilio antes de mi madre. Todas habían renunciado.

—¿¡SABES HABLAR INGLÉS?! —gritaba el señor Thomas marcando mucho las pausas entre palabra y palabra, cada vez que mi madre le llevaba las comidas cardiosaludables que sus hijos habían pagado en lugar del beicon que él le había pedido.

La empresa de servicio de asistencia médica a domicilio fue la única que quiso contratar a mi madre. Ella dejaba a Nana con su prima o lo llevaba al trabajo, hasta que el señor Thomas empezó a llamarlo «el monito». Después de eso, cuando a mi madre le tocaba hacer turnos de noche de doce horas, normalmente dejaba a Nana solo, rezando por que durmiera hasta la mañana siguiente.

Al Hombre Chin Chin le resultó más difícil encontrar trabajo. En un principio, la empresa de asistencia médica a domicilio lo contrató también a él, aunque muchas personas se quejaban nada más verlo cruzar la puerta.

—Creo que la gente le tenía miedo —me dijo mi madre una vez, pero se negó a explicarme cómo había llegado a esa conclusión.

Ella casi nunca reconocía que hubiera racismo. Incluso el señor Thomas —que jamás había llamado a mi madre de otra manera que no fuera «esa negra»— no era en su opinión más que un anciano confundido. Aun así, paseando con mi padre, ella había visto cómo Estados Unidos cambiaba en presencia de hombres negros de gran tamaño. Había visto cómo él trataba de encogerse, encorvando esa espalda larga y orgullosa cuando recorría junto a mi madre el Walmart, donde en cuatro meses lo acusaron de robar tres veces. En cada una de esas ocasiones, lo llevaron a una salita contigua a la salida de la tienda, lo empujaron contra la pared y lo registraron, subiendo sus manos por una pierna y luego bajándolas por la otra. Humillado y con un fuerte sentimiento de nostalgia, él dejó de salir de casa.

Fue entonces cuando mi madre encontró la sede eclesiástica de las Primeras Asambleas de Dios en Bridge Avenue. Llevaba sin pisar la iglesia desde que llegó a Estados Unidos; ahora los domingos trabajaba, porque la gente de Alabama dedicaba ese día de la semana a dos actos sagrados: asistir a misa y ver el fútbol. A mi madre el fútbol americano le daba igual, pero echaba de menos disponer de un lugar de oración. Mi padre le recordaba todo lo que ella le debía a Dios, le recordaba el poder que poseían sus plegarias. Quería quitarle el miedo del cuerpo y, para hacerlo, sabía que primero tenía que sacudirse el suyo.

La sede de la iglesia de las Primeras Asambleas de Dios era un pequeño edificio de ladrillo visto, no más grande que una casa de tres dormitorios. Tenía un gran cartel delante donde colocaban mensajes cursis para convencer a la gente de que entrara allí. Unas veces eran preguntas: «¿Ya has encontrado a Dios?» o «¿Estás con Él?» o «¿Te sientes perdido?». Otras, respuestas: «¡Jesús es la razón de la estación!» Ignoro si fueron esos mensajes lo que atrajo a mi madre, pero sé que esa iglesia se convirtió en su segundo hogar, en su espacio más íntimo de oración.

El día que entró, sonaba música desde los altavoces del presbiterio. Mi madre fue acercándose poco a poco al altar, como ordenaba la voz del cantante. Ella obedeció. Se hincó ante el Señor y rezó y rezó y rezó. Cuando levantó la cabeza, con el rostro surcado de lágrimas, pensó que podría acostumbrarse a vivir en Estados Unidos.

8

Cuando era niña pensaba que sería una bailarina o una líder de alabanza en una iglesia pentecostal, la esposa de un predicador o una actriz glamurosa. En la secundaria obtuve unas calificaciones tan altas que parecía que el mundo acabaría tomando esa decisión en mi lugar: doctora. La típica inmigrante, salvo que yo no tenía padres autoritarios. A mi madre le daba igual lo que hiciera y no tenía ninguna intención de obligarme a nada. Sospecho que hoy en día se sentiría más orgullosa de mí si yo hubiera terminado detrás del púlpito de la iglesia de las Primeras Asambleas de Dios, entonando mansamente el himno 162 del cantoral con toda la congregación balbuceando conmigo. En esa iglesia todos tenían unas voces espantosas. Cuando al fin tuve edad para acudir a la «iglesia grande», como la llamaban los niños durante la misa infantil, me horrorizaba pensar que todas las mañanas de domingo tendría que oír los gorgoritos de soprano de la líder de alabanza. Ese miedo me resultaba familiar. Como cuando yo tenía cinco años y Nana once, y encontramos un pajarillo recién nacido que se había caído del nido. Nana lo levantó en sus grandes palmas y volvimos a casa corriendo. Estaba vacía. La casa siempre estaba vacía, pero sabíamos que teníamos que movernos rápido, porque si nuestra madre llegaba y encontraba el pájaro, lo mataría de inmediato o nos lo quitaría y lo tiraría a una zanja en el bosque, donde moriría. Además, nos contaría exactamente lo que había hecho. Jamás fue de esa clase de madres que mienten para que sus hijos se sientan mejor; me pasé toda la infancia escondiendo dientes debajo de la almohada por las noches y encontrando esos mismos dientes por la mañana. Nana dejó el pajarillo a mi cuidado y trajo un cuenco de leche. Cuando lo tomé entre las manos, percibí su temor, el estremecimiento incesante de su cuerpo redondo y pequeñito, y me eché a llorar. Nana le acercó el pico al cuenco y trató de obligarlo a beber, pero el ave se negó en redondo y su estremecimiento se me metió dentro. Así sonaba para mí la voz de la líder de alabanza: como el cuerpecito tembloroso de un pájaro angustiado; como un niño que, de pronto, tenía miedo. Eliminé esa opción de mi lista de profesiones de inmediato.

Convertirme en la esposa de un predicador era la siguiente opción de la lista. Me parecía que la mujer del pastor John no hacía gran cosa, pero decidí practicar el oficio rezando por todas las mascotas de mis amigas. En primer lugar, por el pez dorado de Katie, al que le organizamos un funeral en la taza del váter: recité las plegarias al tiempo que veíamos un destello anaranjado girando en remolino hasta perderse de vista. Luego le llegó el turno al golden retriever de Ashley, *Buddy*, un perro nervioso y enérgico. A *Buddy* le gustaba derribar los cubos de basura que los vecinos sacaban los martes por la noche, así que los miércoles por la mañana había corazones de manzana, botellas de cerveza y cajas de cereales desparramados por toda la acera. Los basureros empezaron a quejarse, pero *Buddy* no se dejó intimidar y siguió con lo suyo. En una ocasión, la señora Caldwell encontró cerca de su cubo unas bragas que no le pertenecían, lo que confirmó una sospecha que venía albergando desde hacía tiempo: se marchó de la casa una semana más tarde. El martes siguiente a su partida, el señor Caldwell se sentó al lado de su cubo de basura en una silla plegable con un rifle sobre las piernas.

—Si ese perro vuelve a acercarse a mi basura, necesitaréis una pala.

Ashley, que temía por la vida de *Buddy*, me pidió que rezara por él, puesto que a esas alturas ya me había granjeado una cierta fama en el circuito de los funerales de mascotas.

Me trajo el perro cuando mi madre estaba en el trabajo y Nana había ido al entrenamiento de baloncesto. Yo le había pedido que viniese cuando no hubiera nadie en casa, pues sabía que lo que hacíamos no era del todo ortodoxo. Preparé un espacio en la sala, al que llamé el «santuario». En cuanto empezamos a cantar el himno cristiano «Santo, santo, santo», *Buddy* se dio cuenta de que estaba ocurriendo algo y no se quedaba quieto. Ashley lo sujetó mientras yo le ponía una mano en la cabeza y le rogaba a Dios que lo convirtiera en un perro de paz en lugar de uno de destrucción. Cada vez que veía a *Buddy* en la calle y con vida, consideraba que la plegaria había sido un éxito, pero de todas maneras no estaba segura de que mi destino fuera el sacerdocio.

Fue mi profesora de biología de la escuela secundaria quien me insistió en que me dedicara a la ciencia. Yo tenía quince años, la misma edad que tenía Nana cuando descubrimos su adicción. Mi madre estaba limpiando la habitación de Nana y lo vio: había traído una escalera del garaje para poder repasar el aplique de luz y cuando metió la mano dentro del cuenco de cristal de la bombilla encontró unas pocas pastillas dispersas. Oxicodona. Ahí dentro parecían bichos muertos atraídos por la luz. Años más tarde, después de que se hubieran marchado todos los asistentes al funeral dejando bandejas de arroz *jollof* y *waakye* y sopa de mantequilla de cacahuete, mi madre me confesó que se sentía culpable por no haber hecho más el día en que limpió el aplique. Yo debería haberle contestado algo amable. Debería haberla reconfortado, decirle que no era culpa suya, pero lo cierto es que, en el fondo, la culpaba, igual que me culpaba a mí misma. La culpa, la duda y el temor ya se habían instalado en mi joven cuerpo como fantasmas que embrujan una casa. Me estremecí, y en el instante en que el escalofrío me recorrió de arriba abajo, dejé de creer en Dios. Sucedió así de rápido, una revelación que duró lo que un escalofrío. Un minuto antes había un Dios que tenía al mundo en sus manos; al minuto siguiente el mundo caía en picado, una caída infinita, sin llegar nunca al fondo del abismo.

La señora Pasternack, mi profesora de biología, era cristiana. Todas las personas que yo conocía en Alabama lo eran, pero ella decía cosas como: «Creo que estamos hechos de polvo de estrellas y que las estrellas las creó Dios.» En aquel entonces eso me parecía ridículo, aunque ahora me resulta extrañamente reconfortante. En esa época me parecía tener todo el cuerpo en carne viva y temía que, si alguien me tocaba, la herida abierta palpitaría. Ahora se ha formado una costra, me he endurecido. La señora Pasternack dijo otra cosa aquel año que jamás he olvidado: «La verdad es que no sabemos qué no sabemos. Ni siquiera conocemos las preguntas que debemos formular para averiguarlo, aunque cuando aprendemos el detalle más ínfimo, una lucecita se enciende en un pasillo oscuro y, de pronto, surge otra pregunta. Nos pasamos décadas, siglos, milenios, tratando de responder esa pregunta para que se encienda otra lucecita. Así es la ciencia, y así es también todo lo demás, ¿no? Tantear. Experimentar. Hacer un montón de preguntas.»

Recuerdo que mi primer experimento fue el del Huevo Desnudo. Lo hice para la clase de física de la escuela secundaria y en parte lo recuerdo porque le pedí a mi madre que me comprara sirope de maíz, y por culpa de eso estuvo refunfuñando sin parar toda la semana. «¿Por qué no te compra tu profesora el sirope de maíz, ya que es ella la que quiere que hagas esta tontería?», decía. Le expliqué a la profesora que mi madre no iba a comprarme el sirope, y ella, guiñándome un ojo, me regaló un frasco que tenía guardado en el fondo del armario. Supuse que mi madre se alegraría —a fin de cuentas, era lo que me había pedido—, pero eso la mortificó aún más. «Va a pensar que no tenemos dinero para comprar sirope de maíz», dijo. Ésa fue la época más difícil, cuando empezamos a vivir las dos solas. En realidad, no teníamos dinero para comprar sirope de maíz. Mi profesora iba a nuestra iglesia; sabía lo que les había ocurrido a Nana y a mi padre. Sabía que mi madre trabajaba en turnos de doce horas todos los días excepto los domingos. Empezamos el experimento del Huevo Desnudo al principio de la semana sumergiendo los huevos en vinagre. El vinagre fue disolviendo la cáscara lentamente, de modo que, cuando llegó la clase del miércoles, ya teníamos un huevo desnudo, amarillo como la orina y de un tamaño mayor al habitual. Metimos el huevo desnudo en otro vaso y le vertimos encima el sirope de maíz.

El huevo con que nos encontramos al día siguiente estaba encogido y aplanado. Pusimos el huevo desinflado en agua con colorante y vimos cómo el azul se expandía, cómo el color iba atravesando el huevo, haciéndolo cada vez más grande. La finalidad del experimento era que aprendiésemos los principios de la ósmosis, pero yo estaba demasiado ofuscada como para apreciar los fundamentos científicos que lo respaldaban. Mientras veía cómo el huevo absorbía el agua azul, sólo pensaba en mi madre agitando el frasco de sirope de maíz con la cara roja de furia. «Devuélvelo, devuélvelo, DEVUÉLVELO», repetía, hasta que le dio un ataque, se tiró al suelo y empezó a dar patadas en el aire.

En aquel entonces, las dos, madre e hija, constituíamos asimismo un experimento. La pregunta era, y sigue siendo: ¿vamos a estar bien?

Algunos días, cuando llegaba del laboratorio, entraba en mi cuarto, el cuarto de mi madre, y le contaba todo lo que había hecho durante el día, salvo que no se lo contaba en voz alta, sino que sólo lo pensaba. «Hoy he visto un brillo verde en el cerebro de un ratón», pensaba, y si ella se agitaba, es que me había oído. Me sentía como una niña boba, pero seguía haciéndolo.

«Han me ha invitado a ir a una fiesta en su casa —pensé una noche mirando a mi madre—. Muévete si crees que debería ir.» Cuando ella levantó la mano para rascarse la nariz, cogí la chaqueta y salí.

Han vivía en una de esas laberínticas urbanizaciones de edificios de apartamentos cuya uniformidad te transmite la sensación de estar en una prisión o en un cuartel. De pronto me di cuenta de que estaba yendo al tercero H en lugar de al quinto H. Cada vez que daba la vuelta a una esquina me encontraba con otro grupo de edificios que imitaba el estilo de las misiones españolas, con los típicos tejados rojos, que abundaban en el sudoeste de Estados Unidos y en California.

Cuando por fin llegué al quinto H, la puerta estaba entreabierta y Han me recibió con un abrazo poco habitual en él.

—Giftyyy —dijo, levantándome un poco del suelo.

Estaba borracho, otra novedad, y noté que tenía las puntas de las orejas rojas, igual que el día que me había encontrado llorando en el laboratorio.

—Me parece que nunca te había visto con pantalones cortos, Han —señalé.

—Y fíjate: también voy descalzo —respondió, moviendo los dedos de los pies—. El reglamento del laboratorio te ha impedido verme en todo mi esplendor.

Me reí y él se sonrojó todavía más.

—Estás en tu casa. —Me hizo pasar con un gesto.

Avancé por la sala, charlando con mis colegas. La edad del grupo iba de los veintidós a los cuarenta y siete años, e igualmente procedíamos de contextos académicos muy diversos: robótica, biología molecular, música, psicología, literatura. Todos esos caminos nos habían conducido al cerebro.

En la mayoría de las fiestas me desenvolvía mal, pero éstas se me daban bien. Es increíble que resultes interesante por ser la única persona negra en una sala, aunque no hayas hecho nada especial para merecerlo. No tenía una relación cercana con ninguno de los presentes, así que estaba fuera de lugar hablarles sobre mi madre, pero, al final de la fiesta, el alcohol me había soltado la lengua y, como me sentía cómoda, comencé a rondar el asunto que más me interesaba.

—¿Crees que alguna vez volverás a practicar la psiquiatría? —le pregunté a Katherine.

Era una de los miembros más antiguos de mi laboratorio, una investigadora de posdoctorado que había estudiado en Oxford y que había obtenido un título de medicina en la Universidad de California en San Francisco antes de empezar su doctorado aquí. Teníamos una amistad incierta, basada sobre todo en el hecho de que ambas nos habíamos criado en familias de inmigrantes y que éramos casi las únicas mujeres del departamento. Siempre me daba la impresión de que Katherine quería conocerme mejor; era cordial y abierta, demasiado abierta para mi gusto.

En una ocasión, Katherine me confió que había hurgado entre las cosas de su marido y había encontrado unas pequeñas «oes» en su calendario en las fechas en que ella estaba ovulando. Se le ocurrió que tal vez pretendía dejarla embarazada antes de lo que habían planeado entre los dos. Me contó esa confidencia como si nada, como si estuviera hablando de una tos que no se le iba, pero yo me puse furiosa y moralista. «Déjalo», le aconsejé, aunque no me hizo caso y, mientras yo estaba hablando con ella, Steve, su marido, se hallaba en el otro extremo de la sala, bebiendo sangría con la cabeza ligeramente inclinada hacia atrás, lo suficiente para que yo pudiera ver cómo se le movía la nuez de Adán al bajar la bebida. Sabiendo lo que sabía de Steve, me era imposible mirarlo a él y a su nuez de Adán sin detectar una especie de amenaza, pero allí estaba, hablando y bebiendo como si no pasara nada.

—No dejo de planteármelo —respondió Katherine a mi pregunta—. Cuando practicaba la medicina me daba cuenta de que estaba ayudando a la gente. Los pacientes entraban tan angustiados que tenían los brazos en carne viva de tanto rascarse, y meses más tarde las heridas habían desaparecido. Eso era reconfortante, pero la investigación...

Mi madre odiaba la terapia. Entraba con los brazos en carne viva, salía con los brazos en carne viva. Desconfiaba de los psiquiatras y no creía en la enfermedad mental. Lo decía tal cual: «No creo en la enfermedad mental.» Al igual que todas las cosas que desaprobaba, eso en su opinión era un invento de Occidente. Le hablé del libro de Ama Ata Aidoo, *Changes*, en el que la protagonista, Esi, dice: «No puedes ir por ahí afirmando que una sociedad determinada importó una idea o un elemento, a menos que también puedas concluir que, hasta donde tú sabes, no existe ni jamás ha existido ninguna palabra o frase en el idioma autóctono de esa sociedad que describa esa idea o elemento.»

Abodamfo. Bodam nii. Eso era lo que mi tía en Kejetia había dicho para describir al hombre de las rastas. «Loco.» Mi madre rechazaba esa lógica. Después de la muerte de mi hermano, se negó a llamar «depresión» a su enfermedad. «Los americanos se deprimen en la tele y lloran», decía. Mi madre lloraba muy pocas veces. Durante un tiempo intentó reprimir sus sentimientos, pero un día, no mucho después del experimento del Huevo Desnudo, se metió en la cama, se tapó con la manta y se negó a levantarse. Yo tenía once años. Le sacudía el brazo mientras ella seguía allí acostada, le llevaba comida antes de irme andando a la escuela, limpiaba la casa de modo que cuando por fin despertara no se enfadase conmigo por haber permitido que la mugre lo invadiera todo. Todo iba bien, pensaba yo, así que, cuando la encontré sumergida en la bañera, con el grifo abierto y el suelo inundado, me sentí traicionada. Nos estaba yendo bien.

Le miré la barriga a Katherine: unos meses más tarde continuaba plana. ¿Seguiría Steve dibujando pequeñas «oes» en su calendario? ¿Le habría contado ella que estaba al tanto de su traición o se lo habría callado, atesorándolo para soltarlo cuando algo se rompiera de verdad entre ellos?

Yo jamás había acudido a terapia y cuando llegó el momento de escoger la carrera, no me incliné por la psicología sino por la biología molecular. Imagino que cuando la gente se enteraba de la historia de mi hermano, daba por hecho que me había sentido obligada a dedicarme a la neurociencia por él, pero la verdad es que tomé ese camino no porque quisiera ayudar a otros, sino porque me pareció la carrera más difícil, y a mí siempre me había interesado lo más difícil: deseaba desprenderme de toda debilidad mental como si fuera la fascia de un músculo. Durante la secundaria jamás probé una gota de alcohol porque vivía aterrorizada con que la adicción fuera como el hombre de la gabardina acosándome, esperando que abandonara la acera bien iluminada y me metiera en un callejón. Yo había visto ese callejón. Había visto a Nana entrar en el callejón y había visto a mi madre ir tras él, y estaba furiosa con ellos porque no habían sido lo bastante fuertes como para permanecer en la luz. Por eso escogí lo difícil.

Cuando estudiaba en la universidad solía burlarme de la psicología, una ciencia blanda. Tenía que ver con el cerebro y la cognición, sí, pero también con el estado de ánimo, los sentimientos y las emociones creados por la mente humana. Para mí, esos sentimientos y emociones eran inútiles si no podía traducirlos en datos, si no podía desmontar el sistema nervioso y ver cómo funcionaba. Quería entender por qué surgían esos sentimientos y emociones, qué zona del cerebro los causaba y, lo que era más importante, qué zona del cerebro podía bloquearlos. Yo y mis aires de grandeza. Primero, en mi época cristiana, cuando les decía cosas como «rezaré por ti» a mis compañeros de clase, que leían libros sobre brujas y hechiceros. Después, en los primeros años de carrera, cuando despreciaba a quienes lloraban a causa de rupturas sentimentales, a los que derrochaban el dinero, a los que se quejaban por pequeñeces. A esas alturas mi madre ya se había «curado gracias a la oración», como decía el pastor John. Se había curado, sí, pero de la manera en que cuando te recuperas de una fractura el hueso roto te duele cada vez que amenaza lluvia. Los indicios de lluvia siempre estaban allí, atmosféricos, silenciosos. Mi madre siempre sentía dolor. Cuando estudiaba en Harvard venía a visitarme y siempre iba muy abrigada, incluso en primavera. Yo me fijaba en su abrigo, en el pañuelo ceñido que llevaba en la cabeza, y me preguntaba cuándo había dejado de considerarla una mujer fuerte. Tiene que haber alguna fortaleza en ir vestido para aguantar la tormenta, incluso cuando no se anuncia tormenta, ¿verdad?

La fiesta empezaba a decaer y Han tenía las orejas rojas como brasas ardientes.

—No se te ocurra jugar al póquer nunca —le dije.

Casi todos se habían marchado ya, pero yo no quería volver a mi casa. Hacía mucho tiempo que no estaba borracha y quería prolongar ese calor.

—¿Eh? —dijo Han.

—Tus orejas te delatan. Se ponen rojas cuando estás borracho y cuando sientes vergüenza.

—Entonces a lo mejor debería jugar al póquer sólo cuando estoy borracho o avergonzado —respondió él entre risas.

Cuando por fin regresé al apartamento, noté que mi madre se había levantado de la cama. Había dejado abierta la puerta de un armario de la cocina, un vaso en el fregadero. Nos estaba yendo bien.

51

9

El Hombre Chin Chin consiguió trabajo de conserje en una guardería. Le pagaban en negro, siete dólares la hora, una hora al día, cinco días a la semana. Después de comprarse un pase mensual para el autobús, a duras penas cubría los gastos, pero por lo menos tenía una ocupación. «Lo obliga a levantarse del sofá», decía mi madre.

Los niños lo adoraban, trepaban por su largo cuerpo como si fuera un árbol, en el que las extremidades eran las ramas y el torso, el tronco. Su acento les encantaba. Él les relataba historias y les decía que era uno de los dos hombres árbol vivientes del bosque de Kakum. Les contaba que al principio era una semillita que había bajado rodando al bosque desde la montaña, y que todos los días unas mariposas grandes como platos revoloteaban sobre la tierra donde él estaba plantado e intentando echar raíces. Sus aleteos generaban un viento que agitaba la tierra y lo convencía de que creciera, de que creciera sin cesar, y eso fue lo que hizo. «Mirad lo grande que soy, mirad qué fuerte.» Lanzaba a un niño por los aires y cuando lo atrapaba le hacía cosquillas. Los pequeños se morían de ganas de estar con él. El primer año muchos se disfrazaron de mariposas para la fiesta de Halloween, aunque sus padres nunca supieron por qué.

En esa época, Nana ya iba al colegio, y todos los días, en cuanto el Hombre Chin Chin terminaba de limpiar la guardería, cogía el autobús hasta la escuela de Nana y los dos volvían andando a casa. Por el camino, el niño le contaba cada mínima, aburrida y mágica cosa que había hecho en la escuela aquel día, y el Hombre Chin Chin le escuchaba con un interés que mi madre no alcanzaba a entender.

Cuando ella regresaba del trabajo, con los pies hinchados, los brazos doloridos, las orejas ardiendo por los insultos del señor Thomas, Nana ya estaba acostado. El Hombre Chin Chin decía cosas como: «¿Has visto? Meten un hilo en los agujeros de los macarrones para hacer un collar. ¿Te imaginas algo así en Ghana? Un collar hecho con comida. ¿Por qué no se comen los macarrones y hacen collares con algo apropiado?»

Mi madre tenía celos de la intimidad que existía entre Nana y el Hombre Chin Chin. Jamás me lo reconoció, pero yo me daba cuenta por la manera en que iba transmitiéndome esas historias con el correr de los años. No conservaba ninguna de las cosas que Nana o yo hacíamos en la escuela. Nana dejó de entregárselas y nunca le contaba anécdotas, porque prefería reservarlas para el Hombre Chin Chin. Después de la muerte de Nana, creo que mi madre deseó haber conservado algo suyo, algo más que sus recuerdos, algo más que su equipación de baloncesto, que había quedado dentro de su armario, apestando; alguna anécdota que fuera sólo de ella y con la que pudiera deleitarse.

Por la noche, cuando el Hombre Chin Chin metía a Nana en la cama, le contaba la misma historia que había contado en la guardería: que él era uno de los dos hombres árbol vivientes del bosque de Kakum. Fue Nana quien me la contó a mí.

—Yo le creía, Gifty —me dijo. No recuerdo cuántos años tenía yo entonces, sólo que era pequeña y que estaba atravesando esa fase en la que no comía nada, pero siempre tenía hambre—. De verdad creía que ese hombre era un árbol.

—¿Y quién era el otro hombre árbol viviente? —pregunté.

—¿Eh?

—Él decía que era uno de los dos hombres árbol vivientes. ¿Quién era el otro? ¿Mamá?

La expresión que apareció en el rostro de Nana —oscuramente contemplativa, profundamente orgullosa— me sorprendió.

—No, no podría haber sido mamá. Si papá era un árbol, mamá era una roca.

Han había dejado el termostato bajo. Exhalé y me pareció ver la voluta de mi aliento flotando en el aire. Guardaba una chaqueta en el laboratorio, me la puse y me senté a trabajar. Los ratones se tambaleaban en sus cajas como borrachos en sus cubas; era una analogía adecuada, pero de todas maneras me entristecía imaginármelos así. Recordé por millonésima vez el pajarillo recién nacido que Nana y yo habíamos encontrado. Nunca conseguimos que bebiera y, tras quince minutos de intentos fallidos, lo sacamos y tratamos de convencerlo de que echara a volar, pero tampoco quiso. Nuestra madre llegó a casa y nos encontró ahuyentándolo con las manos mientras el pájaro nos miraba sin comprender, hasta que se tropezó y se cayó.

—Ahora ya no aprenderá a volar —nos dijo ella—. Su madre no va a reconocerlo porque lo habéis tocado y tiene vuestro olor. No importa lo que hagáis. Morirá. Nana lloró. Adoraba a los animales. Incluso en sus últimos meses lo oí rogarle a nuestra madre que le trajera un perro. ¿Qué habría pensado de mí, del trabajo que hago?

Saqué uno de los ratones. Tenía la cabeza un poco caída a causa de la varilla que le había insertado. Lo coloqué debajo del microscopio para poder apreciar mejor mi trabajo. El virus que le había inyectado en el cerebro me había permitido introducir un ADN ajeno en sus neuronas. Ese ADN contenía opsinas, proteínas que hacen que las neuronas reaccionen a la luz modificando su comportamiento. Cuando proyectaba luz en una zona determinada, las neuronas se estimulaban y entraban en acción.

—Es como una instalación led para cerebros de ratones —le expliqué a Raymond en una ocasión.

—¿Por qué haces eso? —preguntó él.

—¿Por qué hago qué?

—Menospreciar así tu trabajo.

Era mi primer año de posgrado y nuestra tercera cita. Raymond cursaba un programa de doctorado en Pensamiento Moderno y Literatura en el que se estudiaban los movimientos contestatarios. Además, era guapísimo, oscuro como el crepúsculo, y su voz me hacía temblar. Me olvidaba de mí misma cuando estaba a su lado y ninguna de mis tácticas habituales de seducción —como, por ejemplo, menospreciar mi trabajo— parecía causar efecto en él.

—Así es más fácil de explicar.

—Bueno, a lo mejor no hace falta que me lo pongas tan fácil —dijo Raymond—. Has escogido una carrera difícil. Además, eres buena, ¿no? Si no, no estarías aquí. Muéstrate orgullosa de tu carrera. Explica las cosas de manera difícil.

Me sonrió y tuve ganas de arrancarle esa sonrisa de la cara con una bofetada, pero en aquel momento tenía deseos más urgentes. La primera vez que le comenté a mi madre que iba a estudiar una carrera científica, ella se limitó a encogerse de hombros. «Bien, vale.» Era sábado. Había ido desde Cambridge a hacerle una visita y le había prometido que al día siguiente la acompañaría a la iglesia. Me arrepentí de esa promesa nada más hacérsela, y tal vez por eso le anuncié mis intenciones de ese modo, como si le lanzara una pelota al grito de «¡Atención!». Pensaba que ella pondría objeciones, que diría algo como que Dios es la única ciencia que necesitamos. Desde el funeral de Nana yo siempre encontraba alguna forma creativa de evitar pisar la iglesia, pese a las ocasionales súplicas de mi madre. Al principio, me limitaba a dar alguna excusa para salir del paso: me había bajado la regla, tenía que terminar un trabajo para la escuela, necesitaba rezar a solas. Hasta que ella pilló las indirectas y se limitó a lanzarme largas miradas de reprobación antes de marcharse con su mejor ropa de domingo. Más tarde, el hecho de que yo me fuera de casa para asistir a la universidad la cambió, la ablandó. A esas alturas yo ya era digna hija de mi madre, insensible, demasiado insensible para entender que ella estaba enfrentándose a los complejos matices de la pérdida: la de su hijo, una pérdida inesperada y física; la de su hija, más lenta, más natural. Cuando llevaba cuatro semanas de mi primer año de universidad, ella se despidió antes de colgar el teléfono con un «te quiero», pronunciado con el reticente balbuceo que reservaba para el inglés. Me reí tanto que se me saltaban las lágrimas. Un «te quiero» de la mujer que una vez había dicho que esa frase era una *aburofo nkwaseasɛm*, una tontería de blancos. Al principio me reprochó que me riera, pero no tardó en echarse a reír ella también, y la risa retumbó en las paredes de mi dormitorio universitario. Más tarde, cuando le expliqué a Samantha, mi compañera de cuarto, por qué me reía, ella dijo: «O sea, que lo de querer a tu familia te hace mucha gracia, ¿no?» Samantha era una lugareña rica y blanca, con un novio que venía de vez en cuando en coche desde la Universidad de Massachusetts y me hacía sentir de más en la habitación que ella y yo compartíamos; esa chica era la encarnación misma de la *aburofo nkwaseasɛm*. Me eché a reír nuevamente.

Ese día que volví con mi madre a la sede de las Primeras Asambleas de Dios me sorprendió lo mucho que la iglesia había crecido desde la época de mi niñez. La iglesia se había trasladado a un centro comercial, donde ocupaba el espacio que antes había albergado dos tiendas enteras, y estaba esperando —se diría que con impaciencia, dado el número de plegarias que la gente pronunciaba al respecto— que los dueños de la librería familiar contigua se dieran por vencidos y la vendieran. Vi unas cuantas caras conocidas, aunque la mayoría me resultaron extrañas. Mi madre y yo destacábamos aún más entre todos esos miembros nuevos, en una iglesia atestada de fervientes sureños blancos, con sus polos en tonos pastel y sus pantalones caqui, mientras mi madre resplandecía con su abrigo de angora.

La sala se sumió en el silencio cuando el pastor John avanzó hacia el púlpito. Las sienes se le habían plateado desde la última vez que lo había visto. Cruzó las manos, que a mí siempre me habían parecido dos tallas demasiado grandes, como si Dios le hubiera puesto al pastor

John las manos de otro hombre y, al darse cuenta del error, se hubiera mirado al espejo y se hubiera encogido de hombros. «Yo soy el que soy.» Me gustaba imaginar que por ahí andaba otro hombre más corpulento con las manos pequeñas del pastor John. Me gustaba pensar que ese hombre también se había convertido en predicador y que estaba al frente de una congregación que podría caberle en la palma.

—Dios Padre, nuestro Señor, te damos las gracias por este día. Te damos las gracias por traer de regreso a nuestros hijos e hijas a la iglesia después de tanto tiempo, por haberlos hecho volver sanos y salvos a tus pies tras su paso por la universidad. Dios, te pedimos que tu Palabra les llene la cabeza, que no permitas que caigan en manos del mundo secular, que...

Miré a mi madre con el ceño fruncido mientras el pastor John seguía soltando referencias veladas hacia mí, pero ella mantuvo la vista clavada al frente, sin inmutarse. Después del sermón, cuando saludaba a los feligreses que iban saliendo, el pastor John me apretó la mano un poco más fuerte de lo normal, y dijo:

—No te preocupes por nada. Tu madre lo está haciendo bien, lo está haciendo muy bien. Dios es fiel.

—Lo estás haciendo muy bien —le dije al ratón antes de dormirlo.

Aunque había repetido docenas de veces el mismo proceso y nunca había tenido ningún problema, siempre pronunciaba una pequeña plegaria, una mínima súplica para que funcionara. La pregunta que intentaba responder, usando la frase de la señora Pasternack, era: ¿podía emplearse la optogenética para identificar los mecanismos neuronales que se dan en aquellas enfermedades psiquiátricas donde aparecen trastornos relacionados con la búsqueda de recompensa, como en la depresión, donde la búsqueda de placer se inhibe en exceso, o la drogadicción, donde no se limita lo suficiente? En otras palabras, dentro de muchos, muchísimos años, cuando hayamos descubierto cómo identificar y aislar las partes del cerebro que están relacionadas con esas enfermedades, cuando hayamos superado todos los obstáculos que hay que superar para que esta investigación pueda utilizarse en otros animales además de los ratones, ¿este trabajo científico podría ser útil para quienes más lo necesitan?

¿Podría servir para que un hermano deje de pincharse? ¿Para que una madre se levante de la cama?

10

Cuando mi madre descubrió que estaba embarazada de mí, se llevó una sorpresa. Ella y el Hombre Chin Chin habían dejado de intentarlo mucho tiempo antes. Estados Unidos era un lugar tan caro que la esterilidad era una bendición en sí misma, pero entonces aparecieron las náuseas matinales, los pechos sensibles, la hinchazón de la vejiga. Lo supo. Tenía cuarenta años y su «milagro», como lo llamaban todos a su alrededor, no la hacía del todo feliz.

—No eras un bebé demasiado bueno —me decía siempre—. Cuando estabas en mi vientre eras muy desagradable, pero mientras salías te volviste una pesadilla. Treinta y cuatro horas de suplicio. Yo pensaba, oh, Señor, ¿qué he hecho para merecer este tormento?

Nana fue el primer milagro, el verdadero milagro, y la gloria de su nacimiento proyectaba una sombra muy alargada. Yo nací en las tinieblas que esa sombra dejó, y lo entendía, incluso cuando aún era apenas una niña. Mi madre se aseguró de que así fuera. Era una de esas mujeres pragmáticas, no exactamente cruel, pero casi. De pequeña me enorgullecía de apreciar la diferencia. Nana todavía estaba con nosotros y gracias a eso yo podía soportar que mi madre me dijera que había sido una niña horrible. Podía soportarlo porque entendía el contexto; el contexto era Nana. Cuando él murió, el pragmatismo se convirtió en crueldad.

Cuando era muy pequeña, mi madre empezó a llamarme *asaa*, esa baya milagrosa que, ingerida antes de un alimento agrio, es capaz de endulzarlo. *Asaa*, dentro de un contexto, es una baya milagrosa. Fuera del contexto, no es nada, no hace nada. La fruta que era agria sigue siéndolo.

En aquellos primeros años en que éramos una familia de cuatro, la fruta agria estaba por todas partes, pero yo era *asaa* y Nana era el contexto, de modo que disponíamos de dulzura en abundancia. Entonces mi madre seguía trabajando para el señor Thomas. Algunos de mis recuerdos más antiguos son las manos invariablemente temblorosas de ese hombre buscando las mías en los días en que mi madre me llevaba a verlo.

—¿Dónde está mi pepita? —tartamudeaba él, con las palabras esforzándose por traspasar la trémula puerta de sus labios.

En aquella época el señor Thomas adoraba a mi madre, tal vez más de lo que quería a sus propios hijos, pero su afilada lengua jamás se ablandaba y yo nunca lo oí dirigirle una palabra amable a ella.

El Hombre Chin Chin había conseguido un trabajo estable como encargado en dos escuelas primarias. Los niños todavía lo adoraban y era un hombre bueno y trabajador. Los recuerdos que tengo de él, aunque escasos, son más que nada agradables, como suele ocurrir cuando recuerdas cosas de gente que apenas conociste. A los que han permanecido en nuestra vida los juzgamos con mayor severidad, simplemente porque los tenemos a mano y los podemos fustigar.

Me han dicho que de bebé era ruidosa y parlanchina, lo opuesto de la persona callada y tímida que terminé siendo. Desde hace mucho se supone que la fluidez verbal en la niñez es un indicio de inteligencia futura y, si bien eso se cumple en mi caso, lo que me interesa es el cambio de temperamento. De hecho, cuando me oigo o me veo en alguna grabación de aquellos primeros años de vida, muchas veces me parece estar observando a una persona totalmente distinta. ¿Qué me ha ocurrido? ¿En qué clase de mujer podría haberme convertido si toda esa locuacidad no hubiera cambiado de rumbo, si no se hubiera escondido en mi interior?

Hay grabaciones mías de aquella época, una cinta tras otra en las que hablo muy rápido en perfecto twi o, anteriores, donde se oyen mis balbuceos sin sentido. En una de esas cintas, Nana intenta contarle una historia al Hombre Chin Chin.

—El cocodrilo levanta la cabeza y abre su gran boca y entonces...

Se me oye chillar.

—Una mosca aterriza en el ojo del cocodrilo, y él intenta...

—¡Dada, dada, dada! —grito.

Si escuchas la grabación atentamente, casi puedes oír la paciencia del Hombre Chin Chin ante la creciente frustración de Nana por mis interrupciones desmedidas. Trata de hacernos caso a los dos pero, por supuesto, ni mi hermano ni yo recibimos lo que verdaderamente queremos: una atención completa y absoluta, una atención sin restricciones. Yo aún no pronunciaba ninguna palabra con sentido, sin embargo esos balbuceos expresan urgencia. Tengo algo importante que decir. Un desastre asoma en el horizonte y si nadie me escucha, ese desastre sucederá, y mi padre y Nana no podrán culpar a nadie más que a sí mismos. La urgencia de mi voz es real y resulta angustiante escucharla, incluso tantos años después. No estoy fingiendo que hay un desastre inminente: lo creo de verdad. En determinado momento emito un sonido grave, gutural, animal, un sonido evidentemente biológico, encaminado a llamar la atención y conseguir la compasión de los otros animales y, aun así, esos otros animales de mi especie —mi padre, mi hermano— siguen hablando sin escucharme. Hablan sin hacerme ningún caso porque estamos a salvo, en una casita alquilada de Alabama, no perdidos en una oscura y peligrosa selva tropical, no sobre una balsa en medio del mar. Aquel sonido es absurdo, es un sonido fuera de lugar, el rugido de un león en la tundra. Ahora, cuando escucho la cinta, me da la impresión de que éste es en sí mismo el desastre que anticipé, un desastre bastante habitual en la mayoría de los niños hoy en día: el hecho de que era un bebé, de que cuando nací era bonita, ruidosa, dependiente, salvaje, pero las condiciones de la jungla han cambiado.

En la cinta, Nana intenta retomar su historia, pero es inútil. Yo estoy cada vez más desesperada y no le dejo hablar. Por fin, se oye un cachete suave y a Nana que grita: «Cállate, cállate, CÁLLATE.»

—No se pega —afirma el Hombre Chin Chin y a continuación empieza a hablar con Nana en un tono quedo, demasiado bajo para entenderlo en la grabación, pero de todas maneras puede captarse la ira que esos sonidos amortiguados esconden.

En esa ira hay matices de comprensión. Está diciendo: «Sí, ella es insoportable, pero es nuestra, de modo que debemos soportarla.»

· · ·

Mi madre había vuelto a comer, aunque no lo hacía cuando yo estaba delante. Un par de veces, cuando regresé del laboratorio, encontré latas vacías de sopa de tomate con tropezones marca Amy's en la basura, así que empecé a comprarlas en grandes cantidades en el Safeway que estaba cerca del campus.

En cuanto a mí, apenas comía en los días de escasez de mi poco saludable época de estudiante. Todas mis cenas venían en cajas o en latas y se anunciaban con el pitido del microondas. Al principio, mi dieta me avergonzaba. Tampoco ayudaba el hecho de que la cajera del Safeway de mi barrio fuera increíblemente hermosa: tenía la piel aceitunada y oscura, y llevaba el pelo rapado en la parte inferior de la cabeza, y siempre que se metía el pelo detrás de la oreja yo la miraba de reojo. En la etiqueta de identificación, sujeta sobre su pecho izquierdo y siempre torcida, se leía SABIHA. No podía aguantarlo. Empecé a imaginar lo que pensaba al ver mi carrito de la compra. Esa mirada de «otra vez pollo congelado para cenar, ¿eh?» que yo estaba segura de que me había lanzado en una ocasión. Decidí dividir la compra entre distintas tiendas del barrio. Ahora que mi madre se alojaba en mi casa, me sentía menos avergonzada por las latas de sopa que rebasaban mi carrito. Si alguien me preguntaba al respecto, tenía una excusa preparada: «Mi madre; está enferma», me imaginaba comentándole a la guapa cajera.

—¿Te importa que cene contigo? —le pregunté a mi madre.

Llevé dos cuencos de sopa a su dormitorio, que era el mío, y me senté en una silla que había arrastrado desde la sala. La habitación tenía tan pocos muebles que hasta la palabra «amueblada» era excesiva para describirla: había una cama, una mesita de noche y ahora la silla.

También había un olor, ese hedor de la depresión, fuerte e infalible, como un mueble.

Como siempre, mi madre me daba la espalda, pero yo había decidido tratar de hablar con ella como fuese. Dejé su cuenco sobre la mesita de noche y esperé a que se diera la vuelta. Me tomé la sopa haciendo mucho ruido, sorbiendo con fuerza, porque sabía que se la llevaban los demonios cuando la gente hacía ruido al comer y quería que se enfadara. Incluso la ira sería mejor que esto. Llevaba una semana viviendo conmigo y no había pronunciado más que cinco frases.

Yo tampoco había hablado mucho. No sabía de qué hablar. ¿Qué puedes decirle a la espalda de una mujer, a la espalda de tu madre? Esa curva, esa inclinación, su piel floja, se habían vuelto más reconocibles para mí que su cara, que en otra época había sido lo que más buscaba en el mundo. Su cara, a la que mi cara había terminado pareciéndose, era la que había observado en el espejo las noches en que hablábamos sobre nuestras vidas mientras ella se maquillaba y se preparaba para ir a trabajar. En aquellos años en que sólo estábamos nosotras dos, después de mi regreso de Ghana, yo analizaba su rostro en busca de alguna señal de recaída, tratando de convertirme en una experta en los matices de la tristeza que reconocía en sus ojos. ¿Estaría allí, acechando nuevamente, aquella oscura y profunda tristeza, o era tan sólo la de todos los días, esa que todos sufrimos de vez en cuando, esa que viene y, lo que es más importante, se va? Ya habían pasado casi tres días desde la última vez que había visto el rostro de mi madre, pero lo había estudiado lo suficiente como para saber el tipo de tristeza que encontraría en él.

• • •

En el famoso experimento de Edward Tronick, el de la Cara Inexpresiva realizado en los años setenta, se disponen frente a frente a un bebé y a su madre. Al principio, se relacionan entre sí con entusiasmo y alegría. El bebé señala y los ojos de la madre siguen el dedo. El bebé sonríe y la madre le devuelve la sonrisa. Se ríen, se tocan. Luego, después de unos minutos, el rostro de la madre se vuelve completamente inexpresivo. El bebé trata de repetir todos los movimientos que apenas unos segundos antes habían provocado una reacción en la madre, pero es en vano. Ella se niega a reconocer su presencia.

Vi ese experimento por primera vez en la clase de psicología de la universidad y me acordé de las cintas de mi infancia, aunque los vídeos de este experimento eran mucho más angustiantes. A diferencia de lo que ocurría en mi cinta, aquí no había ningún intento de aliviar el sufrimiento de la niña, una niña que claramente estaba sufriendo. En su rostro se refleja el dolor de esa traición pura, elemental. Y lo peor es que es la madre, entre todas las personas posibles, la que ignora a la niña, no un hermano o el padre. Es la persona que en esa etapa de la vida tiene inequívocamente más importancia desde un punto de vista biológico y emocional. Aquel día en clase, mientras mis compañeros y yo observábamos la mirada recelosa de la niña y tomábamos notas, oímos un quejido repentino. No procedía del bebé del vídeo. Era de una chica en quien jamás me había fijado, aunque se sentaba bastante cerca de mí. La chica abandonó la sala abruptamente y, al hacerlo, tiró mi cuaderno, que cayó al suelo, y entonces supe que ella sabía lo que el bebé sabía. Había estado en la misma jungla.

Mi madre y yo recreábamos el experimento de la Cara Inexpresiva, ahora reconvertido en el experimento de la Espalda Vuelta, con la diferencia de que yo tenía veintiocho años y a ella le faltaban apenas unas semanas para cumplir los sesenta y nueve. El daño causado por esa espalda vuelta sería mínimo; yo ya me había convertido en la persona que iba a ser, una científica que entendía que lo que aquejaba a mi madre era de hecho una enfermedad, incluso aunque ella se negara a reconocerla como tal. Incluso aunque rechazara a los médicos, la medicina, a su propia hija. Ella aceptaba la oración y sólo la oración.

—Todavía rezo a veces —le conté a la espalda de mi madre.

No era exactamente una mentira, aunque, desde luego, no era verdad. La última vez que habíamos hablado, ella me había preguntado si rezaba y por eso yo estaba dispuesta a renunciar a toda la verdad si eso implicaba que mi madre volvía a hablar. Quizá la religión era la única fuente de la que podía extraerse agua.

«Estad siempre gozosos. Orad sin cesar.» Cuando era niña, esa frase de las Escrituras me preocupaba.

—¿Se puede hacer eso? —le pregunté a mi madre—. ¿Orar sin cesar?

—¿Por qué no lo intentas?

Así que me puse a rezar y me hinqué de rodillas a los pies de la cama. Empecé enumerando todas aquellas cosas por las que sentía gratitud: mi familia, mis amigos, mi bicicleta azul, los cortes de helado, el perro *Buddy*. Alcé la mirada y no había pasado ni un minuto. Seguí con mi lista, añadiendo personas con las que pensaba que Dios debía esforzarse un poco más, animales que en mi opinión a Dios le habían salido bien y unos pocos que le habían salido mal, pero no tardé en distraerme y mi mente voló tan lejos que descubrí que, en lugar de rezar, estaba pensando en lo que había sucedido en mi programa de televisión favorito la noche anterior.

—Me parece que no se puede —informé a mi madre.

Ella estaba en la cocina, filtrando aceite usado en un frasco vacío. Tenía la costumbre de sacar la lengua cuando vertía cosas; años más tarde, me encontraba en el baño vertiendo jabón en un dispensador, cuando me vi en el espejo haciendo el mismo gesto y me alarmé: lo que yo más temía, convertirme en mi madre, estaba ocurriendo y sucedía físicamente, a mi pesar.

—«Para los hombres esto es imposible; mas para Dios todo es posible» —citó ella.

—Mateo, 19:26.

Mi madre se había pasado la vida poniendo a prueba mis conocimientos sobre la Biblia. A veces los versículos eran oscuros, tan oscuros que estoy segura de que ella los había buscado instantes antes de preguntarme sobre ellos, pero yo me enorgullecía de recitarlos correctamente. Ahora, cada tanto, recuerdo alguno de esos versículos en los momentos más extraños. De pronto estoy en una gasolinera o paseando por unos grandes almacenes y oigo una voz que dice: «Gustad, y ved que es bueno Jehová. Dichoso el hombre que confía en él.» Y yo respondo: «Salmos, 34:8.»

—¿Qué es una plegaria? —me preguntó mi madre.

La pregunta me dejó perpleja entonces y sigue dejándome perpleja ahora. Me quedé mirando a mi madre, a la espera de que ella misma me diese la respuesta. En esa época, yo afrontaba la devoción de la misma manera en que abordaba mis estudios: meticulosamente. Pasé todo el verano después de cumplir ocho años leyendo la Biblia de cabo a rabo, una hazaña que hasta mi madre reconoció que jamás había realizado. Por encima de todo, quería ser buena, y quería que el camino hacia esa bondad fuera claro. Imagino que por eso se me daban tan bien las matemáticas y las ciencias, donde las reglas están desarrolladas paso a paso, donde si hacemos algo exactamente del modo en que debemos hacerlo, el resultado será exactamente el que se espera que sea.

—Si llevas una vida piadosa, una vida moral, entonces todo lo que haces puede ser una plegaria —me explicó mi madre—. En lugar de tratar de rezar todo el día, vive tu vida como una plegaria.

Su respuesta me decepcionó, y ella se dio cuenta.

—Si te resulta difícil rezar —me dijo—, ¿por qué no intentas escribirle a Dios? Recuerda que todo lo que hacemos es una oración. Dios leerá lo que escribes y atenderá tus renglones como si fueran plegarias. De tu pluma al oído de Dios.

Esa noche redacté la primera anotación en mi diario y me sentí tan lúcida por el acto de escribirle a Dios que me enganchó: sentía que Dios estaba allí, leyendo y escuchando. Estaba en todas partes, de modo que, ¿por qué una plegaria no podía ser una manera de vivir la vida? Observé cómo mi madre continuaba vertiendo aceite usado a través de un tamiz. Observé cómo el tamiz atrapaba los pedacitos carbonizados y endurecidos de comida que habían quedado de lo que se había cocinado aquel día. Observé cómo la lengua de mi madre asomaba por la comisura de los labios, como un caracol deslizándose fuera de su concha. ¿Sería eso verter una plegaria?

Sorbí lo que quedaba de sopa. Mi madre no se movió; no se dio la vuelta. Observé la inclinación de su espalda, que subía y bajaba, subía y bajaba. ¿Sería eso una plegaria?

11

Querido Dios:

Hoy Buzz y yo hemos corrido hasta el coche al salir de la iglesia. Ha ganado él, pero me ha dicho que cada día soy más rápida. Que vaya con cuidado, la próxima vez ganaré yo.

Querido Dios:

Por favor bendice a Buzz y a LMN y por favor deja que Buzz tenga un perro. Amén.

12

La estimulación cerebral profunda, o ECP, consiste en estimular con señales eléctricas las áreas del cerebro que controlan los movimientos. A veces se practica esa intervención a personas que padecen la enfermedad de Parkinson con el objetivo de mejorar sus funciones motrices. Yo asistí a una de esas operaciones durante mi primer año de posgrado, porque sentía curiosidad sobre el mecanismo de ese procedimiento y quería saber si me sería de utilidad en mis investigaciones.

Aquel día el paciente era un hombre de sesenta y siete años a quien le habían diagnosticado Parkinson seis años antes y que había mostrado una respuesta moderada a la medicación. El neurocirujano, un colega que había pasado un año sabático investigando en mi laboratorio, le colocó con mucho cuidado un electrodo en el núcleo subtalámico al paciente, que se mantendría despierto durante todo el procedimiento, y luego encendió la batería del generador de impulsos. Observé cómo desaparecían los temblores del paciente, más pronunciados en la mano izquierda. Era algo asombroso de ver, como si se hubieran perdido las llaves de un coche mientras el motor seguía encendido y no dejaba de repiquetear, y de pronto alguien encontrara las llaves, apagara el motor y los repiqueteos se detuvieran.

—¿Cómo te encuentras, Mike? —le preguntó el doctor.

—Bastante bien —respondió Mike y luego, sin dar crédito, lo repitió—. Oiga, estoy bastante bien.

Unos segundos más tarde, Mike estaba llorando; un llanto desconsolado e inconsolable, como si aquel «bastante bien» no hubiera sido más que un producto de nuestra imaginación. Así conseguí presenciar de primera mano uno de los problemas de la ECP y de otros métodos similares: el hecho de que los magnetos y las señales eléctricas no pueden distinguir una neurona individual de otra. El cirujano desplazó un milímetro el electrodo en el cerebro de Mike para tratar de corregir la ola de tristeza que lo había aquejado sin previo aviso. Dio resultado, pero ¿y si no hubiera sido así? Un milímetro era lo único que separaba ese «bastante bien» de una angustia inimaginable; un milímetro en un órgano del que sabemos tan poco, pese a nuestros constantes esfuerzos por entenderlo.

Una de las cosas emocionantes de la optogenética es que nos permite apuntar a neuronas específicas, lo que nos proporciona un grado de especificidad más elevado que la ECP. Los estudios sobre la enfermedad de Parkinson me interesaban en parte debido a mis investigaciones en optogenética, pero también por mis recuerdos del señor Thomas, que murió cuando yo tenía tres años. No descubrí qué era el Parkinson hasta muchos años más tarde, en la secundaria, cuando leí sobre esa enfermedad en el libro de texto y me vino a la cabeza la imagen del hombre para el que había trabajado mi madre.

Hay una foto de mi familia en el funeral. Estamos cerca del ataúd. Nana parece tan aburrido como enfadado, y muestra las primeras señales de una expresión que mi familia llegaría a conocer bien en su adolescencia. El Hombre Chin Chin me abraza con cuidado, para no arrugarme el vestido negro. Mi madre está de pie a su lado, no se la ve triste, exactamente, pero tiene algo. Ésa es una de las pocas fotografías en las que estamos los cuatro juntos. Creo que recuerdo ese día, pero no sé si lo que me contó mi madre se convirtió en recuerdo o si he examinado esa fotografía tanto tiempo que me han venido a la memoria mis propias remembranzas.

Esto es lo que creo recordar: aquella mañana el Hombre Chin Chin y mi madre discutieron, porque él no quería ir al funeral, pero ella insistió. Por muy mal que el señor Thomas se hubiera portado con ella, seguía siendo un anciano y por lo tanto merecía respeto. Nos apiñamos todos en la minivan roja. Conducía mi madre, hecho que era poco común cuando mi padre iba en el vehículo, y aferraba el volante con tanta fuerza que se le marcaban las venas de las manos.

Los hijos gilipollas del señor Thomas estaban presentes, los tres. Los dos varones, que tenían más o menos la edad de mi padre, estaban llorando, pero su hija era la que llamaba más la atención: estaba impasible, mientras contemplaba a su padre dentro del ataúd con una inconfundible expresión de menosprecio. Cuando llegó nuestro turno de aproximarnos al difunto, se acercó a nosotros y le dijo a mi madre: «Era un hombre horrible y no lamento que haya muerto; tal vez lo único que lamento es que usted haya tenido que aguantarlo todos estos años.»

Fue ella quien nos hizo esa fotografía, aunque no me explico por qué alguien querría conmemorar ese momento. En el camino de regreso, nuestros padres no podían dejar de hablar sobre lo que había dicho la hija. Era pecado hablar mal de los muertos; peor que un pecado: era una maldición. Mientras discutían, mi madre se fue alterando cada vez más.

—Para el coche —dijo, pues en ese momento conducía mi padre—. Para el coche.

El Hombre Chin Chin se salió al arcén; luego se volvió hacia mi madre y aguardó.

—Tenemos que rezar.

—¿No podemos esperar? —dijo él.

—¿Esperar qué? ¿Que ese hombre salga de la tumba y venga a buscarnos? No, debemos rezar ahora mismo.

Nana y yo sabíamos lo que teníamos que hacer. Inclinamos la cabeza y unos segundos después el Hombre Chin Chin nos imitó.

—Padrenuestro, oramos por esa mujer que habló mal de su padre. Te suplicamos que no la castigues por haber dicho esas cosas y que no nos castigues a nosotros por haberlas escuchado. Señor, te pedimos que dejes que el señor Thomas encuentre la paz. En el nombre de Jesús, amén.

«En el nombre de Jesús, amén», el final más común de una plegaria. De hecho, era tan común que de pequeña creía que ninguna oración estaba completa sin esas palabras. Cuando iba a cenar a casa de mis amigas, esperaba que sus padres dieran las gracias y, si no decían esas palabras, me negaba a coger el tenedor. Las susurraba yo misma, para mis adentros, antes de comer.

Recitábamos esas seis palabras al final de las plegarias en los partidos de fútbol de Nana. En el nombre de Jesús, le suplicábamos a Dios que permitiera que nuestros chicos derrotasen a sus adversarios. Nana tenía cinco años cuando empezó a jugar a ese deporte y, cuando nací, mi hermano ya se había granjeado una reputación en el terreno de juego: era rápido, alto, ágil y condujo a su equipo, los Cohetes, a la final del estado tres años seguidos.

Al Hombre Chin Chin le encantaba el fútbol. «Es el deporte más elegante que existe. Requiere sutileza y precisión, como una danza.» Mientras decía eso me cogía en brazos y me llevaba bailando por las gradas de la antigua escuela secundaria donde se celebraba la mayoría de los partidos de Nana. Nosotros asistíamos a todos los partidos, el Hombre Chin Chin y yo. Mi madre, que por lo general estaba trabajando, venía cuando podía con la nevera portátil llena de uvas y refrescos de la marca Capri Sun.

Uno de los partidos de Nana me impactó especialmente. Él tenía unos diez años en esa época y ya había crecido como una hierba en primavera. La mayoría de los chicos que conocí en mi infancia eran más bajos que las chicas hasta los quince o dieciséis, edad en que doblaban alguna esquina invisible durante el verano para aparecer en la escuela el curso siguiente siendo dos veces más altos, con voces que crujían como la radio del coche cuando se giraba el dial buscando el sonido más adecuado, el más nítido. En cambio, Nana siempre fue más alto que todos los demás. El primer año, para que le permitieran entrar en el equipo, mi madre tuvo que enseñar su partida de nacimiento y demostrar así que no era mayor que los otros niños.

El día de ese partido en concreto hacía mucho bochorno; era uno de esos días estivales de Alabama en los que el calor se siente como una presencia física, como un peso. No habían pasado cinco minutos desde el inicio del partido cuando ya se podían distinguir las gotitas de sudor que salían despedidas del pelo de los chicos cada vez que sacudían la cabeza. La gente del sur está acostumbrada a este tipo de calor, por supuesto, pero cargar ese peso todo el día es agotador. A veces, si no tienes cuidado, te aplasta.

Uno de los chicos del otro equipo intentó meter un gol torpemente y se resbaló. Se quedó tumbado en el suelo uno o dos segundos, como aturdido.

—¡Levántate del puto suelo! —gritó un hombre.

En el campo de fútbol había pocas gradas, porque en Alabama el fútbol tradicional no le interesaba a nadie, era un deporte para niños, algo a lo que apuntar a tus críos hasta que estuvieran listos para jugar al fútbol americano. Aquel hombre se encontraba en las gradas del otro lado, pero aun así estaba bastante cerca.

El partido continuó. Nana era delantero, y de los buenos. Cuando llegó el descanso ya había metido dos goles. El otro equipo, uno.

Sonó el silbato y los chicos se acercaron a su entrenador, que estaba en el banco a tan sólo una fila de nosotros. Nana cogió un racimo de uvas y, cuidadosa, metódicamente, empezó a arrancar los granos y a metérselos en la boca mientras el entrenador hablaba.

Al otro lado, el hombre que había gritado agarró a su hijo por el pelo, que estaba empapado de sudor.

—No dejes que los negratas esos nos ganen. No dejes que te metan otro gol. ¿Me oyes?

Todos lo oyeron. Llevábamos poco más de media hora en compañía de aquel tipo y, sin embargo, ya había quedado claro que le gustaba que lo oyeran.

Yo era demasiado pequeña para entender la palabra que había empleado, aunque lo bastante mayor para captar el cambio que se había operado en el ambiente. Nana no se movió, ni tampoco lo hizo el Hombre Chin

Chin, pero aun así todos empezaron a mirarnos a los tres, las únicas personas negras que había en el campo. Al decir «los negratas esos» ¿había cometido un error gramatical, o se suponía que aquel plural debía incluirnos a mi padre y a mí? ¿Qué íbamos a ganar? ¿Qué temía perder aquel hombre?

El entrenador de Nana se aclaró la garganta y murmuró sin entusiasmo algunas palabras de aliento en un intento de distraer a todo el mundo. Sonó el silbato y los chicos de ambos equipos volvieron corriendo al terreno de juego, pero Nana no. Miró hacia las gradas, hacia el Hombre Chin Chin, que estaba allí sentado conmigo sobre sus piernas. La mirada de Nana era una pregunta y yo no alcanzaba a ver el rostro de mi padre, pero no tardé en saber qué le había contestado.

Nana entró en el terreno de juego a la carrera y durante el resto de aquel segundo tiempo se volvió una figura borrosa, que se movía no con la elegancia que mi padre relacionaba con el fútbol, sino con verdadera furia. Una furia que terminaría definiéndolo y consumiéndolo. Marcó gol tras gol, incluso robándoles la pelota a sus propios compañeros en determinados momentos. Nadie lo frenó. La rabia del padre enfurecido se leía en su cara roja, pero ni siquiera él volvió a abrir la boca, aunque estoy segura de que la descargó contra su hijo en el trayecto de regreso a casa.

Al finalizar el partido, Nana estaba agotado. Tenía la camiseta tan empapada de sudor que se le pegaba al cuerpo, y podías ver el contorno de sus costillas mientras jadeaba sin cesar.

El Hombre Chin Chin se incorporó cuando el silbato del árbitro marcó el final del partido. Se llevó las manos a la boca a modo de bocina y soltó una ovación estruendosa y prolongada. «*Mmo, mmo, mmo. Nana, wayɛ ade*.» Me alzó y bailamos por las gradas, con una danza no elegante ni precisa, sino desordenada, exuberante, escandalosa. Él siguió gritando la misma ovación —«Buen trabajo, buen trabajo, buen trabajo»— hasta que Nana, avergonzado, esbozó una sonrisa y la furia desapareció. Aunque la ocasión era sombría, el momento en sí fue dichoso. Aquel día, cuando nos subimos al coche, Nana y yo estábamos felices, radiantes por el calor que irradiaba el orgullo de nuestro padre, encantados con los logros de Nana. Quien nos hubiera visto entonces, dos niños riendo y jugando junto a un padre cariñoso que los adoraba, habría supuesto que prácticamente habíamos olvidado los gritos de aquel hombre. Que habíamos olvidado cualquier preocupación. Pero el recuerdo se quedó conmigo y me enseñó una lección de la que jamás he logrado librarme del todo: que siempre tendría que probar mi valía y que nada, salvo una brillantez deslumbrante, bastaría para probarla.

13

Cuando Nana empezó a jugar al fútbol, mis padres comenzaron a pelearse por la comida. Como es habitual en los deportes de equipo, había un calendario rotatorio de refrigerios. Cada tres semanas, a mi familia le tocaba aportar las naranjas, las uvas y los refrescos Capri Sun que todas las mamás llamaban «combustible de Cohete» para los otros dieciséis chicos del equipo. En el descanso, los Cohetes chupaban el zumo de las naranjas cortadas en cuña y dejaban la pulpa. «Qué desperdicio», decía mi madre cada vez que acudía a un partido y se encontraba los laterales del campo llenos de restos de naranja, pequeñas minas terrestres de fruta sin comer, de privilegio. En mi familia siempre nos fijábamos en ese tipo de desperdicio: la carne de pollo que dejaban pegada en el hueso comensales demasiado educados para comer con las manos, las cortezas de los sándwiches, los bocadillos abandonados después de que los niños les dieran un solo mordisco. Yo estaba en una edad en la que, obsesionada por la talla, me había vuelto maniática con la comida, y empujaba los tomates al borde del plato para no comérmelos. Mi madre me lo dejó pasar durante dos días, y al tercero puso una vara sobre la mesa y me fulminó con la mirada. No tuvo que decir ni una palabra. Yo había probado esa vara sólo una vez, el día que se me ocurrió susurrar «maldición» en el silencioso presbiterio de las Primeras Asambleas. La palabra resonó en ese sitio, el más sagrado de los lugares sagrados; el eco encontró a mi madre; mi madre encontró la vara. Después, las manos le temblaron con tanta violencia que yo pensé que jamás volvería a hacerlo, de modo que aquella noche, cuando la vara apareció sobre la mesa, sospeché que estaba marcándose un farol. La miré con receló, miré la vara, miré el reloj. Antes de medianoche, seis horas después del inicio de la cena, con lágrimas en los ojos y terror en el corazón, comí el último tomate.

Nana jamás había sido maniático con la comida. Era tan alto y grande que comía todo lo que podía, no dejaba nada en el plato. Mi madre sabía, hasta el último céntimo, lo que costaba cada bocado que había en nuestra casa. Siempre que volvía de la tienda de comestibles, se sentaba a la mesa de la cocina y revisaba los recibos, subrayando números y haciendo listas. Si el Hombre Chin Chin estaba en casa, ella le gritaba alguna cifra y decía: «Estos niños acabarán dejándonos sin techo con todo lo que comen.»

Ella y el Hombre Chin Chin empezaron a diluir el zumo de naranja. Como químicos realizando un extenuante experimento, juntaban las botellas vacías de cuatro litros, vertían hasta un cuarto de zumo de naranja y rellenaban el resto con agua, hasta que el color del líquido ya no podía considerarse naranja, hasta que el líquido ya no podía considerarse zumo. Nana y yo dejamos de beberlo, pero mi hermano continuó comiendo a dos carrillos: cereales, barritas de granola, fruta, las sobras de arroz y de guiso. Comía y comía sin parar y daba la impresión de que con cada bocado se hacía más alto.

Mis padres empezaron a esconder toda la comida que podía esconderse. Si abrías un cajón y mirabas bien en el fondo, te encontrabas con una galleta Ovaltine. En el armario, entre pilas de ropa, estaban los plátanos.

—Esto es lo que vamos a hacer —dijo Nana un día en que no encontrábamos los Cheerios, nuestros padres estaban trabajando y él y yo nos habíamos quedado en casa y teníamos que arreglárnoslas solos y con nuestra hambre—: Nos repartiremos la búsqueda. Tú revisas los muebles bajos y yo los altos.

Abrimos todos los cajones, examinamos la superficie de todos los estantes, y reunimos el botín en mitad de la sala: todas las cosas que habíamos supuesto que estarían escondidas, así como muchas más que ni siquiera imaginábamos. A los cuatro años ya me chiflaba el refresco de malta, me gustaba chupar la espuma amarga de la superficie y bebérmela a grandes sorbos. Si me hubieran dejado habría bebido una en cada comida todos los días, pero mis padres decían que era una bebida sólo para fiestas, no para días normales. No obstante, ahora la habíamos encontrado, junto con todas las demás frutas prohibidas.

Nana y yo nos lanzamos riéndonos sobre la comida y la bebida. Faltaba apenas una hora para que volviera el Hombre Chin Chin, y sabíamos que para entonces toda la comida tendría que estar de vuelta exactamente donde la habíamos encontrado. Nana comió chocolate y Cheerios, yo sorbí lentamente una malta, saboreando su dulce sabor a cebada, y esa noche, en la cena, sentados a la mesa de la cocina, mientras nuestros padres nos pasaban cuencos de sopa diluida, nos miramos a los ojos y sonreímos, compartiendo nuestro sabroso secreto.

· · ·

—¿Quién ha hecho esto? —dijo mi madre tras sacar de la basura el envoltorio vacío de una barrita de cereales. Se había descubierto el pastel. Nana y yo habíamos sido cuidadosos, pero a todas luces no lo suficiente. Ni siquiera la basura se salvaba del ojo avizor de mi madre—. ¿Quién ha hecho esto? ¿Dónde lo habéis encontrado?

Me eché a llorar, y nos delaté. Estaba dispuesta a confesar todos mis crímenes, sin embargo el Hombre Chin Chin intercedió.

—Deja en paz a los críos. ¿Quieres que se mueran de hambre? ¿Eso es lo que quieres?

Mi madre sacó algo de su monedero. ¿Una factura? ¿Un recibo?

—Todos nos moriremos de hambre si no empezamos a ganar más dinero. Ya no podemos darnos el lujo de vivir así.

—Tú eras la que quería venir aquí, ¿lo recuerdas?

Y continuaron discutiendo. Con mucha delicadeza, Nana me tomó de la mano y me sacó de la sala. Fuimos a su habitación y cerramos la puerta. Cogió un libro para colorear de su estantería y me tendió los lápices de colores. En poco tiempo yo ya no los escuchaba.

—Buen trabajo, Gifty —me dijo cuando le enseñé mi obra—. Buen trabajo.

Mientras, afuera, seguía arremolinándose el sonido del caos.

14

A mediados de mi primer año de posgrado, Raymond y yo empezamos a salir más en serio. Yo quería estar con él todo el tiempo. Olía a vetiver y a almizcle y al aceite de jojoba que se ponía en el pelo. Horas después de separarme de él, encontraba rastros de ese aroma en mis dedos, mi cuello, mis pechos, en todas las partes de mi cuerpo que lo habían rozado y tocado. Después de que nos acostáramos por primera vez, me dijo que su padre era predicador en una iglesia episcopal metodista africana de Filadelfia y me eché a reír.

—Por eso me gustas —dije—. Eres el hijo de un predicador.

—¿Así que te gusto? —replicó él con su voz profunda y su sonrisa traviesa, al tiempo que se acercaba a mí para volver a empezar.

Fue mi primera relación en serio y yo estaba tan colada por él que me sentía como si fuera un lirio de los valles, una rosa de Sarón. «Como el manzano entre los árboles silvestres, así es mi amado entre los jóvenes. Bajo la sombra del deseado me senté, y su fruto fue dulce a mi paladar.» Mi amiga Bethany y yo acostumbrábamos a leernos pasajes del Cantar de los Cantares, acurrucadas bajo los bancos azules del presbiterio vacío de las Primeras Asambleas de Dios. Leer sobre toda esa carne —pechos como cervatillos, cuellos como torres de marfil— en las páginas de un libro sagrado nos parecía ilícito. Notar que el deseo me inundaba entre las piernas mientras Bethany y yo nos reíamos y leíamos un verso tras otro era una excitación incongruente. «¿De dónde viene todo este placer?», me preguntaba para mis adentros, mientras que, capítulo tras capítulo, mi voz se tornaba cada vez más ronca. Raymond era lo más cerca que había estado de recuperar aquella sensación, tanto el placer como la idea de algo prohibido. Sólo por el hecho de que él quisiera estar conmigo sentía que me había salido con la mía de un modo fraudulento.

Él vivía en el campus, en un edificio bajo de Escondido Village, y enseguida empecé a pasar la mayor parte del tiempo allí. A él le gustaba preparar auténticos festines: estofados de cinco horas con pan casero y ensalada de láminas de remolacha e hinojo. Invitaba a todos sus colegas de Pensamiento Moderno y Literatura, con los que se enzarzaba en acaloradas y minuciosas conversaciones sobre temas de los que yo jamás había oído hablar. Yo asentía y sonreía cuando los oía comentar el uso de la alegoría en *El mago de las estrellas* de Ben Okri o el trauma generacional entre las comunidades de la diáspora.

Después, fregaba tal como me había enseñado mi madre, cerrando el grifo mientras enjabonaba la vajilla, intentando poner orden en el desbarajuste que siempre dejaba Raymond al cocinar.

—Has estado muy callada —decía él, al tiempo que se me acercaba por detrás, me rodeaba la cintura con los brazos y me besaba en el cuello.

—No he leído ninguno de los libros de los que habéis hablado —respondía con acento de Alabama. Él me giraba la cara para mirarme, mientras esbozaba una sonrisa. Yo casi nunca dejaba que se me notara el acento sureño, y cuando se me escapaba Raymond lo saboreaba como si fuera una gota de miel que hubiera caído en su lengua. Ese acento, que evitaba a toda costa y que se me notaba muy pocas veces, era la única prueba de los años vividos en Alabama. Había pasado una década enterrando meticulosamente todo lo demás.

—Entonces habla de tu trabajo. Cuéntanos cómo les va a tus ratones. Me gustaría que te conocieran un poco mejor, quiero que todos vean lo que veo yo —decía él.

Me preguntaba qué era lo que él veía. Por lo general, a continuación me lo quitaba de encima para terminar de fregar los platos.

Aquel año empecé el experimento para mi tesis final. Coloqué a los ratones en una cámara de pruebas conductuales, una estructura de paredes transparentes con una palanca y un tubo de metal. Entrenaba a los ratones para que buscaran una recompensa: cuando presionaban la palanca, caía Ensure por el tubo. En poco tiempo estaban presionando la palanca con la mayor frecuencia posible y bebían la recompensa de manera desenfrenada. Cuando aprendieron el mecanismo, cambié las condiciones. Los ratones presionaban la palanca, pero no siempre conseguían Ensure; ahora a veces recibían una ligera descarga eléctrica en las patas.

La descarga eléctrica era aleatoria, no seguía ningún patrón que ellos pudieran deducir, de forma que los ratones tenían que decidir si querían seguir presionando la palanca y arriesgándose a recibir la descarga en su búsqueda de placer. Algunos dejaron de presionar la palanca de inmediato. Después de una o dos descargas, mostraron el equivalente ratonil de alzar las manos y se dieron por vencidos; jamás volvieron a acercarse a la palanca. Otros también dejaron de hacerlo, pero después de mucho más tiempo: les gustaba tanto el Ensure que albergaban la esperanza de que las descargas terminasen en algún momento, y cuando se dieron cuenta de que no sería el caso, también esos ratones se rindieron, aunque a regañadientes. Y luego estaba el último grupo de ratones, los que no se detuvieron: día tras día, descarga tras descarga, continuaban presionando la palanca.

Mis padres empezaron a discutir a diario. Discutían por dinero, por el hecho de que nunca era suficiente. Discutían por el clima, por las muestras de afecto, por el monovolumen, por la altura de la hierba en el jardín, por las Escrituras. «Pero al principio de la creación Dios los hizo hombre y mujer. Por eso dejará el hombre a su padre y a su madre, y se unirá a su esposa, y los dos llegarán a ser un solo cuerpo. Así que ya no son dos, sino uno solo. Por tanto, lo que Dios ha unido, que no lo separe el hombre.»

El Hombre Chin Chin no sólo había dejado a su padre y a su madre; también había dejado su país, y jamás permitía que mi madre lo olvidara.

«En mi país, los vecinos te saludan, en lugar de darse la vuelta como si no te conocieran.»

«En mi país puedes comer la comida directamente sacada de la tierra. El maíz duro, en la mazorca, no blando como el espíritu de esta gente.»

«En mi país no existen palabras para referirse a los medio hermanos, a los hermanastros, a las tías o a los tíos.

Sólo existen hermana, hermano, madre, padre. No estamos divididos.»

«En mi país puede que a la gente le falte el dinero, pero les sobra la felicidad. Les sobra. En Estados Unidos nadie disfruta.»

Los tres oíamos esas miniconferencias sobre Ghana cada vez más a menudo. Mi madre le recordaba amablemente a mi padre que Ghana también era su país, nuestro país; asentía y se mostraba de acuerdo: Estados Unidos es un país difícil, sí, pero mira lo que hemos conseguido construir en este sitio. A veces, Nana entraba en mi habitación e imitaba a nuestro padre. «En mi país, no se comen los M&M's rojos», decía, lanzándome las grageas de chocolate.

A Nana y a mí nos costaba ver Estados Unidos de la manera en que lo veía nuestro padre. Mi hermano no recordaba Ghana y yo jamás había estado allí, lo único que conocíamos era el sudeste de Huntsville, al norte de Alabama; ahí era donde se había desarrollado toda nuestra vida consciente. ¿Había países en el mundo donde los vecinos nos habrían saludado en lugar de mirar para otro lado? ¿Lugares en los que mis compañeros de clase no se habrían burlado de mi nombre, ni me habrían llamado «negra como el carbón», «mona» o cosas peores? No conseguía imaginarlo. No me podía permitir imaginarlo. Porque, si lo hacía, si veía ese otro mundo, querría marcharme.

Tendría que habernos resultado obvio. Deberíamos haberlo anticipado, pero no vimos lo que no queríamos ver.

—Iré a mi país a visitar a mi hermano —dijo el Hombre Chin Chin, y ya no regresó.

Durante las primeras semanas, llamaba cada dos por tres.

—Ojalá pudierais ver cómo brilla el sol aquí, Nana. ¿Lo recuerdas? ¿Te acuerdas de eso? Todos los martes Nana volvía corriendo para estar en casa a las tres y media de la tarde, cuando llamara nuestro padre.

—¿Cuándo vas a volver? —le preguntaba.

—Pronto, pronto, pronto.

Si mi madre sabía que ese «pronto, pronto, pronto» era una mentira, jamás lo dejó traslucir. Supongo que quería creer que era verdad. Se pasaba las mañanas hablando con él por teléfono, conversando en voz baja, mientras yo cotorreaba con mi muñeca favorita; tenía cuatro años y no era consciente de que mi padre nos había dejado en la estacada ni de lo mucho que estaba sufriendo mi madre.

Durante años he considerado a mi madre insensible, más dura que un callo, pero en su descargo es importante recordar lo que es un callo: el tejido endurecido que se forma sobre una herida. Y la marcha de mi padre le causó una herida indecible. En aquellas conversaciones telefónicas con el Hombre Chin Chin, mi madre se armaba de paciencia y se mostraba muy cariñosa, haciendo gala de una entereza que yo no habría tenido en su lugar. Cuando pienso en esa situación todavía me enfurezco, me indigna que ese hombre, mi padre, regresara a Ghana de una manera tan cobarde, dejando que su mujer y sus dos hijos se las arreglaran solos en un país difícil, en un estado duro. Me subleva que permitiera que creyéramos, que ella creyera, que él iba a volver.

Mi madre jamás habló mal de él. Ni una sola vez. Incluso después de que «pronto, pronto, pronto» se convirtiera en quizá, y luego se convirtiera en nunca.

—Lo odio —dijo Nana años más tarde, después de que el Hombre Chin Chin hubiera cancelado otra visita.

—No lo odias —repuso mi madre—. No ha vuelto porque está avergonzado, pero eso no significa que no le importes. ¿Cómo podrías odiarlo, con todo lo que le importas? Le importas tú y le importo yo y también Gifty. Le importa Ghana. ¿Cómo podrías odiar a un hombre así?

Los ratones que no pueden dejar de presionar la palanca, incluso después de haber recibido docenas de descargas eléctricas, son los que más me interesan desde un punto de vista neurológico. Cuando mi madre se trasladó a California para vivir conmigo, mi equipo y yo estábamos en el proceso de identificar qué neuronas se activaban y cuáles no se activaban cada vez que los ratones decidían presionar la palanca a pesar de conocer los riesgos. Utilizábamos haces de luz azul para intentar conseguir que los ratones dejaran de presionar la palanca, para «encender», por así decir, las neuronas que no funcionaban correctamente y no les advertían a esos ratones de que debían alejarse del peligro.

En la siguiente cena que organizó Raymond, hablé del experimento de la palanca. Él había cocinado un suculento guiso a la cazuela con carne de cerdo, pato y cordero; era tan delicioso como grasiento, todo un pecado, y en cuanto le hincaron el diente, todos se pusieron a suspirar de placer.

—O sea, que es una cuestión de inhibición —comentó una colega, Tanya—. Como el hecho de que no pueda inhibirme de seguir comiendo este guiso, aunque sé que va a ir directo a mi cintura.

Todos rieron y Tanya se frotó el estómago igual que Winnie the Pooh después de encontrar un tarro de miel.

—Bueno, sí —admití—, pero es un poco más complicado. Es decir, ni siquiera la idea de un «yo» que pueda inhibirse a «sí mismo» sirve para explicarlo. La química del cerebro de esos ratones ha cambiado tanto que en realidad ya no controlan lo que pueden o no pueden controlar. Ya no son «ellos mismos».

Todos asintieron con la cabeza enérgicamente, como si yo hubiera hecho un comentario muy profundo, y luego uno de ellos citó *El rey Lear*: «Cuando la naturaleza oprimida impone al alma los sufrimientos del cuerpo, no somos ya los mismos.» Yo no había leído a Shakespeare desde la secundaria, pero asentí como ellos, fingiendo, por Raymond, que esa conversación me interesaba.

Esa noche, después de que se marcharan dejando la acostumbrada pila de platos sucios, me di cuenta de que él estaba contento de que al fin me hubiera abierto a sus amigos. Yo también quería estar contenta, pero de algún modo sentía que mentía. Cada vez que escuchaba a sus amigos hablar de la reforma penitenciaria, el cambio climático, la epidemia de opiáceos, de esa manera tan inteligente como insustancial de las personas que piensan que es importante el simple hecho de intervenir, tener una opinión, me enfurecía. «¿Qué sentido tiene toda esta palabrería? —pensaba—. ¿Qué problemas resolvemos identificándolos, moviéndonos en círculos en torno a ellos?»

Me despedí y volví corriendo a mi casa, donde vomité todo lo que había comido, y jamás pude volver a probar ese plato.

15

Cuando estaba en primaria, la pastora infantil de la iglesia nos dijo que la definición del pecado era cualquier cosa que pensáramos, dijéramos o hiciéramos contra Dios. Sacó dos títeres con el aspecto de pequeños monstruos y nos mostró qué era el pecado. El monstruo púrpura golpeaba al monstruo verde y nuestra pastora decía: «Oye, pegar es pecado.» El monstruo verde esperaba que el monstruo púrpura le diera la espalda y le robaba una chocolatina de la mano. Esa jugarreta nos resultó graciosísima, tanto que nuestra pastora tuvo que recordarnos que robar era pecado.

Yo era una niña buena y piadosa, y estaba decidida a no pecar, aunque la definición del pecado que nos había ofrecido nuestra pastora me desconcertaba. No hacer nada malo ni decir nada malo era bastante fácil, pero ¿no pensar de forma pecaminosa? ¿No pensar en mentir o en robar o en pegar a tu hermano cuando entra en tu habitación con intención de torturarte? ¿Acaso eso era posible? ¿Podemos controlar nuestros pensamientos?

En mi infancia, aquélla era una pregunta religiosa, la pregunta de si era posible llevar una vida sin pecado, pero, por supuesto, también es una pregunta neurocientífica. Aquel día, cuando la pastora utilizó los dos títeres para hablarnos del pecado, me di cuenta, con no poca vergüenza, de que mi objetivo secreto de llegar a ser tan intachable como Jesús era de hecho imposible, y tal vez hasta blasfemo. Mi experimento de rezar sin parar prácticamente había demostrado la imposibilidad de controlar mis pensamientos. Podía controlar una capa, la que estaba más a mano, pero siempre había una capa subterránea escondida, y esa capa subterránea era más auténtica, más inmediata, más esencial que cualquier otra. Hablaba en voz baja pero sin tregua y las cosas que decía eran precisamente las mismas que me permitían vivir y ser. Ahora entiendo que tenemos una vida subconsciente, vibrante y vital, que actúa a pesar de «nosotros mismos», de nuestro yo consciente.

En el Evangelio según san Mateo, Jesús dice: «Amarás al Señor tu Dios con todo tu corazón, y con toda tu alma, y con toda tu mente.» Aquí hay una distinción entre el corazón —la parte de ti que siente—, la mente —la parte de ti que piensa— y el alma —la parte de ti que es—. Los neurocientíficos no suelen mencionar el alma. Debido a nuestro trabajo, tenemos la costumbre de considerar que esa parte de los seres humanos que consiste en la esencia vital e inexplicable de nuestro ser es un mecanismo del cerebro, misterioso, elegante, esencial. Todo lo que no entendemos sobre qué hace que una persona sea una persona podrá desvelarse una vez que comprendamos ese órgano. No hay ninguna separación: el cerebro es el corazón que siente y la mente que piensa y el alma que es. Aun así, cuando yo era una niña llamaba «alma» a esa esencia y creía en su superioridad sobre la mente y el corazón, en su inmutabilidad y en su conexión con el propio Cristo.

La semana anterior a que el perro *Buddy* muriera, empezaron a caérsele mechones de pelo dorado. Lo acariciabas y le sacabas puñados de pelo brillante. Era obvio que estaba llegando a su fin, pero, antes de que muriera, fui a casa de Ashley y oré por él. «Querido Dios, bendice a este perro y brinda descanso a su alma», dije, y Ashley y yo nos arrodillamos junto a *Buddy* y lloramos delante de su cuerpo blando, y tuve una visión de *Buddy* en la consulta del veterinario, su alma elevándose por encima del dorado caparazón hacia el cielo. En ese instante me consoló creer en la existencia de un alma, un yo separado, imaginar que el alma de *Buddy* estaba viva y bien, incluso a pesar de que él ya no estaba.

Hay momentos en que mi vida actual parece tan opuesta a las enseñanzas religiosas de mi infancia que me pregunto qué pensaría aquella niñita que fui de la mujer en la que me he convertido, una neurocientífica que a veces identifica la esencia de aquello que los psicólogos denominan «mente» y que los cristianos denominan «alma» con los mecanismos del cerebro. Lo cierto es que le he asignado a ese órgano una especie de superioridad, al creer que todas las respuestas a todas mis preguntas pueden y deben encontrarse en su interior y al esperar que así sea. Pero la verdad es que no he cambiado mucho. Todavía me planteo muchas de las mismas preguntas, tales como «¿Podemos controlar nuestros pensamientos?», sólo que busco una manera diferente de responderlas. Busco nuevos nombres para sentimientos antiguos. Mi alma sigue siendo mi alma, aunque rara vez la llame así.

Guardo muy pocos recuerdos del Hombre Chin Chin de la época anterior a su marcha y no me extrañaría que los hubiera creado a partir de las historias que me contó mi madre. Nana tenía diez años y se acordaba de todo lo relacionado con nuestro padre. Yo le hacía una pregunta tras otra, sobre su pelo, el color de sus ojos, el tamaño de sus brazos, su altura, su olor. Todo. Al principio, Nana respondía con paciencia y siempre concluía así: «Ya lo verás tú misma.»

Aquel primer año, cuando todavía pensábamos que el Hombre Chin Chin iba a volver, hicimos todo lo que pudimos para que nuestra vida siguiera siendo la misma, para que nuestro patriarca reconociera su hogar cuando regresara. En mi familia, la mano dura era cosa de mi madre salvo en situaciones extremas, y a veces, cuando se veía en una de ésas, nos gritaba: «¡Espera a que tu padre vuelva a casa!» La frase aún surtía efecto como amenaza y bastaba para convencernos de que debíamos portarnos bien.

Nana volvió a jugar al fútbol incluso más que antes. Decidió participar en la liga avanzada y entró en el equipo. Entrenaban todos los días y a veces debían desplazarse a Atlanta, Montgomery o Nashville para jugar algún partido. Aquello suponía un esfuerzo enorme para mi madre, pues se daba por hecho que los padres de los jugadores tenían que sufragar los materiales, las equipaciones y los gastos del viaje. Para colmo se esperaba que los acompañaran como supervisores al menos a uno de los partidos que se jugaban en otra ciudad.

El día del partido de Nashville, ella no encontró a nadie que se hiciera cargo de mí. Ya se había pedido el día libre en el trabajo. En aquel entonces trabajaba para dos familias, los Reynolds y los Palmer, y aunque en esas casas nadie la trataba tan mal como el señor Thomas, su trabajo se había duplicado aunque su paga no había aumentado en la misma proporción. Mi padre había tenido un horario de trabajo más normal, de modo que mientras mi madre iba de casa de los Reynolds a la de los Palmer y luego otra vez a la de los Reynolds, él se ocupaba de mí. Cuando él se marchó, mi madre contrató a una anciana de Barbados a cuya hija conocía de la empresa de cuidadores a domicilio. Yo adoraba a esa anciana, cuyo nombre he olvidado hace ya mucho; desprendía un aroma a jengibre y a hibisco recién cosechados, y durante años cuando percibía el más mínimo olor a esas cosas pensaba en ella. Me encantaba sentarme en su regazo y acurrucarme sobre su gordo y blando vientre y sentir cómo se expandía cuando ella respiraba. Siempre llevaba encima caramelos de jengibre y se quedaba dormida tan a menudo que le revisaba el bolso y le quitaba uno. Si en ese momento se despertaba y me pillaba, me daba una zurra o se encogía de hombros y se reía, y yo me reía también. Era nuestro juego y, por lo general, ganaba yo. Sin embargo, el día del partido de Nashville, ella había vuelto a Barbados para asistir al funeral de una amiga.

Viajé en el autocar del equipo hasta Nashville sentada en el regazo de mi madre. Ella había preparado una nevera con naranjas, uvas, refrescos y botellitas de agua. La noche anterior, había lavado el chándal de Nana a mano porque tenía una mancha de césped que no había salido en la lavadora. No confiaba en las lavadoras. Tampoco en los lavavajillas. «Si quieres que se haga algo, hazlo tú», repetía con frecuencia.

El equipo de Nana se llamaba los Tornados. Había otro chico negro y dos coreanos, así que Nana ya no debía preocuparse de ser la única víctima de las provocaciones de padres airados y racistas. Seguía siendo el mejor jugador del equipo, seguía siendo la razón de que sancionaran a muchos padres, pero no sentirse solo lo reconfortaba.

Aquel día, en el autocar, yo no podía quedarme quieta. Era el verano antes de que empezara a ir a la guardería, el Hombre Chin Chin se había marchado el año anterior, y yo sentía cómo mi libertad se acercaba a su fin. Me portaba peor de lo habitual. Más de un vecino me había llevado a casa después de pillarme haciendo alguna trastada y hacía mucho que mi madre ya no me amenazaba diciéndome que esperara a que mi padre volviera. Ahora corría pasillo arriba pasillo abajo del autocar, y cuando mi madre me cogía, me agitaba como un pez en sus brazos hasta que ella me soltaba. El trayecto desde Huntsville hasta Nashville sólo duraba un par de horas, y yo estaba decidida a que todos y cada uno de los pasajeros recordaran todos y cada uno de los minutos del viaje.

Mi madre no dejaba de pedir disculpas a los otros padres y de fulminarme con una mirada que yo conocía bien. Era su mirada de «no puedo darte un buen azote delante de todos estos blancos, pero tú espera». A mí me daba igual. Si me iba a llevar un azote de todas todas, ¿para qué detenerme? Pasé los últimos quince minutos del trayecto berreando *The Wheels on the Bus*, mientras los jugadores se tapaban los oídos y gemían. Nana no me prestaba atención. A esas alturas, era un experto en ignorarme.

Cuando entramos en el aparcamiento del campo de fútbol nos aguardaban dos árbitros, que llevaban sendos sombreros de vaquero, nada prácticos.

Los niños y sus padres se apearon a toda prisa, sin duda deseando librarse de mí, pero yo ya había dejado de cantar y había retomado mi habitual comportamiento relajado y pacífico. Nana estaba sentado a mi lado junto a la ventanilla de la salida de emergencia, con la cabeza inclinada contra la barra roja en una posición nada cómoda.

—Vamos, Nana —dijo uno de los chavales mientras descendían, pero él no se levantó del asiento. Se golpeó la cabeza suavemente contra la barra roja, una y otra vez, hasta que todos se marcharon y nos quedamos, por fin, nosotros tres solos. Mi madre, Nana y yo.

Mi madre se acomodó en el asiento junto a Nana y me sentó en su regazo. Le cogió el mentón y le hizo girar la cara para que la mirara.

—Nana, ¿qué te ocurre? —dijo en twi.

Las lágrimas se le agolpaban en las comisuras de los ojos y ahora, al recordarlo, pienso que ya tenía una expresión que luego sólo he visto en niños pequeños, una fachada de hombre que oculta al niño que ha tenido que crecer demasiado deprisa. He visto esa falsa expresión de dureza en niños empujando carritos de la compra, acompañando a sus hermanos a la escuela, comprando cigarrillos a sus padres mientras éstos esperan en el coche. Ahora, cada vez que veo esa cara se me rompe el corazón: reconocer la mentira de la masculinidad sobre los hombros de un niño pequeño.

Nana parpadeó para quitarse las lágrimas. Se enderezó un poco en el asiento, apartó delicadamente la mano de mi madre de su rostro y se la puso en el regazo.

—No quiero jugar más al fútbol —dijo.

Justo en ese momento uno de los árbitros subió al autocar, nos vio a los tres apiñados en los pequeños asientos, esbozó una sonrisita avergonzada, se quitó el sombrero de vaquero y se lo puso sobre el corazón, como si nuestra familia fuera el himno nacional y aquel autocar escolar amarillo una pista de béisbol.

—Señora, ya estamos casi listos para empezar el partido y ahí fuera hay un grupo de críos que dicen que el jugador estrella sigue en el autocar.

Mi madre ni siquiera se dio la vuelta para mirar al árbitro. Continuó con los ojos clavados en Nana. Todos nos quedamos inmóviles y, finalmente, el hombre entendió la indirecta, volvió a ponerse el sombrero de vaquero y descendió del autocar.

—A ti te encanta el fútbol —dijo mi madre una vez que oímos las zapatillas del árbitro sobre la gravilla del aparcamiento.

—No.

—Nana —respondió ella con furia y entonces se detuvo y exhaló el aire tanto tiempo que me pregunté de dónde lo sacaba.

Podría haberle dicho a Nana que ella había perdido la paga de un día entero para acompañar al equipo como madre supervisora, que su empleo en casa de los Reynolds pendía de un hilo, pues dos semanas atrás había tenido que llevarme a urgencias porque no paraba de vomitar y había faltado al trabajo. Podría haberle contado que la factura de aquella visita a urgencias había sido más alta de lo que ella esperaba, a pesar de tener seguro, que la noche que abrió aquel sobre se había quedado sentada a la mesa del comedor llorando y cubriéndose con la bata para que no pudiéramos oírla. Podría haberle dicho que había tenido que trabajar extra limpiando casas para pagar las cuotas de la liga de fútbol avanzado y que esas cuotas no se reembolsaban y que nadie le devolvería el tiempo que había perdido. Todo el tiempo que había pasado trabajando para pagar un trayecto en autocar con una hija chillona y con un hijo que, por algún motivo, durante aquel trayecto de escasas dos horas en autocar se había dado cuenta de que su padre no regresaría.

—Ya encontraremos otra manera de volver a casa —dijo—. No tenemos que quedarnos aquí ni un segundo más, ¿de acuerdo, Nana? No tienes que jugar si no quieres.

Caminamos de la mano de nuestra madre hasta la estación de autobuses; nos subimos a uno y creo que en todo el trayecto de regreso Nana no emitió un solo ruido. Me parece que yo tampoco. Me daba cuenta de que algo había cambiado entre nosotros tres y estaba intentando descubrir qué papel tendría yo en esa nueva configuración de mi familia. Aquel día marcó el fin de mis diabluras, el principio de mis buenos años. Si nuestra madre estaba enfadada o disgustada con nosotros —conmigo por haberme portado tan mal, con Nana por haber cambiado de idea—, jamás lo dejó traslucir. Nos estrechó entre sus brazos durante aquel largo trayecto de vuelta, con una expresión inescrutable en el rostro. Cuando llegamos a casa, guardó todo el material de fútbol de Nana en una caja, cerró la caja con cinta adhesiva y la desterró a la zona más profunda del garaje, donde nunca volvimos a verla.

16

Invité a Katherine a comer en el pequeño restaurante tailandés ubicado en el sótano del edificio de psicología. Le pedí la comida a esa camarera brusca y antipática que a veces me llevaba a pensar que ir allí era como un castigo, pese a lo bien que se comía, y salí a esperar en el patio a que llegara Katherine. Era un día soleado y hermoso, el tipo de días que daba por sentado, pues vivía rodeada de belleza —la facultad, la naturaleza circundante—, que parecía surgir sin esfuerzo alguno. En la zona de la Costa Este donde había vivido ocurría todo lo contrario: la belleza era esquiva, y los escasos días luminosos había que disfrutarlos y atesorarlos para sobrevivir en el crudo invierno, igual que hacen las ardillas con las bellotas. El primer invierno que pasé en Massachusetts, cuando la nieve se acumuló hasta las rodillas, eché de menos Alabama con una intensidad que jamás habría creído posible. Ansiaba calor y luz de la misma manera en que otras personas ansían café y cigarrillos. Me sentía tan enferma y deprimida que conseguí que el servicio de psiquiatría me proporcionara una lámpara de terapia lumínica. Me quedaba sentada mirándola horas enteras, esperando engañarme a mí misma y pensar que había regresado al lugar donde supongo que mis antepasados experimentaron por primera vez esa necesidad de calidez: en una playa de Ghana, justo por encima del ecuador.

Katherine ya llevaba media hora de retraso. Empecé a comer mientras observaba a dos alumnas de grado que discutían delante de la tienda de bicicletas, al otro lado del sendero. Resultaba evidente que eran una pareja. Una de las chicas se colgó de la muñeca su candado U-lock mientras la otra le gritaba: «Tengo que entregar un trabajo a las tres, Tiffany. ¡Y tú lo sabes!» Parecía que Tiffany no lo sabía, o tal vez no le importaba. Se subió a la bicicleta y se marchó a toda velocidad, mientras la otra se quedaba allí de pie, aturdida. Miró a su alrededor para ver si alguien había presenciado la pelea, y aunque yo debería haber apartado la mirada para dejarla a solas con su bochorno, no lo hice. Intercambiamos una mirada y se le encendió la cara hasta tal punto que casi noté el calor que irradiaba. Le sonreí, pero al parecer eso empeoró las cosas. Recordé cómo era tener esa edad, cómo una estaba pendiente de sí misma y del teatro de sus pequeñas vergüenzas. «Yo también tengo mi propia mierda —quise decirle—. Y es mucho más jodida que un trabajo que hay que entregar a las tres, mucho más jodida incluso que Tiffany.» Ella me miró entornando los ojos, como si hubiera oído mis pensamientos, y luego se marchó furiosa.

Al fin llegó Katherine.

—Perdón, perdón —dijo y se sentó frente a mí—. Por algún motivo el tren decidió dejar de circular.

Incluso demacrada y sin aliento, estaba guapísima. El pelo negro y largo recogido de cualquier manera; los dientes bien alineados, como los de alguien que ha llevado aparatos de ortodoncia y que delatan a una persona que se ha criado rodeada de dinero y cariño. Su dentadura resplandecía con cada sonrisa. Le miré el estómago de reojo. Nada.

—No te preocupes —respondí y luego me quedé en silencio.

Había invitado a Katherine con la excusa de hablar de nuestro trabajo. Pocas mujeres se dedicaban a esa disciplina y, aunque era importante contar con modelos a seguir y con mentores, había hecho pocos esfuerzos para relacionarme con las otras mujeres de mi departamento. Yo era una de esas típicas estudiantes de posgrado que busca las atenciones de uno u otro científico importante del sexo masculino, uno que ha descubierto esta cosa, otro que ha ganado aquel premio. Quería que mi nombre se pronunciara junto al de ellos, que se hablara de mi trabajo en las mismas publicaciones científicas. Katherine, a pesar de lo brillante que era, acostumbraba a llevar una sudadera con la palabra STEMINISTA sobre el pecho. Cada año, en la feria vocacional para estudiantes universitarios, se encargaba de atender un puesto donde se ofrecía información a las mujeres que estaban planteándose seguir una carrera científica. También encabezaba el grupo de Mujeres en STEM —por el acrónimo en inglés de Ciencia, Tecnología, Ingeniería y Matemáticas— y durante mi primera semana en Stanford, cuando me preguntó si quería sumarme, me negué sin pensarlo dos veces. El año en que me tocaba anunciar mi área de especialización, le pregunté a uno de mis profesores de la universidad si aceptaba ser mi consejero académico y él se echó a reír. Cierto: jamás había ido a sus clases y, cierto: él era el microbiólogo más célebre del campus, pero, de todas maneras, en esa fracción de segundo que duró su risa antes de que él lograra reprimirse y respondiera «Vaya, pues claro, querida», yo sólo deseé que la tierra se abriera y me tragara para siempre. No quería que se me considerara una mujer de ciencias, una mujer negra de ciencias. Quería que se me viera como una científica, punto, y me dejaba perpleja que Katherine, cuyos trabajos aparecían en las mejores publicaciones, se contentara con poner el foco en el hecho de su feminidad. Incluso aquel asunto del embarazo —esas pequeñas «oes» de ovulación que su marido había añadido a hurtadillas en su agenda justo cuando la carrera de Katherine empezaba a despuntar— era, en sí mismo, un recordatorio de la cruz de la feminidad con la que todas teníamos que cargar.

Yo no quería cargar con la mía y en realidad tampoco estaba interesada en charlar con Katherine sobre la investigación que ella tenía entre manos. Lo que quería era hablar de mi madre, del zumbido de su respiración somnolienta y de su pérdida de peso, de sus ojos inexpresivos, de su espalda curvada. Mis visitas a la hora de la cena no habían conseguido sacarla a flote. Después de tres días, había abandonado esa táctica y había intentado una distinta: llamé al pastor John y acerqué el teléfono a la oreja de mi madre mientras él oraba.

—Padrenuestro, te pedimos que despiertes a esta mujer de su sueño —recitó él—. Jesús, te rogamos que le levantes el ánimo. Recuérdale que todas sus cruces te pertenecen.

El pastor John siguió de esa guisa durante un tiempo y la mano con la que yo sostenía el teléfono empezó a temblar. Para el caso, habría dado lo mismo si hubiese estado entonando hechizos. Cuando el pastor terminó, colgué el teléfono, me derrumbé a los pies de la cama y hundí la cabeza entre las manos. Quería llorar, pero no podía. Seguía oyendo el zumbido de la respiración de mi madre a mi espalda. Ese silbido me recordaba el vídeo acerca de la mamba negra que había visto de pequeña, a pesar de que aquella serpiente en realidad no dejó escapar sonido alguno. Ese zumbido era lo único de mi madre que parecía vivo, y yo había terminado agradeciendo su existencia, significara lo que significase. ¿Qué había que hacer que fuera ético? ¿Era correcto dejar que se quedase en aquella cama, cortejando a la muerte, ensayándola incluso? Todos los días me hacía esa pregunta, y pensaba en las posibles alternativas, las cosas que podía hacer, las que debía hacer. Conocía los trámites para los internamientos no voluntarios en California, y mi madre no reunía los requisitos. No corría el riesgo de lastimarse a sí misma o a otra persona. No oía voces ni tenía visiones. Comía, aunque sólo de tanto en tanto y sólo cuando sabía que yo no estaría en casa para verla. Había pasado apenas una semana, pero los días parecían interminables y me pesaban. Ella me decía que estaba «cansada» y que necesitaba «reposo». Yo ya había oído eso antes, pero cada vez que pensaba en buscar a alguien para que interviniera recordaba lo que había ocurrido la última vez y me faltaba el valor para hacerlo. La última vez, después de salir del hospital tras el internamiento, ella me había mirado y me había dicho «Nunca más», y yo sabía que hablaba en serio.

Debería haberle contado todo esto a Katherine. Era una gran doctora, una persona empática, pero cuando intenté traer a colación el tema de mi madre, no me salieron las palabras.

—¿Te encuentras bien, Gifty?

Me estaba observando con lo que debía de ser su mirada de psiquiatra, intensa e inquisitiva. Yo no podía mirarla a los ojos.

—Sí, un poco estresada, nada más. Quiero entregar mi artículo antes de que termine el trimestre, pero estos días no consigo ponerme a trabajar —respondí.

Contemplé las palmeras, que se mecían con el viento. Katherine asintió con la cabeza, pero siguió mirándome fijamente.

—De acuerdo —dijo en voz baja—. Espero que te estés cuidando bien.

Asentí, aunque no sabía qué podía significar cuidarme bien, cómo se vería. Lo único que conseguía cuidar eran mis ratones, e incluso ellos habían protagonizado una sangrienta escaramuza apenas unas semanas antes. Mi madre, mis ratones, yo misma, estábamos todos un poco magullados, pero seguíamos intentándolo de todas las maneras que podíamos. Recordé aquel día de invierno durante mi primer año en Harvard en el que por fin me había animado a solicitar una lámpara de terapia lumínica en el departamento de psiquiatría.

—Creo que es el clima. Me siento un poco triste. No todo el tiempo —le había explicado a la recepcionista, aunque ella sólo me había preguntado mi nombre.

Cuando me entregó la lámpara, me ofreció la posibilidad de ir a ver a un terapeuta.

—El primer año puede ser difícil —me dijo—. Estás lejos de casa, las clases son más duras que en la secundaria. A lo mejor te iría bien hablar con alguien.

Estreché la lámpara contra mi pecho y negué con la cabeza. La disciplina, la dificultad, ésas eran las cosas que yo quería.

17

Mi segundo año en Harvard fue especialmente duro. La lámpara de terapia lumínica había perdido su magia y la mayor parte de aquel invierno tenía que ir a clase por calles donde la nieve me llegaba a la cintura. Le había enseñado a mi madre cómo hacer videollamadas por ordenador, de modo que a veces la llamaba con la idea de contarle lo infeliz que era, pero cuando su cara me saludaba en la pantalla, confundida e irritada por la tecnología, me echaba para atrás: no quería añadir mis propias cargas a las que ella ya tenía.

Para colmo de males, en ciencias integradas era un desastre. Sacaba buenas notas en los deberes y en los exámenes, pero había un proyecto de laboratorio que requería trabajar en pequeños grupos, y día tras día me quedaba sentada y muda en el aula sin conseguir una buena calificación en participación en clase.

«A la clase le beneficiaría conocer tu opinión», escribía a veces el profesor en la parte superior de mis entregas. Más tarde, en el cuarto de la residencia estudiantil, ensayaba lo que podría decir, contándole al espejo todas las ideas que se me habían ocurrido para el proyecto, pero, cuando llegaba la hora de clase y los ojos del profesor se posaban en mí, me cerraba como una ostra.

El grupito en el que estaba empezó a ignorarme. A veces, cuando la clase se dividía para trabajar en los diferentes proyectos, los de mi grupo formaban un círculo y yo me quedaba fuera. Tenía que empujarlos para poder entrar o, más a menudo, esperaba que alguien se diera cuenta.

La mayor parte del semestre transcurrió así. Yao, que se había erigido como el líder de nuestro pequeño grupo, daba órdenes a todo el mundo, repartía las tareas que teníamos que hacer por la noche y rechazaba cualquier idea propuesta por mujeres. Era tiránico y misógino, pero el resto del grupo —Molly, Zach, Anne y Ernest— eran de trato fácil y divertidos. Me gustaba estar con ellos, aun cuando apenas me toleraban.

Zach era el payaso. Medía menos de un metro sesenta, por lo que era más bajo que Molly y que yo, pero se hacía notar gracias a su humor e inteligencia. Casi todos los días dedicaba la mitad del tiempo que estábamos juntos a practicar sus chistes con nosotros, como si fuéramos jueces en un *reality show* de monologuistas. Nos costaba distinguir cuándo hablaba en serio o cuándo estaba contando un chiste complicado y, aunque era muy gracioso, tomábamos con pinzas cualquier cosa que nos dijera.

—Viniendo hacia aquí he visto a unos tipos que repartían unas pequeñas biblias anaranjadas en el patio —comentó un día.

—Van avasallando —señaló Molly—. A mí casi me metieron una en el bolsillo.

Era inteligente y despampanante a la vez, pero por lo general no le hacían mucho caso por culpa de su voz cantarina e inquisitiva, que restaba importancia a todo lo que decía.

—Si te tocaron, puedes acusarlos de acoso sexual —repuso Ernest—. Quiero decir, no sería la primera vez que alguien utiliza el cristianismo para ocultar un delito sexual. Estamos en Boston, a fin de cuentas.

—Joder, tío, ya te vale —dijo Yao. Se volvió hacia Zach—: ¿Has cogido alguna Biblia?

—Sí, he cogido una y me he subido a las piernas de la estatua de John Harvard y luego he empezado a agitarla alrededor y a gritar: «¡DIOS NO EXISTE! ¡DIOS NO EXISTE!»

—¿Cómo sabes que Dios no existe? —pregunté, interrumpiendo las carcajadas.

Todos se volvieron para mirarme. «¿La muda habla?», decían sus expresiones.

—Eh... No lo dices en serio, ¿verdad? —dijo Anne.

Era la más lista del grupo, aunque Yao jamás lo hubiera admitido. Antes de este episodio, yo la había pillado algunas veces observándome, tratando de averiguar si mi silencio ocultaba alguna brillantez, pero en ese momento me miró como si al fin se hubiera confirmado su sospecha de que yo era una completa idiota, un error en el procedimiento de admisiones.

Anne me caía bien, me gustaba la manera en que escuchaba mientras el resto del grupo discutía a ciegas y en el último segundo se lanzaba en picado con la respuesta correcta, la idea más inteligente, y dejaba a Yao rezongando y enfurruñado.

Me avergonzaba haberme granjeado su ira pero, por otra parte, había sido incapaz de contenerme. Doblé la apuesta:

—Es que no me parece que esté bien burlarse de las creencias de los demás —dije.

—Lo siento, pero creer en Dios no sólo es ridículo, también es la hostia de peligroso —dijo Anne—. La religión se utiliza para justificarlo todo, desde la guerra hasta la legislación anti LGBT. No estamos hablando de algo inofensivo.

—No tiene por qué ser así. La fe puede ser algo poderoso, íntimo y transformador.

Anne negó con la cabeza.

—La religión es el opio del pueblo —declaró.

La fulminé con la mirada.

—Los opioides son el opio del pueblo —repuse.

Era consciente de lo que parecía: una loca.

Anne me miró como si yo fuera un lagarto mudando de piel delante de sus narices, como si por fin pudiera verme, ver alguna chispa de vida. No insistió.

Yao carraspeó y cambió de conversación a un tema menos arriesgado, pero yo ya me había puesto al descubierto. Una sureña provinciana, una chupacirios. Pensé en aquellos grupos de estudiantes religiosos del campus, que pasaban parte de su tiempo colgando folletos en las habitaciones comunes de las residencias, invitando a la gente a participar del culto. Esos folletos tenían que competir con otros cientos acerca de maratones de baile, bacanales, espectáculos de humoristas. No tenían nada que hacer. Y, aunque seguía sin saber qué pensaba del cristianismo de mi infancia, sí sabía lo que sentía respecto a mi madre: su devoción, su fe, me conmovían. Quería proteger su derecho de hallar consuelo de la manera que ella considerase adecuada. ¿Acaso no se merecía eso, al menos? De algún modo tenemos que pasar por esta vida.

Mi arrebato rompió el hielo y después de ese día empecé a hablar más en clase. Mis calificaciones subieron, aunque los miembros de mi grupo no se molestaron en ocultar el desdén que sentían por mí. Creo que ninguna de mis ideas se tomaba en serio hasta que algún otro volvía a presentarla como propia. Después de todo, ¿qué podía saber de la ciencia una friki de Jesús?

18

He sido salvada y bautizada en el Espíritu Santo, pero jamás me han bautizado en agua. A Nana lo bautizaron en agua cuando era un recién nacido en la iglesia que frecuentaban mis padres en Ghana, donde tienen una mentalidad más abierta con respecto a las reglas y convenciones del protestantismo que en la mayoría de las iglesias pentecostales estadounidenses. Allí imperaba la actitud del «más es más». Traed el agua, el Espíritu Santo, el fuego. Traed a los que hablan en lenguas, las señales, los milagros. Traed al brujo, siempre y cuando esté dispuesto a colaborar. Mi madre no veía que hubiera ningún conflicto entre creer en los místicos y creer en Dios. No interpretaba metafóricamente las historias sobre víboras, ángeles y tornados que pretenden destruir la Tierra, sino al pie de la letra. Enterró el cordón umbilical de su hijo en la playa de la ciudad costera de su madre como hacían todas las madres y luego llevó a bendecir a su primogénito. Más es más. Más bendiciones, más protección.

Cuando me tuvo en Alabama, se enteró de que muchos miembros del culto pentecostal del lugar no creían que hubiera que bautizar a los recién nacidos. La creencia en la capacidad de tener una relación personal con Cristo prima sobre todo lo demás. Elegir al Señor, elegir la salvación. Un recién nacido no puede aceptar a Jesucristo como su Señor y Salvador, de modo que, si bien el pastor John estaba más que dispuesto a rezar por mí, se negó a bautizarme hasta que yo lo decidiera por mí misma. Eso decepcionó a mi madre. «Los estadounidenses no creen en Dios como nosotros», afirmaba con frecuencia despectivamente. Aun así, el pastor John le caía bien y seguía sus enseñanzas.

Cuando nació el hermanito de mi amiga Ashley, invitaron a mi familia a su bautismo. Ashley hizo su aparición con un vestido blanco y zapatos blancos con tacones bajos transparentes. Me pareció un ángel. Colin lloró durante toda la ceremonia, con la cara roja de indignación. No parecía nada contento, pero su familia irradiaba felicidad; todos los presentes la sentíamos y yo la deseaba.

—¿Puedo bautizarme? —le pregunté a mi madre.

—Primero tienes que salvarte —respondió.

Yo no sabía qué quería decir «salvarme», al menos en el contexto de la religión: cuando la gente en la iglesia hablaba de la salvación, yo lo interpretaba al pie de la letra. Para que la salvación tuviera lugar, imaginaba, había que estar a punto de morir. Jesús tenía que venir a rescatarme de un edificio en llamas o a apartarme del borde de un precipicio. Estaba segura de que los cristianos salvados eran un grupo de personas que habían estado a punto de morir y que los demás estábamos aguardando que llegara esa experiencia próxima a la muerte para que Dios se nos revelara. Supongo que sigo esperando que Dios se me revele. A veces, la pastora de la iglesia infantil decía «Tenéis que pedirle a Jesús que entre en vuestros corazones», y yo repetía esas palabras —«Jesús, por favor, entra en mi corazón»— y me pasaba el resto de la misa preguntándome cómo sabría si había aceptado mi invitación. Me llevaba la mano al pecho, escuchaba y sentía sus rítmicos golpeteos. ¿Estaría él allí, en mis latidos?

En cierto modo el bautismo parecía más fácil, más claro, que estar al borde de la muerte o escucharse el corazón y, después del bautismo de Colin, me obsesioné con la idea de que el agua era el mejor camino para comprobar que Dios hubiera echado raíces en uno. A la hora del baño, esperaba que mi madre se diera la vuelta y me sumergía. Cuando volvía a la superficie, tenía el pelo mojado, a pesar de la gorra de baño, y mi madre maldecía entre dientes.

Pecado número uno de la niña negra: mojarte el pelo el día que no toca lavarlo.

—No tengo tiempo para esto, Gifty —me decía mi madre mientras me cepillaba los rizos y me hacía las trenzas.

Después de mi tercer subrepticio bautismo casero, recibí tales azotes en el culo que no pude sentarme sin sentir dolor durante toda la semana. Eso puso punto final al asunto.

Cuando el ratón herido finalmente murió, cogí su cuerpecito y le froté la parte superior de la cabeza. Como si fuera una bendición, como un bautismo, pensé. Cada vez que daba de comer a los ratones o los pesaba para el experimento de presionar la palanca, me venía a la mente la imagen de Jesús que había en la planta de arriba, esa en la que lavaba los pies de sus discípulos. Ese momento de servidumbre, de colocarme por debajo, siempre me recordaba que yo necesitaba esos ratones tanto como ellos me necesitaban a mí. Más. ¿Qué sabría yo del cerebro sin ellos? ¿Cómo podría llevar a cabo mi trabajo, encontrar las respuestas a mis preguntas? La colaboración que existe entre los ratones y yo es, si no sagrada, sacrosanta. Jamás de los jamases pronunciaré en voz alta estos pensamientos, porque soy consciente de que los cristianos que me rodean lo considerarían una blasfemia y los científicos sentirían vergüenza ajena, pero cuanto más avanzo en este trabajo, más creo que existe una especie de santidad en nuestra conexión con todo lo existente. Sagrado es el ratón. Sagrado es el grano que el ratón come. Sagrada es la semilla. Sagrados somos nosotros.

Empecé a poner música en el apartamento, canciones que sabía que a mi madre le gustaban. En realidad, no confiaba en que la música la sacara de la cama, pero esperaba que, al menos, la aliviara un poco interiormente. Ponía canciones sentimentaloides de pop-country como *I Hope You Dance*. Ponía aburridos himnos religiosos cantados por coros de iglesias. Puse todas las canciones del repertorio de Daddy Lumba, mientras imaginaba que cuando terminara *Enko Den* ella estaría en pie y trajinando por toda la casa como acostumbraba a hacer cuando yo era pequeña.

También empecé a limpiar más el apartamento, porque suponía que le gustaría notar el familiar olor a lejía, la forma en que se te adhería a los pelos de la nariz horas después de haberla usado. Rociaba la repisa de la ventana con ese tóxico limpiador multiuso y miraba cómo se formaba un vaho que flotaba en el aire y se disolvía. Seguramente algunas de esas partículas llegaban hasta la cama donde estaba ella.

—Gifty —me dijo un día, cuando acabé de limpiar la ventana hasta dejarla resplandeciente—. ¿Me traerías un poco de agua?

Los ojos se me llenaron de lágrimas y respondí «Sí, claro» con tanta alegría que cualquiera habría pensado que me había pedido que aceptara el Nobel. Le llevé un vaso de agua y la observé mientras se sentaba y lo bebía. Se la veía cansada, lo que parecía improbable, dado que no había hecho más que descansar desde su llegada. Yo nunca la había considerado vieja, pero en poco más de un año cumpliría setenta, y todos esos años comenzaban a grabarse en las mejillas hundidas, en las manos encallecidas por el trabajo.

La observé mientras bebía el agua a pequeños sorbos y, cuando terminó, cogí el vaso de sus manos.

—¿Más? —le pregunté.

Ella negó con la cabeza y volvió a hundirse bajo las mantas y mi corazón se hundió con ella. Una vez que tuvo todo el edredón encima, cubriéndole el cuerpo, casi hasta el mentón, me miró y dijo:

—Tienes que hacer algo con tu pelo.

Reprimí una carcajada, me toqué las rastas y entrelacé los dedos con ellas. El verano en que había vuelto a casa con mis primeras rastas, mi madre no me habló durante un mes. «La gente va a pensar que te criaste en una casa sucia», protestó antes de guardar silencio durante la casi totalidad de mi estancia, y ahora estas rastas la habían obligado a hablar de nuevo, aunque sólo fuera para regañarme. Sagrado es el pelo de la mujer negra.

19

En la universidad me apunté a un curso de poesía sobre Gerard Manley Hopkins, pues debía estudiar alguna materia humanística. La mayoría de los estudiantes de ciencias que conocía hacían talleres de escritura creativa para satisfacer ese requisito. «Es una manera fácil de obtener notas altas —me explicó una amiga—. Tú escribes lo que sientes y todo eso y luego lo discuten en clase. Sacar sobresaliente está tirado.» La sola idea de tener a toda una clase debatiendo sobre los sentimientos que yo hubiera conseguido expresar en un relato me aterrorizaba. Decidí probar con Hopkins.

La profesora, una mujer increíblemente alta con una melena rizada y rubia de leona, llegaba a clase diez minutos tarde cada martes y jueves. «Bueno, a ver, ¿por dónde íbamos?», decía, como si los alumnos hubiéramos estado hablando de los poemas en su ausencia y quisiese que la pusiéramos al día. Nadie respondía y por lo general nos fulminaba con sus penetrantes ojos verdes hasta que alguien se rendía y balbuceaba alguna incoherencia.

—Todo en Hopkins expresa el placer de la lengua —declaró un día—. Quiero decir, escuchad esto: «Cucosonante, campanambrada, alondrecida, cornevejada, río-rodeada.» La forma en que estas palabras encajan unas con otras a partir de su sonido genera un placer inmenso en su autor y nosotros, los lectores, experimentamos ese mismo placer cuando las leemos.

Su rostro expresaba tal éxtasis y tal dolor que parecía a punto de llegar al orgasmo. Yo no experimentaba ese mismo placer cuando leía esas palabras. Ni siquiera obtenía un cuarto del placer del que sentía mi profesora con sólo hablar de ello. Esa mujer me intimidaba y esa poesía no me gustaba nada, pero tenía una extraña sensación de afinidad con Hopkins cada vez que leía sobre su vida, sobre la dificultad que hallaba en conciliar la religión con sus deseos y pensamientos, sobre su sexualidad reprimida. Me gustaba leer sus cartas e, inspirada por un ideal romántico decimonónico, decidí escribir cartas a mi madre. En ellas esperaba poder manifestar mis complicados sentimientos hacia Dios. «Querida mamá —empezaban—, no dejo de preguntarme si creer o no en Dios es compatible con creer en la ciencia.» O: «Querida mamá, no he olvidado la alegría que sentí el día que me llevaste hasta el altar y todos los miembros de la congregación extendieron las manos y yo realmente, de verdad, sentí la presencia de Dios.» Escribí cuatro cartas, y cada una de ellas podría haber sido un pétalo diferente de la margarita de mi fe. «Creo en Dios, no creo en Dios.» Pero esos sentimientos reflejaban fielmente lo que en verdad sentía. Tiré las cartas y acepté agradecida mi calificación de notable del curso de poesía.

Para Nana la religión siempre había sido un asunto conflictivo. Aborrecía al pastor de jóvenes de la iglesia de las Primeras Asambleas, un hombre de poco más de veinte años que acababa de terminar la Masters Commission, una especie de campo de entrenamiento para futuros líderes espirituales, y que insistía en que todos lo llamaran P. T. en lugar de pastor Tom.

P. T. quería comunicarse con los jóvenes de tú a tú, por lo que cuando trataba a Nana se sacaba de la manga palabras en una jerga que suponía que usaban los adolescentes negros. «¿Qué pasa, *bro*?» era uno de sus saludos favoritos. Al oírlo, Nana ponía los ojos en blanco. Nuestra madre lo regañaba por su falta de respeto, pero ambos sabíamos que hasta ella pensaba que P. T. era un idiota.

Nana tenía trece años cuando dejó la iglesia de niños para asistir a los grupos de jóvenes. Yo lo echaba de menos en la escuela dominical, cuando la pastora sacaba sus títeres mientras Nana asistía a regañadientes a las clases que impartía P. T. al otro lado del vestíbulo. Durante los oficios me revolvía en el asiento y pedía permiso para ir al baño cada cinco minutos, hasta que finalmente los pastores me permitieron asistir a la escuela dominical con Nana siempre que volviera a la iglesia infantil durante el horario habitual de los oficios. En esas clases matinales, Nana se sentaba tan lejos de mí como podía, pero no me importaba. Me encantaba estar en la misma aula que él y me gustaba sentirme mayor, más sabia que el resto de los niños de mi edad que debían escuchar los breves monólogos humorísticos de la pastora que, a esas alturas, se habían vuelto aburridos. Entonces ya me moría por demostrar mi competencia, mi superioridad, de modo que ser la más joven del grupo era como una especie de triunfo, una manifestación de mi bondad.

Al igual que la pastora de la iglesia de niños, P. T. hablaba mucho sobre el pecado, pero no tenía debilidad por los títeres. A mí me prestaba poca atención e interpretaba las Escrituras a su manera.

Decía: «Si las chicas supieran lo que piensan los chicos cuando se ponen esas ropas tan cortas y esas otras tan altas, no las llevarían nunca más.»

Decía: «Hay mucha gente que jamás ha oído el Evangelio y seguirá en pecado hasta que nosotros difundamos la buena nueva.»

Decía: «Dios se enorgullece de nuestra entrega. Recordad que Él es nuestro novio y nosotros somos su novia. Debemos ser fieles para con Él.»

P. T. siempre esbozaba una sonrisita de suficiencia y cuando hablaba tamborileaba los dedos sobre la mesa. Era de ese tipo de pastores que tratan a Dios como si fuera algo moderno y enrollado, pero a la vez excluyente. Su Dios no era el de los ratones de biblioteca ni el de los cerebritos científicos. Era el Dios del punk. A P. T. le gustaba ponerse una camiseta que proclamaba FRIKI DE JESÚS. La palabra «friki» allí escrita, al lado de «Jesús», era decididamente combativa, incongruente, como si gritara: «Éste no es el cristianismo de tu madre.» Si Jesús era un club, P. T. y los otros jóvenes pastores como él eran los seguratas de la entrada.

Un día, Nana cuestionó el concepto de un Dios excluyente. Levantó la mano y P. T. detuvo por un momento su tamborileo y se recostó en el asiento.

—Dispara, *bro* —dijo.

—A ver. Supongamos que hay una aldea en África, en un lugar tan remoto que nadie lo ha descubierto todavía, así que ningún misionero cristiano ha llegado hasta allí para difundir el Evangelio. La pregunta es: ¿todos los habitantes de la aldea irán al infierno, aunque sea imposible que hayan oído hablar de Jesús?

P. T. esbozó su típica sonrisita de suficiencia y miró a Nana con los ojos un poco entornados.

—Dios encontraría la manera de que esa gente se enterara de la buena nueva.

—Vale, pero hipotéticamente.

—¿Hipotéticamente, tronco? Sí, irán al infierno.

Esa respuesta me impresionó, el modo petulante y satisfecho con que P. T., sin parpadear, condenó a toda una indefensa aldea africana al castigo eterno. No dedicó ni un segundo a reflexionar sobre la pregunta de Nana, a intentar encontrar una solución. No dijo, por ejemplo, que Dios no se ocupa de las hipótesis, una respuesta perfectamente razonable a una pregunta no del todo razonable. El hecho de que le hubiera seguido el juego a Nana indicaba que consideraba a Dios como una especie de premio que sólo merecían ganar unas cuantas personas. Era como si realmente deseara mandar a todos esos aldeanos al infierno, como si creyera en serio que había personas a las que les tocaba ir al infierno, porque se lo merecían.

Y lo más perturbador era que no podía quitarme de la cabeza que esas personas que según P. T. se merecían el infierno se parecían a Nana y a mí. Yo tenía siete años, pero no era estúpida. Había visto los panfletos que proclamaban la gran necesidad que muchos países tenían de misioneros. Todos los niños que aparecían en esos panfletos, con sus vientres hinchados, con las moscas zumbándoles junto a los ojos, con la ropa sucia, tenían el mismo color marrón oscuro que yo. Yo ya entendía el espectáculo de la pobreza, los impulsos contrapuestos de ayudar y de apartar la mirada que esas imágenes inspiraban, pero también entendía que la pobreza no era un fenómeno negro y marrón. Había visto cómo andaban los niños de la escuela que venían del aparcamiento de autocaravanas, cómo un comentario pronunciado al descuido sobre sus zapatos demasiado pequeños o sus pantalones demasiado grandes podía enfurecerlos, y también había visto los destartalados graneros y casas de labranza que flanqueaban las carreteras apartadas junto a esos pueblos de mala muerte que estaban a unos minutos de mi ciudad. «No permitas que el coche se averíe en esta aldea infecta», rezaba mi madre en twi cada vez que atravesábamos uno de esos pueblos. Utilizaba la palabra «*akuraase*», la misma con la que se habría referido a una aldea de Ghana, pero entonces yo ya había asimilado la idea imperante de que Estados Unidos era un país de una categoría superior a la del resto del mundo, de modo que estaba convencida de que un pueblo de Alabama no podía ser el equivalente a una *akuraase* ghanesa. Años después, me di cuenta de lo ridícula que era esa idea, la idea de una pobreza estadounidense refinada y superior que implicaba la existencia de un tercer mundo abyecto e infrahumano. La creencia en esa infrahumanidad era lo que hacía tan efectivos esos pósteres y publirreportajes, que en realidad no eran tan diferentes de los anuncios de las perreras, así como las personas que aparecían en esos publirreportajes no eran mejores que los perros. Sin duda, la desconsiderada respuesta de P. T. no era más que el comentario descuidado de un hombre que no estaba acostumbrado a pensar en profundidad sobre por qué se aferraba a su fe, pero, en mi caso, las palabras que pronunció aquel día desencadenaron precisamente ese tipo de pensamiento.

P. T. bajó las patas de la silla hasta el suelo y continuó con sus enseñanzas, evitando cuidadosamente mirar a Nana. En el otro extremo del aula, Nana también tenía una expresión petulante. Después de aquel episodio, no volvió muy a menudo a los servicios juveniles.

20

Querido Dios:

Buzz dice que el cristianismo es una secta, sólo que empezó hace tanto tiempo que la gente aún no sabía qué eran las sectas. Me ha dicho que ahora somos más listos que en esa época. ¿Es cierto?

Querido Dios:

¿Podrías enseñarme que existes de verdad?

21

Mi apartamento olía a aceite, pimienta, arroz y plátano. Dejé la bolsa en la entrada y corrí hacia la cocina, donde me encontré con una imagen que me era tan familiar como la palma de mi mano: mi madre cocinando.

—Estás levantada —dije y al instante lamenté que mi voz delatara mi entusiasmo.

No quería asustarla. Había visto vídeos de mambas negras arrinconadas, que te atacaban antes de huir, deslizándose más rápido que un parpadeo. ¿Mi madre sería capaz de algo así?

—No tienes huevos. No tienes leche. No tienes harina. ¿Qué comes? —preguntó.

Se había puesto una bata que habría encontrado en algún cajón. A través de la delgada tela le asomaba un pecho, deshinchado por la pérdida de peso y encogido por la edad. Cuando éramos niños, a Nana y a mí nos daba mucha vergüenza su propensión a desnudarse. Ahora, me sentía tan feliz de verla, de verla entera, que no me importaba.

—En realidad, no cocino —expliqué.

Ella chasqueó la lengua y siguió cortando los plátanos, salando el arroz *jollof*. Oí el chisporroteo del aceite y el olor de la grasa caliente bastó para hacerme la boca agua.

—Si hubieras pasado algo de tiempo conmigo en la cocina, ayudándome, sabrías preparar estos platos. Sabrías alimentarte como Dios manda.

Contuve el aliento y conté hasta tres antes de responder:

—Ahora estás aquí, ahora puedo aprender.

Ella resopló. De modo que así serían las cosas. Observé cómo se inclinaba sobre la sartén. Cogió un puñado de plátanos y los dejó caer acercando mucho la mano al aceite, que se los tragó entre chisporroteos y, cuando mi madre levantó la mano de la sartén, vi los puntitos brillantes donde el aceite la había salpicado. Se limpió las manchas con el dedo y luego se lo llevó a la boca. ¿Cuántas veces se habría quemado igual? Debía de ser inmune a las quemaduras.

—¿Recuerdas cuando le pusiste a Nana aceite caliente en el pie? —le pregunté desde mi sitio, al final de la encimera.

Me habría gustado echarle una mano, pero temía que se burlara de mí o, aún peor, que me dijera que lo hacía todo mal. Era cierto que de niña me había mantenido lejos de su cocina, pero, incluso ahora, incluso después de los pocos días que pasé cocinando con ella, oigo su voz diciéndome: «Ve fregando lo que utilices, ve fregando lo que utilices», cada vez que cocino.

—¿De qué estás hablando?

—¿No te acuerdas? Teníamos una fiesta en casa y le echaste aceite...

Ella giró el rostro de golpe en mi dirección. Tenía un colador de malla en la mano, lo sostenía en el aire como si fuera el mazo de un juez y estuviera a punto de bajarlo. Vi pánico en su rostro, un pánico que cubrió toda la impasibilidad que había mostrado desde su llegada.

—Nunca hice eso —dijo—. Nunca, jamás hice eso.

Yo estaba a punto de insistir, pero la miré a los ojos y al instante me di cuenta de que me había equivocado: no ya en el recuerdo en sí, que había vuelto a mi memoria al olor del aceite hirviendo, sino al recordárselo a ella.

—Lo siento, debo de haberlo soñado —dije, y ella bajó el martillo.

Mi madre no solía dar fiestas y, cuando lo hacía, se pasaba toda la semana previa cocinando y limpiando como una loca, hasta el punto de que cualquiera hubiera imaginado que íbamos a recibir a miembros de la realeza. El puñado de ghaneses que vivía en Alabama pertenecía a la Asociación de Ghana y muchos tenían que conducir dos horas largas para acudir a las reuniones. Mi madre, que nunca fue el alma de la fiesta, tan sólo asistía a esos encuentros si se celebraban a menos de una hora en coche y sólo organizaba uno cuando disponía de cuatro días libres seguidos, lo que ocurría con tan poca frecuencia que al final sólo organizó dos.

Me había comprado un vestido nuevo a mí y unos pantalones a Nana. Planchó las prendas por la mañana y las puso sobre nuestras camas, amenazándonos con matarnos si mirábamos la ropa con mala cara antes de que llegara el momento de ponérnosla; y luego dedicó el resto del día a cocinar. Cuando llegaron los primeros invitados, la casa brillaba como los chorros del oro y olía a los aromas de Ghana.

Sería la primera vez que nos reuníamos con otros ghaneses desde que el Hombre Chin Chin se marchó, y

Nana y yo, que ya éramos unos marginados debido al carácter taciturno de nuestra madre, estábamos muertos de miedo a causa de esa fiesta, y por las miradas, los consejos no solicitados de los adultos y las burlas que tendríamos que soportar de los otros niños.

—Nos quedamos cinco minutos y después fingimos que nos encontramos mal —me susurró Nana sin dejar de sonreír mientras saludábamos a una tía que olía a talco de bebés.

—Se va a dar cuenta de que mentimos —susurré yo, recordando el interrogatorio digno de la CIA al que nuestra madre nos había sometido para resolver el misterio de quién había robado una bebida de malta del fondo de su armario.

No tuvimos que llegar a ese punto. En cuanto aparecieron los otros niños, Nana y yo empezamos a disfrutar de la fiesta. Mi madre había preparado unas bolas de masa frita llamadas *bofrot* o *puff-puff*, y al rato todos los críos nos enzarzamos en una batalla campal, usando el *bofrot* como munición. Las reglas estaban poco claras, pero el concepto general del juego era que si te acertaban con un *bofrot* volador, perdías.

Nana, como de costumbre, era un jugador de primera. Era rápido, tenía buena puntería y disimulaba muy bien, pues sabíamos que si los adultos nos pillaban tirando la comida, el juego, y seguramente nuestras vidas, llegarían a su fin. Yo sabía que no era lo bastante rápida como para ganarle a Nana, de modo que me escondí detrás del sofá, esperando con mi pila de *bofrot*, escuchando los suspiros de frustración y las risitas de los niños que habían sido alcanzados por algún proyectil. Aquel sofá, el único que yo conocía, era tan viejo y tan feo que estaba cediendo poco a poco. Las costuras de uno de los cojines se habían reventado y el relleno le salía por los lados como si fueran sus entrañas. El apoyabrazos derecho tenía clavado un adorno de madera, que se salía continuamente dejando los clavos al descubierto, y Nana, mi madre o yo teníamos que volver a encajarlo en el tapizado. Supongo que cuando me metí detrás del sofá solté sin querer el adorno de madera, porque poco después oí el grito de Nana. Salí a hurtadillas de detrás del sofá y lo encontré con el adorno de madera clavado en la planta del pie.

Todos los tíos y las tías reunidos en la sala se agolparon alrededor del herido. Cuando mi madre se abrió paso hasta mi hermano, cada uno de ellos había propuesto una solución al problema. Me comí los *bofrot* deprisa, eliminando así la prueba de mi participación en el desaguisado, mientras los adultos de la sala hablaban en voz cada vez más alta. Por fin, mi madre llegó hasta Nana, hizo que se sentase en el sofá traicionero y, sin la más mínima ceremonia, arrancó el adorno de madera, con clavo y todo, del pie de Nana, dejando un agujero lleno de sangre.

—Tétanos, hermana —dijo una de las tías.

—Es cierto, el clavo puede provocarle tétanos. No te la juegues.

El barullo fue en aumento mientras los adultos discutían sobre la prevención del tétanos. Nana y yo nos miramos y pusimos los ojos en blanco de pura exasperación, esperando que los adultos acabaran de gesticular, le pusieran una tirita en el pie y dieran por zanjado el asunto. Pero había algo distinto en sus voces, en el modo en que todos a una traían a la memoria recuerdos e ideas de Ghana, de su antiguo país; como si se emocionaran al evocar delante de los demás los remedios tradicionales, demostrando que no habían perdido su ghanidad, que aún la conservaban.

Mi madre cogió a Nana en brazos y se lo llevó a la cocina, con el resto pisándole los talones. Puso a calentar una olla pequeña con aceite en el fogón, hundió en ella una cuchara de plata y, mientras Nana gritaba, los adultos la alentaban a seguir adelante y los niños lo observaban todo aterrados, acercó la cuchara llena de aceite caliente al agujero del pie de mi hermano.

¿Era posible que mi madre hubiera olvidado aquello? El día en que había dejado de creer en la eficacia de la vacuna antitetánica y en cambio había encomendado la salud de Nana a la sabiduría popular. Después Nana estuvo enfadado con ella un tiempo, enfadado y confuso. Seguro que ella se acordaba.

Puse la mesa mientras mi madre servía arroz y plátano frito en dos platos. Se sentó a mi lado y comimos en silencio. Era la mejor comida que yo había probado en meses, incluso años; y todavía más por ser la única señal de vida que había dado esa mujer desde su llegada. Comí a dos carrillos, acepté una segunda ración y lavé los platos mientras mi madre me observaba. Llegó la noche, ella volvió a su cama y, a la mañana siguiente, cuando salí para ir al laboratorio, aún no se había levantado.

22

Un ratón con un implante de fibra óptica en la cabeza se parece a algo salido de una película de ciencia ficción, aunque supongo que a cualquier criatura que tuviera un implante de fibra óptica en la cabeza le pasaría lo mismo. A menudo les insertaba a mis ratones implantes de esa clase, a fin de transmitir luz a sus cerebros durante mis experimentos. Un día, cuando Han entró en el laboratorio, me encontró conectando un cable de fibra óptica al implante de un ratón. Ni él ni el ratón parecían interesarse lo más mínimo por lo que yo me traía entre manos.

—¿No te resulta raro lo rápido que nos acostumbramos a las cosas? —le comenté a Han.

El cable de red estaba conectado a un led azul que me serviría para emitir un haz de luz la próxima ocasión que realizara el experimento de la palanca con ese ratón en particular.

Han apenas levantó la mirada de su trabajo.

—¿A qué te refieres?

—Me refiero a que si alguien entrara ahora mismo y viera a este ratón con toda esta parafernalia en la cabeza, se quedaría extrañado. Pensaría que estamos fabricando cíborgs.

—Es que estamos fabricando cíborgs —señaló él antes de hacer una pausa y mirarme—. Quiero decir, existen debates sobre si los no humanos pueden ser considerados cíborgs, pero dado que la palabra «cíborg» es una abreviatura de «organismo cibernético», creo que podrías ampliar la definición a cualquier materia orgánica que se haya sometido a algún proceso de ingeniería biomecánica, ¿no te parece?

Yo me lo había buscado. Me pasé los siguientes quince minutos escuchando a Han hablar sobre el futuro de la ciencia ficción; nunca lo había oído hablar tanto rato sobre nada. Al principio esa conversación me aburrió, pero verlo tan animado por la causa que fuera me alegró tanto que contra todo pronóstico terminé interesándome por el asunto.

—Mi hermano siempre decía que quería tener piernas biónicas para ser más rápido en la cancha de baloncesto —dije sin pensar.

Han se levantó las gafas y se acercó un poco más a su ratón.

—No sabía que tuvieras un hermano —dijo—. ¿Sigue jugando al baloncesto?

—Él... Mmm... Él... —No me salían las palabras.

No quería ver cómo las orejas de Han se ruborizaban, esa señal que delataba vergüenza o lástima. Quería seguir siendo la misma para él, que nuestra relación se mantuviera alejada de las historias de mi vida.

Al final, Han apartó la mirada de lo que estaba haciendo y se volvió hacia mí.

—¿Gifty? —preguntó.

—Murió. Hace mucho.

—Dios mío, lo siento mucho —dijo.

Me sostuvo la mirada un buen rato, más tiempo del que ambos estábamos acostumbrados, y agradecí que no añadiera nada; que no me preguntara, como hace tanta gente, qué había ocurrido. Me avergonzaba darme cuenta de que me habría avergonzado hablar con Han de la adicción de Nana.

En lugar de eso, dije:

—Se le daba genial el básquet. No le hacía falta ninguna pierna biónica.

Han asintió y esbozó una leve sonrisa en silencio. Como ninguno de los dos supo qué hacer o decir después de aquello, le pregunté cuáles eran sus escritores favoritos de ciencia ficción, con la esperanza de que cambiar de tema aliviara el nudo que sentía en la garganta. Han captó la indirecta.

Un año después de que mi madre arrumbara en el garaje la caja con las botas y la equipación y los balones de fútbol, Nana volvió de la escuela con una nota del profesor de educación física. «Pruebas de baloncesto el miércoles. Nos encantaría que Nana viniera», decía.

Aquel verano, Nana tenía trece años recién cumplidos y medía más de metro ochenta. Yo había ayudado a mi madre a medirlo contra la pared de fuera de la cocina, subiéndome encima de sus hombros y haciendo una marca con un lápiz en el punto en que terminaba la cabeza de Nana. «Oye, Nana, pronto tendremos que subir el techo», bromeó mi madre después de enrollar la cinta de medir. Nana puso los ojos en blanco, pero sin dejar de sonreír, orgulloso de su suerte genética.

El baloncesto era, desde luego, un deporte lógico para un chaval alto y atléticamente dotado, pero nosotros éramos una familia de fútbol tradicional en un país de fútbol americano. Nunca se nos había ocurrido a ninguno de los tres. Y, aunque jamás lo admitimos, ni en nuestro fuero interno ni en voz alta, todos sabíamos que cambiar de deporte sería un insulto para el Hombre Chin Chin, quien una vez había declarado que prefería perder el tiempo contemplando a las jirafas en la selva que ver los partidos de baloncesto por televisión.

Sin embargo, era obvio que Nana echaba de menos el deporte. Tenía un cuerpo que necesitaba moverse para sentirse cómodo. Siempre estaba removiéndose, dando saltos, girando el cuello, haciendo crujir los nudillos. No estaba hecho para quedarse quieto y quienes habíamos disfrutado viéndolo jugar al fútbol sabíamos que Nana tenía madera de deportista. Cuando jugaba era él mismo, era real, verdadero, hermoso. Mi madre firmó el consentimiento.

Desde el primer instante quedó claro que el baloncesto era su deporte. En cuanto cogió entre las manos la pelota, algo en su cuerpo y en su mente encontró su lugar. Se sentía frustrado por no estar al mismo nivel que los otros jugadores, por no haber empezado a practicar ese deporte cuando era pequeño, de modo que mi madre compró un aro que no podía permitirse y lo montó con nuestra ayuda. Lo colocamos en la entrada para coches y, un segundo después de su instalación, ese aro se convirtió en una especie de tótem para Nana. Se pasaba horas enteras allí fuera, día tras día, adorándolo. En el tercer partido, ya se había convertido en el quinto mejor anotador del equipo. Al finalizar la temporada, era el mejor.

Mi madre y yo asistíamos a sus partidos y nos sentábamos muy atrás. No estábamos versadas en ese deporte y ni siquiera nos habíamos molestado en aprender el reglamento. «¿Qué está pasando?», le susurraba a mi madre, o ella me lo preguntaba a mí, cada vez que sonaba el silbato, pero no tenía sentido hacer preguntas cuando en realidad no nos importaban las respuestas. La gente no tardó mucho en fijarse en Nana primero y luego en nosotras. Los padres se acercaban a mi madre y le insistían para que se sentara en las filas delanteras, junto a ellos, para poder decirle cosas como «Vaya, ese chaval tiene futuro».

—Qué estupidez —decía mi madre cuando volvíamos a casa en coche—. Claro que tiene futuro. Siempre ha tenido futuro.

—Quieren decir en el baloncesto —le respondí yo una vez.

Ella me miró furiosa por el espejo retrovisor.

—Sé lo que quieren decir.

Yo no entendía por qué estaba tan disgustada. Ella jamás había sido como los típicos padres inmigrantes, que castigan a sus hijos si obtienen calificaciones mediocres, que no les permiten practicar deportes o asistir a fiestas, que se enorgullecen del mayor, que es médico, del mediano, que es abogado, y que se hacen cruces por el pequeño, que quiere estudiar economía. Mi madre, por supuesto, deseaba que tuviéramos éxito, para que no termináramos como ella, trabajando en empleos extenuantes y exigentes. Aun así, tener trabajos extenuantes y mal pagados significaba que siempre estaba demasiado ocupada para fijarse en si sacábamos buenas notas y demasiado arruinada para buscar ayuda en caso de que la necesitáramos. En consecuencia, decidió confiar en que haríamos lo correcto y esa confianza se vio recompensada. Creo que se tomaba como un insulto que la gente hablara del talento de Nana para el baloncesto como la clave de su futuro, como si él no tuviera nada más que ofrecer. Su habilidad atlética era un don que le había concedido Dios, y mi madre sabía que no había que cuestionar lo que Dios proveía, pero detestaba la idea de que alguien pudiera creer que Nana no poseía ningún otro don.

A veces, cuando mi hermano se sentía generoso las tardes del fin de semana, me dejaba jugar al burro con él en la entrada para coches. A mí me gustaba creer que me defendía bastante bien, pero estoy segura de que Nana me lo ponía fácil.

Vivíamos en una casa alquilada al final de un callejón y la parte más alta de la entrada para coches, donde estaba el aro de baloncesto, era la cima de una pequeña colina. Cada vez que uno de los dos fallaba un tiro, si no éramos lo bastante veloces, la pelota rebotaba contra el tablero y salía disparada colina abajo cada vez más rápido. Aunque yo tenía mucha energía, era perezosa y jugaba mal. Odiaba correr detrás de la bola y le decía a Nana que fuera a buscarla él. Cuando fallé el tiro correspondiente a la segunda erre de BURRO, le prometí a Nana que lavaría los platos por él durante una semana. Nana llegó al final de la colina en cinco zancadas y le bastaron seis pasos para volver.

—¿Crees que al Hombre Chin Chin le habría gustado el baloncesto si hubiera podido jugarlo de pequeño? —le pregunté.

Yo estaba preparándome para tirar desde el marco de la puerta del garaje. Era físicamente imposible lanzar la pelota a la altura necesaria para encestar desde ese sitio, pero yo aún no había estudiado física y tenía una férrea y muy equivocada confianza en mis habilidades. Erré el tiro por varios metros y corrí a buscar la pelota antes de que se escapara colina abajo.

—¿Quién? —dijo Nana.

—Papá —le contesté, una palabra que me sonó extraña. Una palabra de un idioma que había hablado en otra época y que estaba olvidando, como el twi que nuestros padres nos habían enseñado cuando éramos pequeños, pero que luego se habían cansado de intentar mantenerlo.

—No me importa una mierda lo que él piense.

Cuando oí esa palabrota abrí unos ojos como platos. Se daba por supuesto que en nuestra casa estaban prohibidas, aunque mi madre las usaba como si tal cosa en twi porque creía que no sabíamos lo que significaban. Nana no estaba mirándome, se estaba preparando para lanzar. Contemplé sus largos brazos, las venas que los surcaban desde los bíceps hasta la mano, como signos de exclamación en esos músculos recién formados. No había respondido a mi pregunta, pero en realidad daba igual. Estaba respondiéndose su propia pregunta, una cuya gran e imponente presencia debía de ser para él una especie de carga, de modo que mentía en un intento de quitarse de encima ese peso. «No me importa», se decía cada vez que hablaba por teléfono con el Hombre Chin Chin. «No me importa», pensaba cuando anotaba veinte puntos en un partido, dirigía la mirada hacia las gradas y encontraba a su hermana aburrida, a su madre y a nadie más. «No me importa.»

Nana tiró a canasta desde la cima de la colina. Me tocaba imitarlo y él sabía que yo no era capaz de repetir un lanzamiento similar. Lanzó la pelota contra mí con fuerza. La atajé con el pecho y mientras caminaba hasta el sitio donde antes había estado Nana me tragué las lágrimas. Miré fijamente la pequeña diana roja del tablero y traté de concentrarme. Un par de meses más tarde, Nana se subiría a una escalera y arrancaría ese rectángulo rojo, con la esperanza de aprender a lanzar por instinto, de memoria. Boté la pelota un par de veces y miré a Nana, cuya expresión era indescifrable. Erré el tiro y terminó la partida. Esa noche, mucho después de que el sol se hubiera puesto, Nana seguía en la entrada para coches, lanzando tiros libres contra el telón de fondo de la luna.

En el estudio de Hamilton y Fremouw de 1985 sobre los efectos del entrenamiento cognitivo conductual en baloncesto, los investigadores les pidieron a tres jugadores de baloncesto universitario que tenían una proporción baja de canastas en los partidos y los entrenamientos que escucharan grabaciones con instrucciones para una relajación muscular profunda. También se les pidió que vieran vídeos de ellos mismos jugando al baloncesto e intentaran reconstruir los pensamientos que habían tenido cuando se los grabó. El objetivo de los investigadores era identificar los momentos en los que hubieran experimentado una autoevaluación negativa, a fin de que procuraran cultivar autoafirmaciones positivas. De modo que, en lugar de pensar «Soy el peor. Jamás he hecho nada bien en toda mi vida. No entiendo cómo me dejaron entrar en este equipo», debían decirse «Puedo hacerlo. Soy capaz. Estoy aquí por una razón». Al finalizar el programa de entrenamiento, los tres participantes habían mejorado en al menos un cincuenta por ciento.

Por entonces, yo no sabía qué pensamientos le pasaban por la cabeza a Nana. Ojalá lo hubiera sabido. Por deformación profesional, daría lo que fuera por ser capaz de habitar en el cuerpo de otra persona, pensar lo que está pensando, sentir lo que siente. Pagaría lo que fuera por un ejemplar encuadernado donde se consignaran todos los pensamientos de Nana, desde su nacimiento hasta su muerte. Todo. Pero como nunca conocí sus pensamientos más íntimos, no puedo sino especular, suponer, dejarme llevar por sensaciones, que son formas de raciocinio con las que jamás me he sentido del todo cómoda. E imagino que no era sólo el cuerpo de Nana lo que no podía quedarse quieto. También la cabeza le atosigaba sin descanso. Era un chico curioso, intenso, a menudo estaba callado, y cuando hacía una pregunta, había cien más acechando detrás. Esa constante búsqueda de la precisión, de la posición correcta de las piernas, de la frase perfecta, lo convertía en un jugador capaz de lanzar tiros libres sin parar durante horas enteras, pero también en una persona incompetente a la hora de cambiar de pensamiento, de pasar de una autoevaluación negativa a una positiva. Cuando dijo que no le importaba una mierda lo que pensara nuestro padre, yo entendí que eso era justo lo que más le importaba. Y como a Nana las cosas le importaban profundamente, puesto que sus pensamientos eran muy profundos, imagino que si hubiera visto un vídeo de sí mismo jugando al baloncesto, o simplemente viviendo su vida, habría reconstruido afirmaciones negativas como ésa. Dichas afirmaciones no perjudicaban su rendimiento deportivo, pero le perjudicaban a él de otras muchas maneras.

Tal vez habría ayudado que fuéramos de ese tipo de familias que expresan sus sentimientos, que se permiten decir un «te quiero», un *aburofo nkwaseasɛm*, de vez en cuando. En cambio, nunca le dije a Nana que estaba muy orgullosa de él y que me encantaba verlo moverse por la cancha de baloncesto. En los días en que había partido y nuestra madre estaba trabajando, yo iba andando al colegio de Nana para verlo jugar y luego esperaba que terminara de hablar con los otros jugadores y saliera del vestuario para volver a casa con él. «Buen trabajo, Nana», le decía cuando por fin aparecía rodeado por una neblina de desodorante corporal Axe. El entrenador siempre salía disparado apenas sonaba el silbato final, de modo que el único adulto que todavía rondaba por allí era el encargado nocturno, un hombre a quien Nana y yo evitábamos porque siempre nos hacía pensar en nuestro padre.

—Os aseguro que nunca he visto a dos hermanos comportarse como vosotros —nos dijo el portero una noche—. Le dices «Buen trabajo, Nana», como si el chico fuera tu empleado o tu alumno o algo así. Deberías darle un abrazo.

—Venga ya, tío —repuso Nana.

—Hablo en serio; actuáis como si apenas os conocierais. Venga, dale un abrazo a tu hermana —insistió.

—No, tío, estamos bien así. —Nana echó a caminar hacia la puerta—. Venga, Gifty —dijo, pero yo me quedé quieta mirando cómo el encargado negaba con la cabeza, como diciendo «Qué raros son los chavales de hoy en día»—. ¡Gifty! —gritó Nana sin darse la vuelta y yo corrí para alcanzarlo.

Al llegar a la cancha todavía era de día, pero cuando salimos ya se había hecho de noche, una noche cálida y húmeda. Alrededor las luciérnagas nos saludaban encendiendo sus luces. Las zancadas de Nana me obligaban a correr para no quedarme atrás.

—¿A ti te parece raro que no nos abracemos? —le pregunté.

Nana pasó de mí y apretó el paso. Era uno de esos días en que ignoraba a todo el mundo, en los que mi madre y yo intercambiábamos a hurtadillas miradas de conmiseración después de uno de sus gruñidos malhumorados. Mi madre le decía: «¿Crees que somos iguales tú y yo? Compórtate.» A mí me decía: «Ya se le pasará.»

Vivíamos a más de dos kilómetros de la escuela, un paseo comparado con los trayectos que hacía nuestra madre a diario, aunque a nosotros nos daba pavor. En

Huntsville la mayoría de las aceras estaban ahí de adorno. La gente cogía sus todoterrenos, con el aire acondicionado al máximo, para ir a las tiendas de comestibles que estaban a dos manzanas de distancia. Sólo caminaba la gente como nosotros, la que no tenía otro remedio, porque disponían de un solo vehículo, o porque eran familias monoparentales y el progenitor trabajaba doble turno incluso los días en que había partido; porque caminar era gratis y el transporte público era o inexistente o poco fiable. Yo odiaba los bocinazos, los gritos que nos lanzaban desde ventanillas abiertas de los coches que pasaban. Una vez que caminaba sola, el conductor de una camioneta se puso a mi lado y empezó a mirarme con tal avidez que me dio miedo y me metí en la biblioteca, donde me escondí entre los libros hasta asegurarme de que no me hubiera seguido. Sin embargo, me gustaba caminar con Nana esas agradables noches de primavera en las que cada día hacía más calor, en que los cantos de las cigarras iban dejando paso a los de los saltamontes. Me encantaba Alabama al anochecer, cuando todo se aquietaba y embellecía, cuando el cielo se cubría de nubes de insectos.

Nana y yo giramos por nuestra calle. Una de las farolas estaba apagada, así que durante unos instantes cruzaríamos una zona en penumbra. Nana se detuvo.

—¿Quieres que te dé un abrazo? —preguntó.

Mis ojos todavía estaban adaptándose a la semioscuridad, por lo que no pude verle la cara; no sabía si hablaba en serio o si estaba burlándose de mí, pero, de todas maneras, valoré largo y tendido mi respuesta.

—No, en realidad no —respondí.

Nana se echó a reír. Recorrió las dos últimas manzanas despacio, a mi ritmo, para que yo pudiera caminar a su lado.

23

La idea de regresar a mi apartamento y encontrarme con que todo seguía igual me daba pavor, de modo que empecé a pasar cada vez más tiempo en el laboratorio. Me decía que ahí «estaba en íntima comunión con los ratones», pero no había prácticamente nada interesante, mucho menos espiritual, en mis monótonas mañanas y mis largas tardes. La mayoría de los experimentos me bastaba con revisarlos una vez al día para asegurarme de que no hubiera tenido lugar ningún contratiempo importante, así que me tiraba las horas sentada en mi gélido despacho contemplando, temblorosa, el documento Word en blanco e invocando la inspiración para escribir mi artículo. Era aburrido, pero prefería ese aburrimiento conocido al que había en mi casa. Allí, el aburrimiento se combinaba con la esperanza de su alivio, lo que le confería un matiz más amenazador.

En el laboratorio, como mínimo, tenía a Han, quien estaba observando el comportamiento de los ratones mediante el empleo de herramientas de cartografía cerebral. Era la única persona que conocía que pasaba más tiempo que yo en el laboratorio.

—¿Ahora duermes aquí? —le pregunté un día en que entró con un cepillo de dientes en un estuche—. ¿No te preocupa morir aquí y que tarden días en encontrar tu cadáver?

Han se encogió de hombros y se recolocó las gafas.

—Los premios Nobel no se obtienen solos, Gifty —dijo—. Además, me encontrarías tú.

—Tenemos que salir más —declaré antes de estornudar.

El problema de pasar tanto tiempo en el laboratorio con los ratones era que me causaban alergia; era bastante habitual en mi profesión. Tras años de contacto con la caspa, la orina y la saliva de los ratones, tenía el sistema inmune agotado y deteriorado. Mientras la mayoría sólo sufría de picazón en los ojos y congestión nasal, a mí además me salían sarpullidos urticantes cada vez que me tocaba la piel sin lavarme las manos. Una vez incluso tuve un sarpullido en el párpado.

—Deja de rascarte —decía Raymond cada vez que acercaba la mano sin darme cuenta hacia las omnipresentes erupciones en la espalda o debajo de los senos.

Llevábamos un par de meses juntos y aunque el brillo se había empañado un poco, seguía sin haber nada que me gustara más que verlo trajinar por la cocina con esa elegancia, echando sal, cortando pimientos, chupándose los dedos.

Esa mañana, sentada en un taburete de su cocina, observaba cómo preparaba huevos revueltos, con un movimiento de la muñeca tan hipnótico que no me di cuenta de que me estaba rascando.

Le había pedido a Raymond que me avisara si me pillaba rascándome, aun así cuando lo hacía me molestaba mucho. «¡No me digas lo que tengo que hacer. Es mi cuerpo!», gritaba en mi cabeza mientras le decía:

—Gracias.

—A lo mejor deberías ir al médico —me dijo un día mientras me veía desayunar una pastilla de Benadryl contra la alergia y zumo de naranja.

—No tengo que ir a ningún médico. Me recomendará lo que ya sé: que use guantes, que me lave las manos, bla-bla-bla.

—¿Bla-bla-bla? Últimamente te rascas la pierna mientras duermes. —Raymond estaba tomando un desayuno de verdad: tostadas con huevo, café. Me ofreció un bocado, pero en esa época siempre llegaba tarde a todas partes. No tenía tiempo para comer, no tenía tiempo para perder—. ¿Sabes?, para ser una estudiante de la Facultad de Medicina, tienes una actitud de lo más rara respecto de los médicos y de la medicina en general.

Unos meses antes, el médico de urgencias me había recetado hidrocodona además de los antibióticos habituales para tratarme una amigdalitis estreptocócica particularmente desagradable. Raymond me había acompañado a la farmacia a buscar el medicamento, sin embargo cuando llegamos a casa tiré el analgésico por el inodoro.

—El sistema inmunológico de la mayoría de la gente es muy competente y eficaz. En este país se recetan más medicamentos de los necesarios, lo que está creando un problema inmenso y si no nos ocupamos de nuestra propia salud, nos volvemos vulnerables a las manipulaciones de las compañías farmacéuticas que sacan beneficios de mantenernos enfermos y...

Raymond levantó las manos en un gesto de rendición.

—Lo único que digo es que si un médico me receta un medicamento bueno, yo me lo tomo.

Un medicamento bueno. No respondí; me limité a salir del apartamento, me subí al coche y emprendí el camino hacia el laboratorio, mientras mi piel gritaba y sollozaba.

Después del primer año del posgrado me volví más cuidadosa a la hora de manipular los ratones: me lavaba las manos con más frecuencia, jamás me tocaba los ojos. Ahora era raro que las reacciones fueran tan graves como en la época en que me creía invencible; aun así, después de pasar horas en íntima comunión con los ratones al final del día estaba bastante mal.

Quedarme tanto tiempo en el laboratorio también me afectaba la mente. La lentitud de mi trabajo, el hecho de que hubiera que aguardar una eternidad para registrar hasta el más minúsculo de los cambios, a veces me hacía preguntarme «¿Qué sentido tiene?».

«¿Qué sentido tiene?» se convirtió en mi muletilla cada vez que repetía los pasos del experimento. Había un ratón en particular que me hacía pensar en ello siempre que lo observaba. Se había enganchado al Ensure y presionaba la palanca con tanta frecuencia que había desarrollado una cojera psicosomática anticipando las descargas eléctricas aleatorias. De todas maneras, allí seguía, arrastrándose y cojeando hasta esa palanca para presionarla y presionarla y volver a presionarla. En poco tiempo sería uno de los ratones que utilizaría para la optogenética, pero antes lo vería repetir sus acciones condenadas al fracaso con esa esperanza tan bella, tan pura, tan ilusa de los adictos, esa esperanza que dice: «Esta vez será diferente. Esta vez saldrá bien.»

«¿Qué sentido tiene todo esto?» es una pregunta que distingue a los seres humanos del resto de los animales.

Nuestra curiosidad sobre ese asunto está en la base de todo, desde la ciencia y la literatura hasta la filosofía y la religión. Cuando la respuesta a esta pregunta es «Así lo ha querido Dios», tal vez nos sintamos reconfortados. Pero ¿y si la respuesta a esa pregunta es «No lo sé» o, peor aún: «Ninguno»?

24

Según un estudio realizado en 2015 por T. M. Luhrmann, R. Padmavati, H. Tharoor y A. Osei, los esquizofrénicos de India y Ghana oyen voces más amables, más bondadosas, que las que oyen los esquizofrénicos de Estados Unidos. Para realizar ese estudio, los investigadores entrevistaron a esquizofrénicos que vivían en los alrededores de Chennai, India; Accra, Ghana, y San Mateo, California. Muchos de los participantes de Chennai y Accra describían como positivas sus experiencias con las voces. También las reconocían como voces humanas, las de un vecino o hermano. En comparación, ninguno de los participantes de San Mateo contó experiencias positivas con las voces. Al contrario, se sentían bombardeados por unas voces duras e intrusivas, llenas de odio y de violencia.

«Mira, un loco», me dijo mi tía aquel día en Kumasi, con el mismo tono indiferente que habría usado para hacer un comentario sobre el tiempo. El mar de gente de Kejetia no se abrió para dejarlo pasar, la multitud no retrocedió con temor. No era más que una nubecita en un cielo despejado; no era un tornado, ni siquiera era llovizna.

···

Mi madre siempre nos contaba que en la época de su llegada a Estados Unidos había un fantasma en el apartamento de su prima.

—Yo apagaba la luz y él volvía a encenderla. Cambiaba los platos de sitio y hacía temblar la habitación. A veces notaba que me tocaba la espalda con la mano y tenía el tacto de una escoba.

Nana y yo nos reíamos de ella. «Los fantasmas no existen», le contestábamos y ella nos reprendía por habernos vuelto demasiado estadounidenses, con lo que quería decir que no creíamos en nada.

—Vosotros pensáis que los fantasmas no existen, ya veréis cuando os encontréis con uno.

El fantasma que veía mi madre sólo se presentaba cuando su prima no estaba en el apartamento, algo que sucedía a menudo, pues estudiaba y trabajaba a tiempo parcial para la cadena de sándwiches de pollo Chickfil-A. A mi madre le estaba costando encontrar trabajo. Pasaba casi todo el día sola en casa con Nana. Estaba aburrida y echaba de menos al Hombre Chin Chin, a quien no dejaba de llamar, hasta que la prima se cansó de pagar las elevadas facturas telefónicas y amenazó con ponerla de patitas en la calle. Las reglas de su casa eran las siguientes: no me cuestes dinero y no tengas más bebés. Mi madre dejó de llamar a Ghana, y abandonó su vida sexual a un océano de distancia. Fue más o menos por entonces cuando empezó a ver al fantasma. Cada vez que nos contaba anécdotas de esa época, hablaba de él con cariño. Aunque la incordiaba con sus trucos, a mi madre le gustaba esa sensación de una escoba rozándole la espalda; le gustaba la compañía.

Leí el estudio de Luhrmann el día que salió publicado en el *British Journal of Psychiatry* y no pude dejar de pensar en él. Me impactó cómo se relacionaban los participantes ghaneses e indios con las voces que oían. En Chennai eran voces de parientes; en Accra, era la voz de Dios. Quizá los participantes consideraban positivas esas experiencias porque para ellos las voces eran reales: un dios real y vivo, familiares y amigos.

Después de una semana y media conviviendo con mi madre, me dije que tal vez podía hacer algo más por ella. Al levantarme, antes de salir a trabajar, le llevaba un cuenco de sopa y un vaso de agua y me quedaba un rato; le acariciaba cualquier zona de la piel que no cubriera la manta. Si me sentía audaz, le bajaba la manta muy poco, lo bastante como para frotarle la espalda, le apretaba la mano y, en ocasiones, en unas pocas y preciosas ocasiones, ella apretaba la mía.

—Mírate, te has vuelto blanda, como una estadounidense —me dijo un día.

Me daba la espalda y yo acababa de taparle los hombros desnudos con la manta. La burla era su manera favorita de expresar afecto, una señal de su antiguo ser que regresaba a la superficie. Me sentí como si hubiera encontrado el diente fosilizado de un titanosaurio, excitada y a la vez abrumada por los huesos más grandes que seguían enterrados.

—¿Yo? ¿Blanda? —dije con una risita, en un tono burlón que quería decir: «Mírate, la blanda eres tú.»

Haciendo un gran esfuerzo, mi madre se volvió y me miró a la cara. Entornó los ojos un segundo y yo me preparé para lo que fuera, pero luego sus facciones se suavizaron; incluso hasta sonrió un poco.

—Trabajas demasiado.

—Eso lo aprendí de ti —repuse.

—Bueno —dijo.

—¿Te gustaría venir al laboratorio alguna vez? Podrías ver lo que hago. Por lo general es aburrido, pero el día que vengas haré una operación quirúrgica para que sea interesante.

—Tal vez —respondió y eso me bastó.

Le tendí la mano y le apreté la suya: aquél sería el último hueso que encontraría aquel día, quizá durante varias semanas. Ella dejó la mano floja.

25

Antes de que mi madre viniera a vivir conmigo, me di cuenta de que no tenía ninguna Biblia. Sabía que ella estaba mal y que probablemente no se daría cuenta, pero no quería que se le ocurriera buscarla y no la hallara. Me dirigí a la librería del campus y adquirí una Nueva Biblia del rey Jacobo con la misma vergüenza y miedo que tendría cualquiera al comprar un test de embarazo. Nadie se inmutó en lo más mínimo.

La puse sobre la mesita de noche, donde mi madre solía dejarla, aunque me dio la impresión de que no la tocaba: allí siguió, en la misma posición, día tras día, acumulando polvo. Después de un tiempo, cuando me quedaba durante un rato con mi madre, la hojeaba y leía algún que otro pasaje, para ver si me acordaba de los cientos de versículos bíblicos que había memorizado durante años. En la universidad, siempre que me costaba recordar todas las proteínas y los ácidos nucleicos que debía conocer al dedillo, pensaba en los muchos versículos bíblicos que ocupaban espacio en mi cerebro y en cuánto desearía extraerlos para dejar cabida a otras cosas. La gente pagaría un dineral a quien lograra convertir el cerebro en un tamiz que filtrara todo el conocimiento que con el tiempo se volvía inservible —la manera exacta en que a tu ex le gustaba que lo besaras, las direcciones donde ya no vives—, dejando sólo lo esencial, lo inmediato. Hay tantas cosas que me gustaría poder olvidar, pero tal vez «olvidar» no sea el término más adecuado. Hay tantas cosas que me gustaría no haber sabido jamás. El caso es que no hace ninguna falta que modifiquemos nuestro cerebro. El tiempo ya nos vacía de bastantes cosas. Si uno vive lo suficiente, acaba olvidando casi todo lo que creía que recordaría para siempre. Yo leía la Biblia como si fuera la primera vez. La leía al azar; la rica y grandiosa narración del Antiguo Testamento, las íntimas cartas de amor de los Evangelios, y disfrutaba de su lectura como no lo había hecho cuando era una niña, cuando memorizaba las Escrituras tan al pie de la letra que casi nunca me tomaba la molestia de reflexionar sobre lo que estaba leyendo, mucho menos de saborear las palabras. Cuando llegué a la parte de la Primera epístola a los corintios, su lenguaje me conmovió. «Qué bonito», me dije a mí misma, a mi madre, a nadie.

Éste es un versículo del Evangelio según san Juan: «En el principio era la Palabra, y la Palabra era con Dios, y la Palabra era Dios.» En mi infancia, hice una anotación sobre este versículo en mi diario. Escribí que el mismo hecho de escribir me hacía sentir más cerca de Dios y que llevar un diario era un acto particularmente sagrado, dado que era la Palabra lo que estaba con Dios, lo que era Dios. En aquellos tiempos mi diario era mi posesión más valiosa y me tomaba muy en serio lo que escribía. Me tomaba en serio las palabras; sentía que esas primeras palabras de Juan se habían escrito sólo para mí. Me veía a mí misma como un apóstol perdido y mi diario como un nuevo libro de la Biblia. Cuando hice esa anotación era pequeña, tendría unos siete u ocho años, y me quedé muy satisfecha. Me enorgullecía lo bien escrita que estaba. Estuve a punto de enseñársela a mi familia o al pastor John. De modo que me sentí bastante impresionada cuando, años más tarde, P. T. pronunció uno de sus escasos sermones memorables y explicó que la palabra «Palabra» se había traducido del término griego *Logos*, que en realidad no significaba «palabra» en absoluto, sino algo más parecido a «petición» o incluso «premisa». Para mi corazoncito de apóstol fue casi una traición descubrir que el apunte de mi diario estaba equivocado. Aunque todavía peor era la traición del idioma al ser traducido. ¿Por qué en inglés no había una palabra mejor que «Palabra» si «Palabra» no era lo bastante precisa? Empecé a acercarme a la Biblia con recelo. ¿Qué más habría entendido mal?

Pese a que me sentía como si me hubieran engañado, al mismo tiempo me gustó la ambigüedad que esa revelación introducía en el versículo. En el principio había una idea, una premisa; en el principio había una pregunta.

Durante mi tercer año de carrera, acudí sola a un oficio religioso. Me puse un sencillo vestido negro y un sombrero de ala ancha para ocultar mi rostro, aunque una mujer con sombrero en una capilla de la universidad era una imagen bastante extraña, así que probablemente llamé más la atención, en lugar de menos. Me dirigí al banco del fondo y no había ni doblado las rodillas para sentarme cuando sentí las primeras gotas de sudor en la frente. El regreso de la hija pródiga.

Aquel día dirigía el servicio una mujer, una profesora de la Escuela de Teología de Harvard cuyo nombre ya he olvidado. Predicó sobre la literalidad en la religión y empezó su sermón proponiendo a la congregación que reflexionara sobre la siguiente pregunta: «Si la Biblia es la palabra infalible de Dios, ¿debemos tomarla literalmente?»

Cuando era una niña, habría contestado con un sí desmedido y sin pensármelo dos veces. Lo que más me gustaba de la Biblia, en especial en esos fragmentos chocantes del Antiguo Testamento, era que interpretarlos literalmente me hacía percibir la extrañeza y el dinamismo del mundo. No puedo enumerar las noches que pasé en vela a causa del episodio de Jonás y la ballena: me cubría la cabeza con las mantas y me internaba en esa caverna oscura y humedecida por la respiración que me había construido mientras pensaba en Jonás navegando rumbo a Tarsis y en ese horrible Dios punitivo que le ordenaba que se arrojara por la borda para que un pez gigantesco se lo tragara, y sentía cómo me quedaba sin aliento en ese espacio confinado y el asombro que me causaban Dios, Jonás y la ballena. El hecho de que al parecer esa clase de cosas jamás ocurrían en el presente no me impedía de ningún modo creer que sí habían ocurrido en la época de la Biblia, cuando todo estaba cargado de trascendencia. A una edad tan temprana, el tiempo pasa muy despacio. La distancia entre los cuatro y los cinco años es eterna. La distancia entre el presente y el pasado de la Biblia es inconmensurable. Si el tiempo era real, entonces cualquier cosa podía ser real de igual manera.

Aquel día, la reverenda pronunció un sermón hermoso. Examinaba la Biblia con una agudeza extraordinaria y la interpretaba de una forma tan humana, tan considerada, que me avergoncé de haber relacionado tan pocas veces esas dos cualidades con la religión. Toda mi vida habría sido distinta si de niña hubiera frecuentado la capilla de esa mujer, y no la iglesia que conocí, que parecía rehuir el intelectualismo al considerarlo una trampa del mundo seglar pensada para socavar la fe. Una iglesia en la que la hipotética pregunta de Nana sobre los aldeanos de África se había tomado como una amenaza, en lugar de una oportunidad. El P. T. que había revelado que al principio era el Logos, la idea, la pregunta, era el mismo P. T. que se había negado a reflexionar sobre si esos hipotéticos aldeanos podrían o no salvarse, y, al hacerlo, había rechazado la premisa, la pregunta misma.

Cuando el pastor John predicaba contra las costumbres del mundo, se refería a las drogas, el alcohol y el sexo, sí, pero también estaba pidiendo a nuestra iglesia que se protegiera de una especie de progresismo que ya llevaba años invadiéndola. No me refiero a un progresismo político, aunque sin duda también lo era en parte, sino al progreso que implica que aprender algo nuevo requiere deshacerse de algo antiguo. El descubrimiento de que la Tierra era redonda implica que ya no puedes aferrarte a la idea de que un día podrías caerte del borde del mundo. Y una vez que aprendes que algo que creías cierto en realidad no lo era, pasas a cuestionar todas las ideas en las que creías a pies juntillas. Si la Tierra es redonda, ¿Dios existe? La literalidad es muy útil en la lucha contra el cambio.

Pero si bien era fácil interpretar literalmente algunas de las enseñanzas de la Biblia, era mucho más difícil hacerlo con otras. ¿Cómo, por ejemplo, podía el pastor John predicar literalmente contra los pecados de la carne cuando su propia hija se había quedado embarazada con diecisiete años? Es demasiado prototípico para creerlo, pero ocurrió. Mary, como irónicamente se llamaba, trató de ocultar su estado durante meses, valiéndose de jerséis holgados y falsos catarros, pero con el tiempo toda la congregación acabó dándose cuenta. Y pronto los sermones del pastor John sobre los pecados de la carne adoptaron un tono diferente: en lugar de un Dios punitivo, se nos hablaba de un Dios indulgente; en lugar de una iglesia justiciera, se nos animaba a creer en una de mentalidad abierta. La Biblia no había cambiado, pero sí los pasajes que él escogía, así como también su manera de predicar. Cuando Mary salió de cuentas, ella y el padre del bebé se habían casado y todo había quedado perdonado, pero yo jamás me olvidé. Leemos la Biblia como queremos leerla. La Biblia no cambia, pero nosotros sí.

Después del sermón de P. T., la idea del Logos empezó a interesarme. Comencé a escribir en mi diario más a menudo, aunque cambió la naturaleza de mis anotaciones. Si antes me limitaba a registrar mi día y las cosas que quería que Dios hiciera, ahora elaboraba listas de todas las preguntas que se me pasaban por la cabeza, de todas las cosas que aún no tenían sentido para mí.

También empecé a prestar más atención a mi madre. Cuando hablaba en fante por teléfono con sus amigas, se convertía de nuevo en una niña, que se reía y cotilleaba. Cuando hablaba en twi conmigo, volvía a ser una madre severa, temible y también cálida. En inglés, era una mujer sumisa. Se le trababa la lengua con las palabras, y se avergonzaba, y para ocultarlo casi enmudecía. La siguiente es una anotación de mi diario más o menos de esa época:

Querido Dios:

Hoy la Mamba Negra nos ha llevado a Buzz y a mí a comer. Ha venido la camarera y nos ha preguntado qué queríamos beber y LMN ha dicho que agua, pero la camarera no la ha oído y le ha pedido que lo repitiera, y ella no lo ha hecho, así que Buzz ha respondido en su lugar. ¿A lo mejor ha pensado que la camarera no la había entendido? Pero hablaba tan bajo que era como si estuviese hablando sola.

Hubo otros momentos similares, en los que la mujer que me parecía temible se encogía y se convertía en alguien apenas reconocible. Y no creo que lo hiciera adrede. Me parece más bien que jamás se le ocurrió cómo traducir a este nuevo idioma quién era ella realmente.

26

Mary, la hija embarazada del pastor, se convirtió en la comidilla de nuestra pequeña comunidad evangélica durante más de nueve meses. A medida que se le hinchaba el vientre, también aumentaban los rumores. Se decía que había concebido al bebé junto a la pila bautismal de la iglesia de las Primeras Asambleas un domingo por la noche en cuanto terminó el servicio; que el padre del bebé era un piloto de carreras de la NASCAR cuya madre había pertenecido a la congregación. Cuando el pastor John sacó a Mary de la escuela para que su mujer le diera clases en casa, todos dimos por hecho que la escuela tenía algo que ver con su embarazo. Tal vez había ocurrido allí. Mientras arreciaban las suposiciones, Mary no decía una palabra. Cuando el padre de la criatura —un muchacho dulce y tímido de una parroquia vecina— salió al fin del anonimato, los dos niños novios se casaron antes de que ella entrase en el tercer trimestre de embarazo. Los murmullos se sosegaron, pero no se detuvieron.

Y es que no sólo Mary se había quedado embarazada. Ese curso, otras cuatro chicas de entre catorce y dieciséis años vinieron con las mismas; y eso por no mencionar a las chicas de las otras iglesias de la ciudad. Yo había cumplido los doce. Mi mayor experiencia relacionada con el sexo se había producido unos meses antes ese mismo año, en la escuela primaria, cuando una mujer de una iglesia bautista de Madison se presentó en la clase de ciencia dos días seguidos para informarnos de que nuestros cuerpos eran templos en los que bajo ningún concepto debíamos dejar entrar a cualquiera. Nos puso deberes: una redacción sobre «Por qué la paciencia es una virtud». Usaba un lenguaje vago y metafórico: «nuestros templos sagrados», «nuestras cajas de plata», «nuestros dones especiales». No creo que dijera las palabras «pene» o «vagina» ni una sola vez. Salí de allí sin la menor idea de qué era el sexo realmente, pero estaba familiarizada con el pecado y, cuando veía cómo las chicas mayores acarreaban sus pecados o sus vientres para que los viera todo el mundo, entendía que para esas chicas ser joven, soltera y estar embarazada significaba que una particular clase de vergüenza había descendido sobre nuestra congregación.

Poco después de que Melissa, la última de las cinco chicas, anunciara su embarazo, mi iglesia decidió tomar cartas en el asunto. Reunieron a todas las chicas preadolescentes y nos llevaron en la furgoneta de la iglesia a un viejo almacén del centro que parecía a punto de ser demolido.

Cuando llegamos allí, ya había varias chicas esperando. Casi todas eran mayores que nosotras y saltaba a la vista que una de ellas estaba embarazada. Habían dispuesto la sala como para una reunión de junta y a la cabecera de la mesa se sentaba una mujer con el pelo de un rubio desleído. Probablemente habría sido una chica guapa y popular apenas un par de décadas antes, pero luego había dejado el instituto, donde había disfrutado

157

de la admiración de todos, y el mundo real no la había tratado bien.

—Pasad, chicas, coged una silla —dijo.

Mis compañeras de la iglesia y yo nos sentamos al otro lado de la mesa. «¿Sabéis de qué va esto?», nos susurrábamos las unas a las otras. Las chicas que ya estaban allí nos miraron con furia; el aburrimiento las había vuelto malvadas.

—¿Cuántas de vosotras ya habéis tenido relaciones? —preguntó la mujer en cuanto todas estuvimos sentadas. Las chicas miraron a su alrededor, pero ninguna levantó la mano, ni siquiera la que estaba embarazada.

—Venga, no seáis tímidas —dijo ella.

Poco a poco, vi que se alzaban algunas manos. Emití mi veredicto en silencio.

—Antiguamente este edificio en el que ahora nos encontramos era un sitio al que acudían las mujeres para matar a sus bebés, pero Dios consideró más justo cambiar su cometido. Puso en el corazón de mi pastor la idea de usarlo para el bien en lugar de para el mal, de modo que ahora hacemos venir a chicas como vosotras para enseñaros que Dios os pide que aguardéis. Os digo, chicas, incluso aquellas de vosotras que ya habéis tenido relaciones, podéis pedirle a Dios que os perdone. Podéis salir de aquí mejores que cuando entrasteis. ¿Amén?

Durante las ocho horas siguientes, la señorita Cindy, como nos pidió que la llamásemos, impartió su curso de abstinencia. Nos enseñó diapositivas de genitales llenos de manchas, supurantes, rojos como pimientos, aquejados de diferentes enfermedades de transmisión sexual. Nos habló sobre su propio embarazo adolescente. («Adoro a mi hija y creo que todo ocurre por una razón, pero si pudiera regresar en el tiempo y decirle a mi yo más joven que mantenga las piernas cerradas, lo haría.») Lo único bueno de ese día fue cuando nos trajeron carne de la brasería Steak-Out.

En un determinado momento, cuando ya llevábamos allí seis horas, la señorita Cindy declaró:

—Si vosotras y yo fuéramos vecinas y llegáramos a un acuerdo para que nuestros rebaños pastaran libremente en los terrenos de las otras, tendríamos que sellar el pacto sacrificando un cordero. Un pacto no es una promesa, es mucho más. Un pacto requiere derramamiento de sangre. Recordad que la Biblia dice que el matrimonio es un pacto y cuando dormís con vuestro marido la noche de bodas y vuestro himen se rompe, esa sangre es lo que sella el pacto. Si ya habéis tenido relaciones con otros hombres, ya habéis hecho promesas que no podéis cumplir.

Pasamos el resto del día observando aterradas a esa ruina de mujer y preguntándonos quién, qué, la había arruinado hasta ese punto.

Yo he hecho promesas que no puedo cumplir, pero tardé bastante en hacerlas. Durante años, recordar las palabras de la señorita Cindy me bastó para impedirme explorar el «mundo secreto» que tenía entre las piernas, por miedo de destruir un matrimonio imaginario antes de que comenzara. No mucho después de aquella sesión de ocho horas en la clínica de abortos abandonada, empecé a tener la regla. Mi madre me puso una mano en el hombro y rezó para que me convirtiera en una buena administradora de mi feminidad, después me entregó una caja de tampones e hizo que me marchara por donde había venido.

Ahora me resulta muy ridículo pensar en la limitada comprensión de la anatomía humana que tenía en aquella época. Examiné el aplicador de tampones, lo coloqué contra los labios exteriores y empujé. Vi cómo el cordón blanco del tampón se deslizaba fuera del aplicador y ambas cosas caían al suelo. Repetí el procedimiento con la mitad de la caja hasta que me di por vencida y decidí que sería mejor que ciertas cosas siguieran siendo misteriosas. Hasta el primer año de universidad, en una clase de biología, no aprendí qué era y dónde se encontraba realmente la vagina.

Aquel día, durante la clase, contemplé maravillada el diagrama, donde el mundo secreto, un mundo interior, quedó revelado. Recorrí con la mirada a mis compañeros de clase y comprendí por sus caras impertérritas que ellos ya lo sabían todo. A ellos no les habían impedido acceder a sus propios cuerpos. Aquélla no fue ni la primera ni la última vez en Harvard en que me sentí como si partiese desde más atrás que el resto, intentando compensar una educación anterior que había estado llena de agujeros. Regresé a mi dormitorio de la residencia estudiantil y tímida, furtivamente, saqué un espejo de mano y me examiné, preguntándome mientras tanto cómo se habría rellenado este agujero en particular —la cuestión de la anatomía, del sexo—, si no me hubiera marchado de mi ciudad, si no hubiera proseguido mis estudios. Estaba harta de aprender a fuerza de golpes.

—Siento haberme comportado como una harpía antes. Lo que pasa es que es raro oír hablar de Jesús en una clase de ciencia, ¿sabes?

Anne, la chica de mi pequeño grupo, se había acercado a mí después de mi estallido en ciencias integradas. No me molesté en responderle que yo no había mencionado a Jesús en ningún momento. Me limité a apretar el paso mientras cruzaba el patio, que estaba inquietantemente desierto a esa hora. Ella siguió caminando a mi lado hasta que llegamos a mi edificio, y luego se detuvo y me miró.

—¿Tú también vives aquí? —le pregunté.

—No, pero he pensado que podríamos pasar un rato juntas.

Yo no quería pasar un rato con ella. Quería que se largara. Quería que las clases se terminaran, que los estudios se terminaran, que el mundo se terminara, para que todos pudieran olvidarse de mí y del ridículo que había hecho. Miré a Anne como si fuera la primera vez que la veía: llevaba un moño despeinado sujeto con unos palillos de comida asiática que había cogido del salón comedor, y las mejillas sonrojadas por el ejercicio o el frío. Parecía cansada. La dejé entrar.

Aquel año nos volvimos inseparables. No sé cómo ocurrió, en realidad. Anne estaba cursando el último año. Gracias a ella y a su grupo multirracial de amigos y amigas empecé a sentir que quizá había un lugar para mí en la jungla de la Costa Este. Anne era divertida, extraña, hermosa y mordaz. No soportaba a los necios y a veces la necia era yo.

—Es ridículo. ¿O sea que tienes que pasarte el resto de tu vida flagelándote por todas las cosas que crees haber hecho mal y que «Dios» no aprueba? —me preguntó un día de primavera a mediados del primer semestre, cuando el frío invernal empezaba a retirarse y las flores brotaban al calor del sol.

Estábamos sentadas en mi cama; Anne se había saltado una clase y yo estaba esperando que empezara la mía siguiente. Algunas veces nos pasábamos el día entero en mi dormitorio. Cuando yo regresaba, después de haber terminado todas las clases del día, me la encontraba acurrucada en la cama, calentándose el estómago con el portátil, viendo sin parar episodios de *Sexo en Nueva York* por millonésima vez.

Siempre que pronunciaba la palabra «Dios», dibujaba unas comillas en el aire y ponía los ojos en blanco. Su padre era brasileño y su madre estadounidense; se habían conocido en un retiro de meditación budista en Bali, más tarde abandonaron la fe por completo y se mudaron a Oregón, donde educaron a sus hijos de espaldas a la religión. Anne me observaba como si yo fuera una alienígena caída del cielo a la que había que enseñarle cómo adaptarse a la vida humana.

—No me flagelo. Ya ni siquiera creo en Dios —respondí.

—Pero eres muy dura contigo misma. Jamás te pierdes una clase, no bebes, ni siquiera quieres probar las drogas.

—Eso no es por la religión —repliqué, y le lancé una mirada que esperaba que interpretara como un «vale ya».

—Con el sexo eres rara.

—No soy rara con el sexo.

—Eres virgen, ¿verdad?

—Mucha gente es virgen.

Anne se apartó un poco en la cama para mirarme de frente. Se me acercó tanto que sentí su aliento en mis labios.

—¿Alguna vez te han besado? —preguntó.

27

La temporada de baloncesto empezaba en noviembre, pero para Nana el deporte abarcaba el año entero. Iba a la cancha en verano, jugaba en el equipo de su escuela durante la temporada, y se pasaba todo el año tirando a canasta en la entrada para coches o iba a las canchas al aire libre de Huntsville y alrededores para jugar partidos improvisados con los chavales que encontrara por allí. Mi madre y yo nos veíamos obligadas a ver horas y horas de partidos de baloncesto por la tele. Cuando Nana invitaba a sus amigos, todos vociferaban palabras ininteligibles al televisor, como si los jugadores que aparecían en la pantalla les debieran algo. Nana se sumaba a los gritos cuando estaban los otros, pero cuando no venían veía el partido en silencio y con una concentración intensa. A veces incluso tomaba notas.

Pronto comenzaron a asomar los ojeadores universitarios en sus partidos. Venían de las universidades de Alabama, Auburn, Vanderbilt, Carolina del Norte. Nana jugaba siempre bien, con independencia de quién estuviera observándolo. Mi madre y yo habíamos hecho un esfuerzo por aprender las reglas del juego a fin de compartir más sus victorias, pero, aunque lo intentábamos, sabíamos que daba igual. El triunfo era Nana. Acababa de empezar la temporada de su segundo año y ya había batido récords estatales. Todos los entrenamientos, las sesiones de tiro y los partidos fuera de la ciudad le proporcionaban pretextos para escabullirse de los oficios religiosos de los miércoles por la noche y los domingos por la mañana en la iglesia de las Primeras Asambleas. Yo sabía que a mi madre la angustiaba ver que Nana prefería la pelota a Dios, de manera que, en lugar de dirigirme al grupo juvenil, empecé a asistir a la «iglesia grande». Quería sentarme a su lado, para que sintiera que al menos uno de sus hijos seguía interesándose por lo que le interesaba a ella.

Yo tenía ocho años, después nueve. Me aburría. Si me quedaba dormida, lo que ocurría con frecuencia, mi madre me pellizcaba el brazo y me susurraba: «Presta atención.»

Apenas recuerdo los sermones, pero sí las palabras que pronunciaba todos los domingos al final. El discurso del pastor John siempre era el mismo. Hoy por hoy, puedo recitarlo de memoria:

—Ahora bien, sé que entre vosotros hay alguien que tiene una espina clavada en el corazón. Sé que alguno de vosotros está cansado de cargar con su cruz. Pues yo os digo que no tenéis que salir de aquí igual que habéis entrado. ¿Amén? Dios tiene un plan para vosotros. ¿Amén? Lo único que tenéis que hacer es pedirle a Jesús que entre en vuestros corazones. Él se encargará del resto.

El pastor John decía estas palabras y luego el piano empezaba a sonar.

—¿Hay alguien que quiera acercarse al altar hoy? —preguntaba el pastor John, mientras la música llenaba la sala—. ¿Alguien que desee dedicar su vida a Cristo?

Después de asistir unos meses a la iglesia grande, noté que mi madre me miraba de reojo cada vez que el pastor John pronunciaba esas palabras. Yo sabía lo que esas miradas significaban, pero no estaba lista para recorrer la larga distancia que me separaba del altar, con toda la congregación mirándome, mientras suplicaba a Jesús que me librara de mis pecados.

Yo aún quería tener pecados. Aún quería ser una niña, poder quedarme dormida en la iglesia grande sin mayores consecuencias. No sabía qué sería de mí una vez que cruzara la línea que separa las almas pecadoras de las salvadas.

Nana no acababa de decidirse sobre a qué universidad iría. Solía repasar la lista de pros y contras conmigo mientras nuestra madre estaba en el trabajo. Por una parte deseaba quedarse en el sur, pero no le habría gustado sentir que apenas se había alejado de su ciudad. Con el tiempo esperaba convertirse en jugador profesional, aunque también deseaba vivir una experiencia universitaria normal.

—A lo mejor deberías llamar a papá para preguntarle qué piensa —dije.

Nana me miró con furia. El Hombre Chin Chin nos había telefoneado hacía poco para contarnos que iba a volver a casarse. A ninguno de los dos se nos había pasado por la cabeza que nuestros padres se hubieran divorciado. Hasta ese día, él había sido nuestro padre a larga distancia y el marido a larga distancia de mi madre. ¿Ahora quién sería?

Cada vez nos llamaba menos y, cuando lo hacía, mi madre me pasaba el teléfono y yo dedicaba los dos minutos de rigor a hacer comentarios sin importancia sobre el clima y el cole, hasta que el Hombre Chin Chin me pedía que lo pusiera con Nana.

—Está en baloncesto —decía yo mientras Nana negaba furiosamente con la cabeza.

Después de colgar el teléfono, yo esperaba que mi madre me regañara por haber mentido o a Nana por haberse negado a hablar, pero jamás lo hacía.

Mi madre tuvo que ir a trabajar el día del partido de Nana contra el instituto Ridgwood. No era un partido importante. Ridgwood iba penúltimo en la liga estatal y todos estaban seguros de que el equipo de Nana ganaría de calle.

Me preparé un tentempié y fui caminando hasta el partido. Las gradas estaban casi vacías, por lo que elegí un asiento en el medio y saqué los deberes. Nana y sus compañeros de equipo empezaron a hacer la rueda de calentamiento y cada tanto él y yo nos mirábamos a los ojos y nos hacíamos muecas.

La primera mitad del partido transcurrió según lo previsto: Ridgwood iba quince abajo y el equipo de Nana se lo estaba tomando muy relajadamente, jugando como si fuera un amistoso. Terminé mis deberes de matemáticas justo cuando sonó el silbato que marcaba el descanso. Saludé con la mano cuando Nana y su equipo entraron en el vestuario y luego cogí los deberes de ciencias.

Yo estaba en cuarto y ese mes en ciencias estudiábamos el corazón. Como deberes para casa, teníamos que dibujar un corazón humano con todos sus ventrículos y válvulas y venas pulmonares. Si bien la clase de ciencias me gustaba mucho, era una pésima dibujante. Había traído la caja de lápices de colores y el libro de texto. Dispuse todo sobre las gradas y empecé a dibujar, pasando la mirada de la página en blanco a la ilustración de un corazón que aparecía en el libro. Empecé con las venas pulmonares, después la vena cava inferior; el ventrículo derecho me había quedado mal y me dispuse a borrarlo justo cuando arrancaba la segunda mitad del partido. Incluso entonces, me frustraba enseguida cada vez que veía que algo no me salía a la perfección. A veces esa frustración me llevaba a darme por vencida, pero el mero hecho de asistir al partido de Nana, de ver cómo él y sus compañeros ganaban sin esfuerzo, me hacía sentir que podría dibujar un corazón perfecto si perseveraba.

De pronto oí un fuerte grito. Al principio no pude ver qué ocurría, pero luego divisé a Nana en el suelo: se llevaba la rodilla al pecho y hacía gestos hacia el tobillo. Bajé corriendo a la cancha y me puse a caminar de un lado a otro, sin saber qué hacer. El kinesiólogo entró en la pista y empezó a hacerle preguntas a Nana, aunque yo no alcanzaba a oír nada. Por fin, decidieron llevarlo a urgencias.

Viajé con él en la ambulancia. En nuestra familia no nos cogíamos de la mano, pero sí rezábamos, así que incliné la cabeza y susurré mis plegarias mientras Nana clavaba los ojos en el techo de la ambulancia.

Nuestra madre se reunió con nosotros en el hospital. No me atreví a preguntarle quién se había quedado cuidando a la señora Palmer, pero recuerdo que me preocupaba tanto Nana como que mi madre conservara su empleo. Él seguía dolorido, aunque intentaba mostrarse sereno. Parecía más irritado que otra cosa, pensando sin duda en los partidos que se perdería, en la recuperación que tenía por delante.

—Nana —dijo el doctor cuando entró en la sala—, soy un gran fan tuyo. Mi mujer y yo te vimos en el partido contra Hoover y alucinamos.

Parecía demasiado joven para ser médico y arrastraba las palabras con ese fuerte acento que tienen algunos sureños, como si tuviera la boca llena. Tanto mi madre como yo lo miramos con bastante desconfianza.

—Gracias, señor —respondió Nana.

—La buena noticia es que no tienes nada roto. La mala es que te has desgarrado algunos ligamentos del tobillo. Poco podemos hacer al respecto, salvo pedirte que mantengas reposo y que te pongas hielo en la zona. Debería curarse solo. Te voy a recetar oxicodona para el dolor, y dentro de unas semanas tu médico de cabecera te hará un seguimiento para ver cómo va todo. Estarás de vuelta en la cancha cuanto antes, ¿de acuerdo?

No esperó a que ninguno de nosotros hablara. Se levantó y salió de la habitación. Tras él apareció una enfermera con instrucciones para los cuidados posteriores y luego los tres nos dirigimos al coche. En realidad, no recuerdo mucho más de aquel día. No recuerdo haber ido a la farmacia a buscar las pastillas. No recuerdo si Nana andaba con muletas o con una abrazadera ortopédica, si se pasó el resto del día despatarrado en el salón con el pie en alto, comiendo helado mientras mi madre lo atendía a cuerpo de rey. Tal vez sucedieron todas esas cosas; tal vez no. Fue un mal día, pero «malo» de una manera de lo más normal, tan sólo la típica mala suerte de mierda. Yo siempre había pensado en nosotros como personas normales, ese cuarteto convertido en trío. Típicos, incluso, aunque llamáramos la atención en nuestro diminuto rincón de Alabama. Sin embargo, ahora desearía poder recordar cada detalle de aquel día, porque entonces quizá podría identificar el momento preciso en que nos desviamos de la normalidad.

28

Me estaba encariñando demasiado con el ratón cojo. No podía evitar sentir pena por él cada vez que avanzaba renqueando hacia la palanca, preparado para el castigo o el placer. Observaba cómo sacaba la lengua diminuta para lamer el Ensure. Observaba cómo sacudía las patas para aliviar el efecto de las descargas eléctricas y cómo iba a por más.

—¿Has probado el Ensure alguna vez? —le pregunté a Han un día.

Después de casi un año trabajando juntos, al fin habíamos roto el hielo. Aquella incomodidad que delataban sus orejas rojas como una boca de riego había pasado a la historia.

—¿Te parezco una vieja o un ratón? —respondió él riendo.

—Voy a comprar un poco —dije.

—Estás de coña.

—¿No te pica la curiosidad?

Él negó con la cabeza, pero yo ya había tomado una decisión. Salí del laboratorio y me dirigí en coche al Safeway más próximo. Compré dos del Ensure original y otros dos de los nuevos sabores: uno de chocolate y otro de mantequilla y pacana. Había dejado de acudir a este Safeway por culpa de la cajera con la que quería acostarme, pero esta vez le eché valor y me enfrenté a ella, Ensure en mano. Le lancé una mirada que decía «Intento hacerme con el control de mi salud». Durante un instante me la imaginé pensando «Qué mujer tan fuerte», me la imaginé excitándose por mi improbable pero reafirmante elección de bebida y luego haciéndome pasar a hurtadillas al almacén para mostrarme más. Aunque en realidad ni siquiera me miró a los ojos.

Volví al laboratorio quemando rueda. Solía haber policías en ese tramo de carretera para atrapar a los que superaban el límite de velocidad, pero la pegatina de la Facultad de Medicina de Stanford que llevaba en el parachoques me había evitado más de una multa. Una vez, el policía me había pedido el carnet de conducir y la documentación del vehículo, sin dejar de charlotear sobre cosas sin importancia.

—¿Qué estudias? —me preguntó.

—¿Qué?

—Lo digo por la pegatina. ¿Qué clase de médico eres?

En vez de corregirle, le dije:

—Soy neurocirujana.

Él silbó y me devolvió los papeles.

—Debes de ser muy lista —dijo—. Deberías cuidar ese cerebro que tienes. La próxima vez conduce más despacio.

Han se echó a reír tan pronto me vio entrar con las botellitas.

—¿Estás seguro de que no te tienta? —le pregunté—. ¿No quieres saber a qué viene tanto alboroto?

—Eres muy rara —repuso, como si fuera la primera vez que lo pensaba; luego se encogió de hombros y se resignó a mi rareza y al experimento—. Sabes tan bien como yo que, incluso después de que nos bebamos eso, seguiremos sin entender a qué viene tanto alboroto. No somos ratones. No podemos volvernos adictos al Ensure.

Tenía razón, por supuesto. Yo no esperaba experimentar un colocón bebiendo batidos enriquecidos con sabor a chocolate. En realidad, sólo quería divertirme un rato y, por tonto que pareciera, encontrar algún punto de conexión con ese ratón cojo que me había atrapado.

Agité la botella de chocolate, la abrí, bebí un buen trago y se la pasé a Han, quien le dio un par de sorbos.

—No está mal —dijo, y al ver la expresión de mi cara, preguntó—: ¿Qué ocurre, Gifty?

Le di otro trago al Ensure. Han tenía razón: no estaba mal, pero tampoco estaba bien.

—Mi hermano era adicto a los opiáceos —dije—. Murió de una sobredosis.

La primera vez que vi colocado a Nana no entendí qué era lo que tenía delante de los ojos. Estaba despatarrado sobre el sofá, con los ojos en blanco y una leve sonrisa en la cara. Pensé que estaba en algún duermevela, soñando el más dulce de los sueños. Pasó varios días así, luego una semana. Por fin, deduje lo que ocurría: ningún sueño podía causar los estragos que estaba provocándole aquello.

Tardé bastante, pero al final reuní el coraje necesario para pedirle a Nana que describiera lo que sentía cuando tomaba las píldoras o se chutaba. Llevaba enganchado seis meses y faltaban dos años y medio para su muerte. No sé de dónde saqué la fuerza para formular aquella pregunta. Hasta ese momento, había seguido la política de «no te atrevas a hablar de ello», suponiendo que si evitaba mencionar las drogas o la adicción, el problema desaparecería solo. Sin embargo, no actuaba así tan sólo porque quisiera que el problema se esfumara; en realidad la adicción era tan omnipresente que mencionarla me parecía ridículo, redundante. En aquel breve lapso, la adicción de Nana se había convertido en el sol en torno al cual giraban nuestras vidas, y yo no quería mirarlo de frente.

Cuando le pregunté qué sentía al estar colocado, él esbozó una sonrisita de suficiencia y se frotó la frente.

—No lo sé —dijo—. No puedo describirlo.

—Inténtalo.

—Es sólo que te sientes bien.

—Inténtalo más —insistí.

La ira de mi voz nos sorprendió a ambos. Nana ya se había acostumbrado a los gritos, ruegos y llantos de nuestra madre cuando le pedía que lo dejara, pero yo jamás gritaba. Estaba demasiado asustada para enfadarme, demasiado triste.

Mi hermano no se atrevía a mirarme, pero, cuando por fin lo hizo, aparté la mirada. Durante años, antes de su muerte, yo lo miraba a la cara y pensaba: «Qué lástima. Qué desperdicio.»

Nana suspiró.

—Es una sensación asombrosa, como si mi cabeza se vaciara de todo lo que había en su interior y no quedara nada, pero de una manera buena.

29

Mi madre tuvo que ir a trabajar la noche del domingo posterior al accidente de Nana. El frasco de oxicodona no había empezado a vaciarse más rápido de lo que debería, de modo que aún no sabíamos que debíamos preocuparnos por otra cosa que no fuera su tobillo. Ella se había tomado la semana libre para cuidarlo, hasta que un airado mensaje de voz de su jefe la obligó a regresar a la casa de los Palmer.

Le pedí que de camino me llevara a su iglesia y ella se alegró tanto al ver que quería ir a la iglesia yo sola, sin que ella me lo recordara, que ni siquiera pareció importarle que la pillara a trasmano.

Esa noche no había mucha gente en el templo. Me senté en el banco del medio y decidí que haría un esfuerzo por mantenerme despierta. Aquella noche la líder de adoración era la mujer de los gorgoritos.

—A éééél queeee seeee sieeentaaaa en el trooooonoooo —cantaba, con un vibrato tan sostenido que no paraba de perder el compás.

Yo aplaudí junto al resto, reprimiendo el impulso de taparme los oídos hasta que otro solista tuviera la oportunidad de lucirse.

Después de los cánticos, el pastor John se subió al púlpito. Predicó leyendo pasajes del libro de Isaías, y dio un sermón breve y anodino que poco sirvió para conmover a los escasos feligreses que habían decidido comunicarse con Dios antes de empezar la semana laboral. Incluso el pastor John parecía aburrido de su propio mensaje.

Se aclaró la garganta, pronunció una rápida plegaria para terminar y, a continuación, efectuó la llamada al altar.

—Ahora bien, sé que entre vosotros hay alguien que tiene una espina clavada en el corazón. Sé que alguno de vosotros está cansado de cargar con su cruz. Pues yo os digo que no tenéis que salir de aquí igual que habéis entrado. ¿Amén? Dios tiene un plan para vosotros. ¿Amén? Lo único que tenéis que hacer es pedirle a Jesús que entre en vuestros corazones. Él se encargará del resto. ¿Hay alguien que quiera acercarse al altar hoy? ¿Alguien que desee dedicar su vida a Cristo?

El templo estaba en silencio. Todo el mundo empezó a mirar el reloj, a guardar la Biblia, a contar el número de horas que tenía por delante hasta que comenzara el lunes y el trabajo los llamase.

Me quedé paralizada. Algo se apoderó de mí. Algo se apoderó de mí, me llenó y asumió el control. Había oído aquel llamamiento al altar cientos de veces y no había sentido absolutamente nada. Había pronunciado mis plegarias, había escrito anotaciones en el diario, y había oído un débil murmullo de Cristo, un murmullo que no me inspiraba confianza, porque pensaba que quizá procedía de mi madre o de mi propia y desesperada necesidad de ser buena, de complacer. No contaba con oír ese fuerte golpe a la puerta de mi corazón, pero aquella noche lo oí. Hoy en día, como he sido formada para hacer preguntas, siento que he de formular una sobre ese momento. Y me pregunto: «¿Qué, exactamente, se apoderó de mí?» «Concrétalo», me digo.

Jamás antes había sentido nada semejante y jamás he vuelto a sentirlo. A veces me digo que me lo inventé todo; esa sensación de que mi corazón se colmaba hasta reventar, ese deseo de conocer a Dios y de que Él me conociera a mí, pero eso tampoco es cierto. Lo que sentí aquella noche fue real. Tan real como lo que cualquiera puede sentir y, en la medida en que podemos saber algo, yo sabía lo que tenía que hacer.

Estaba en cuarto curso. Levanté la mano como me habían enseñado en el colegio. El pastor John, que en ese momento estaba cerrando su Biblia, me vio en medio del pequeño gentío, en el banco del centro.

—Alabado sea Dios —dijo—. Alabado sea Dios. Gifty, ven al altar.

Enfilé el largo y solitario pasillo temblando como una hoja. Cuando llegué a donde estaba el pastor me hinqué de rodillas, y cuando él me puso una mano en la frente sentí la presión de esa mano como un rayo de luz que procedía directamente de Dios. Era casi insoportable. Y los pocos y dispersos feligreses que se encontraban en el templo de las Primeras Asambleas de Dios extendieron las manos hacia mí y rezaron, algunos entre murmullos, otros a voces, otros en lenguas desconocidas. Y yo repetí la plegaria del pastor John, implorándole a Jesús que entrara en mi corazón y, cuando me puse de pie para salir del templo, sabía, sin la menor duda, que Dios ya estaba allí.

30

Haber sido salvada era increíble. En la escuela sentía una exquisita compasión por los demás niños, y me preocupaba por sus pobres almas. Mi salvación era un secreto, un maravilloso secreto, que ardía impetuosamente en mi corazón, y me daba pena que ellos no lo tuvieran también. Hasta la señora Bell, mi profesora, fue destinataria de una de mis benévolas sonrisas, de una de mis plegarias de la hora del almuerzo.

Pero estábamos en Alabama, así que, ¿a quién pretendía engañar? Mi secreto no era mío en absoluto. Tan pronto le conté a Misty Moore que había sido salvada, replicó que ella se había salvado dos años antes, y me dio vergüenza haber estado tan feliz durante toda una semana. Sabía que no se trataba de una competición, pero en el subconsciente pensaba que yo había ganado, y enterarme de que Misty Moore —una chica que en el recreo se había levantado la camisa para que Daniel Gentry pudiera verle el contorno de los senos— había sido santificada antes que yo —una chica que no tenía ningún contorno que enseñar— me hizo polvo. El brillo fue perdiéndose, pero me esforcé al máximo por conservar aquella sensación de todas las manos tendidas hacia mí, de las plegarias resonando en el templo.

Mi madre había vuelto al trabajo y Nana se pasaba el día durmiendo en el sofá. Yo no tenía con quien compartir la buena nueva. Empecé a trabajar como voluntaria en la iglesia, decidida a hacer uso de mi salvación, aunque en el templo había pocas tareas. En ocasiones, recogía los cantorales que habían quedado en los bancos y los colocaba otra vez en su sitio. Cada dos meses la iglesia mandaba una furgoneta al comedor de beneficencia para ayudar a servir, pero normalmente sólo iba yo. P. T., al volante de la furgoneta en esos trayectos, me echaba un vistazo, miraba mis vaqueros andrajosos y mi camiseta, y suspiraba. «¿Así que hoy sólo vienes tú?», me decía, y yo me preguntaba a quién más había esperado ver.

La iglesia de las Primeras Asambleas de Dios también regentaba un puesto de fuegos artificiales, ubicado junto a la autopista en la frontera con Tennessee, llamado Bama Boom! Todavía no entiendo por qué lo teníamos. Tal vez lo habíamos conseguido a través de algún pastor. O quizá se pretendía ganar un poco más de dinero. He llegado a pensar que el pastor John tenía una obsesión con los fuegos artificiales y aprovechaba nuestra iglesia para satisfacerla. Yo era demasiado pequeña para atender a los clientes, pero como nadie pedía el documento de identidad, de vez en cuando apuntaba mi nombre en la lista y me dirigía a la frontera del estado con P. T. y los chicos mayores, que estaban más interesados en vender cohetes en el puesto que en servir sopa a los sintecho.

Me daba cuenta de que a P. T. y a los chicos no les gustaba verme por allí, sin embargo estaba acostumbrada a mantener la boca cerrada y a no entrometerme. Me pusieron en la caja registradora porque era la única que podía cobrar sin usar la enorme calculadora que guardábamos debajo del mostrador, y mientras P. T. encendía fuegos artificiales fuera, me quedaba sentada en el puesto leyendo un ejemplar tras otro de la enorme pila de libros que tenía allí. Se suponía que no podíamos usar la mercancía sin pagar, así que cada vez que P. T. se llevaba una caja de petardos bajo cuerda, yo carraspeaba y me aseguraba de que se enterara de que yo me había enterado.

Uno de los voluntarios era Ryan Green. Tenía la misma edad que Nana y había asistido a un par de fiestas de mi hermano en casa. Lo conocía lo suficiente como para que me cayera mal, pero de haberlo conocido un poco mejor, de haber sabido que era un camello y vendía droga en el instituto, probablemente lo habría odiado. Era escandaloso, mala persona, estúpido. Si veía su nombre en la lista, ya no me apuntaba, pero Ryan era el ojito derecho de P. T. y a veces venía aunque la lista de voluntarios estuviera llena.

—Oye, Gifty, ¿cuándo volverá a jugar tu hermano? Sin él nos están machacando que no veas.

Habían pasado dos meses desde que Nana se había lesionado. El médico decía que estaba curándose bien, pero él aún movía el tobillo derecho con cuidado y cargaba el peso en el izquierdo, para no hacerse daño. Aunque nuestra madre y el médico le habían interrumpido la medicación de los calmantes, seguíamos encontrándolo tendido en el sofá cada dos por tres, viendo la tele o con la mirada perdida. Había vuelto a los entrenamientos, pero seguía evitando caer con esa pierna y siempre regresaba a casa quejándose del dolor.

—No lo sé —le respondí a Ryan.

—Bueno, mierda. Dile que lo necesitamos.

Chasqueé la lengua de un modo evasivo y reanudé la lectura. Ryan miró hacia fuera para asegurarse de que P. T. no estuviera por allí. Delante de P. T. actuaba distinto, aunque seguía siendo gritón y desagradable, pero añadía a su comportamiento un barniz piadoso. Evitaba decir palabrotas o escupir, durante la oración alzaba las manos y cerraba los ojos, cantando a voz en cuello y balanceándose suavemente. A mí me resultaba repulsivo, no sólo por su hipocresía, sino también porque siempre llevaba encima una botella de plástico vacía para escupir la saliva dentro. Él me miraba como si yo no valiera más que esa asquerosidad amarronada que escupía, y todo eso me obligaba a recordar que había un desequilibrio en mi mundo.

—Oye, ¿por qué siempre estás leyendo libros? —me preguntó.

Me encogí de hombros.

—Te iría mejor si probaras con los deportes, como tu hermano. —Levantó las manos en un falso gesto de rendición, aunque yo no había dicho nada—. No se te ocurra echarme encima a la Asociación para el Progreso de las Personas de Color, pero te aseguro que con esos libros no llegarás a nada, mientras que con los deportes puede que sí. Qué lástima que Nana no juegue al fútbol americano. Ése es un deporte de verdad.

Pasó la mano por encima del mostrador y me cerró el libro. Lo abrí y él volvió a cerrarlo. Dejé el libro cerrado y le lancé una mirada furibunda. Él se reía sin parar.

Por fin llegó P. T. y Ryan se enderezó de inmediato.

—¿Ha venido alguien ya? —preguntó el pastor.

Yo estaba rabiosa, pero sabía que si delataba a Ryan, me iba a complicar mucho la vida. Él sacó la botella de plástico y escupió dentro, todavía sonriendo con el recuerdo de su maldad. El domingo siguiente, en la iglesia,

179

vi a Ryan en el primer banco junto a P. T., con los brazos extendidos hacia el cielo y las lágrimas surcándole la cara, mientras el líder de oración preguntaba: «¿Cuán grande es nuestro Dios?» Intenté concentrarme en la música. Intenté concentrarme en Cristo, pero no podía dejar de mirar a Ryan. Si en el Reino de los Cielos dejaban entrar a alguien como él, ¿cómo podría haber también un lugar para mí?

31

Echo de menos pensar en términos de normalidad, esa línea recta que va de la cuna a la sepultura que constituye la vida de la mayoría de la gente. En la vida de Nana, la línea de los años afectados por su drogadicción no es fácil de trazar, no es directa. Avanza en zigzag y se corta en seco.

Nana se volvió adicto a la oxicodona; eso le quedó bastante claro a mi madre cuando dos meses más tarde él le pidió volver al médico para que le hiciera una tercera receta. Ella se negó y después encontró pastillas escondidas en el aplique de luz. Pensó que el problema se resolvería solo, porque ¿qué sabíamos de la adicción? ¿Qué había, aparte de las campañas de «simplemente di que no», que nos pudiera guiar a cualquiera de nosotros a través de esa intrincada jungla?

Yo, en realidad, aún no entendía nada; sólo sabía que Nana siempre estaba adormilado o durmiendo. Tenía el mentón pegado al pecho, como si asintiera con la cabeza, y de pronto se giraba o se levantaba de un salto. Lo veía en el sofá medio atontado y me preguntaba cómo era posible que una lesión de tobillo lo hubiera derrumbado de esa manera. ¿Cómo era posible que un muchacho que antes no paraba de moverse ahora se mantuviera tan quieto? Le pedía dinero a mi madre y, en las escasas ocasiones en que me lo daba, iba andando al Publix y compraba café instantáneo. En casa no se bebía café, pero yo había oído lo que la gente de la iglesia decía sobre esa bebida, había visto lo felices que eran cuando se servían café de las máquinas que había en la escuela dominical. Preparaba el café en la cocina, siguiendo las instrucciones impresas en el envase: mezclaba el polvo con el agua hasta que ésta se volvía de un color marrón oscuro, profundo; lo probaba y me parecía asqueroso, así que suponía que ya era lo bastante medicinal y se lo llevaba a Nana, le sacudía el hombro y el pecho, lo despertaba para que se lo bebiera, sin embargo no bebía ni una gota.

—¿Puedes morirte si duermes mucho? —le pregunté a la señorita Bell, mi maestra de cuarto curso, un día después de clase.

Ella estaba sentada a su escritorio, reuniendo las tareas que le habíamos entregado. Me miró con extrañeza, pero yo ya estaba acostumbrada a que mis preguntas despertaran esa clase de miradas. Hacía demasiadas preguntas, y éstas eran demasiado raras, demasiado inoportunas.

—No, cariño —respondió la señora Bell—. No puedes morirte por dormir demasiado.

No sé por qué la creí.

Nana sudaba tanto que empapaba la camiseta unos minutos después de ponérsela. Fue después de que mi madre le limpiara el aplique y le tirara a la basura las últimas pastillas recetadas que él había logrado esconder. Necesitaba tener siempre un cubo cerca porque vomitaba sin parar. Se estremecía. Se cagó encima más de una vez. Parecía un muerto viviente. Ahora que estaba sobrio yo temía mucho más por su salud que cuando estaba colocado.

En cambio mi madre no estaba asustada en absoluto. Era cuidadora de profesión y hacía lo que siempre había hecho cuando un paciente empeoraba. Levantaba a Nana, cogiéndolo de las axilas, y lo metía en la bañera. Siempre cerraba la puerta, pero yo los oía. Él parecía avergonzado y enfadado a un tiempo; ella, concentrada en su trabajo. Lo lavaba como cuando era un niño, como yo sabía que había lavado al señor Thomas, a la señora Reynolds, a la señora Palmer y a todos los que habían estado a su cuidado.

—Levanta la pierna —le ordenaba y luego, en voz más baja, más suave—. *Ebeyeyie.* —«Todo saldrá bien.»

Que tu madre te meta en la bañera llorando, te limpie la mierda, el vómito y el sudor con dieciséis años de edad debe de provocarte una especie de vergüenza edípica. Yo evitaba a Nana durante horas después de esas sesiones de lavado, puesto que sabía que el hecho de que presenciara sus miserias lo hacía sentirse mucho peor. Él huía enfurruñado a su dormitorio y se ocultaba allí hasta que había que repetir todo el proceso.

Sin embargo, si me encontraba con mi madre justo después de que hubiera lavado a su primogénito, me quedaba a su lado, porque su presencia me levantaba el ánimo, así como esa fuente de energía de la que siempre sacaba fuerzas de flaqueza. Ella no sentía vergüenza en absoluto. Notaba mi preocupación, mi temor, mi incomodidad y mi furia, y decía: «Llegará un momento en que necesitarás que alguien te limpie el culo», y eso era todo.

. . .

Mi madre estaba acostumbrada a la enfermedad. Sabía lo que significaba tener la muerte cerca, al acecho. Conocía su sonido característico, áspero, borboteante, que sube desde cualquier parte del cuerpo donde ella se esconde apostada, aguardando su turno, esperando que la vida se aparte.

Había acompañado a la señora Palmer en sus últimas horas. Al igual que mi madre, la señora Palmer era una mujer piadosa que asistía a la iglesia y había pedido que mi madre estuviera junto a su lecho leyéndole las Escrituras antes de morir a fin de recibir su recompensa.

—Éste es el sonido de la muerte —dijo mi madre y a continuación emitió un estertor—. No deberías tenerle miedo, pero sí conocerlo. Deberías poder reconocerlo cuando lo oigas, porque es el último sonido y lo hacemos todos.

A la señora Palmer le habían administrado morfina para aliviar el dolor. Había fumado toda la vida, incluso la última semana, y sus pulmones ya no funcionaban. Cada vez que exhalaba el aire se atragantaba y cuando inhalaba producía un sonido silbante. La morfina no volvía a convertir sus pulmones en las esponjas llenas de aire que habían sido, pero proporcionaba consuelo y le decía al cerebro: «En lugar de aire, puedo liberarte de cualquier necesidad.»

—Las medicinas sirven para eso —nos sermoneó mi madre a Nana y a mí la primera noche que regresó del lecho de la señora Palmer—. Para aliviar el dolor.

Nana puso los ojos en blanco y salió dando un portazo. Mi madre dejó escapar un largo suspiro.

La muerte y el dolor me daban mucho miedo. Y los ancianos también. Cuando mi madre volvía de la casa de la señora Palmer, yo no me acercaba a ella hasta que se había duchado, y lo que fuera que se le hubiese quedado adherido a la piel se hubiera ido por el desagüe. Cuando volvía a oler como de costumbre, me acercaba a ella, me sentaba al lado de su cama y la escuchaba hablar del deterioro de la señora Palmer como si estuviéramos junto a una hoguera contando historias de fantasmas. «¿Adónde me iré de tu Espíritu? ¿Y adónde huiré de tu presencia? Si subiere a los cielos, allí estás tú. Y si en el Seol hiciere mi estrado, he aquí, allí tú estás. Si tomare las alas del alba y habitare en el extremo del mar, aun allí me guiará tu mano, y me asirá tu diestra.» Mi madre me leía pasajes de las Escrituras que le había leído a la señora Palmer y entre ellos siempre me llamaba la atención éste en particular. Todavía hoy se me saltan las lágrimas al leerlo. No estás solo, dice, y eso es un consuelo, no para los moribundos, sino para los que estamos aterrorizados de que nos abandonen.

Ya que, en realidad, yo no estaba asustada por la muerte de la señora Palmer; su agonía no era la razón de que mi madre nos instruyese sobre el sonido de la muerte y el alivio del dolor. Yo estaba asustada por Nana. Las dos estábamos asustadas por Nana y por si aparecía el estertor de la muerte, aunque no queríamos reconocerlo. A lo largo de mi vida he conocido a otras personas que padecen una adicción y a los familiares y amigos que quieren a esas personas. Los he visto en las entradas de las casas y en los bancos de los parques, en las salas de las clínicas de rehabilitación. Y siempre me ha impresionado ver a alguien atento por si aparece ese sonido ronco, aguardando la llegada de esa respiración anhelosa, sabiendo que tarde o temprano llegará. Que, al final, llegará. Las Escrituras que leía mi madre eran tanto para nosotros como para la señora Palmer. Mi madre y yo anhelábamos la seguridad que la religión podía darnos, en tanto que Nana ya no podía ofrecernos ninguna.

No sé cómo lo hizo, pero un domingo mi madre convenció a Nana de que nos acompañara a la iglesia de las Primeras Asambleas. Seguía desintoxicándose y estaba demasiado débil para protestar. Entramos los tres juntos en el templo, aunque no nos ubicamos en nuestros lugares habituales, sino al fondo, con Nana junto al pasillo central de modo que pudiera levantarse para ir al baño si lo necesitaba. Tenía mejor aspecto que en los últimos días. Yo lo sabía porque no podía dejar de mirarlo.

—Por Dios, Gifty —me decía él cada vez que me veía observándolo, devorándolo con la vista.

Era como si mi mirada le hiciera daño, y eso debería haber bastado para que yo lo dejara en paz, pero no podía evitarlo. Me parecía estar observando un importante fenómeno natural: tortugas marinas que acaban de romper el cascarón y avanzan hacia el océano, osos saliendo de la hibernación. Estaba aguardando a que Nana saliera a la superficie, nuevo, renacido.

En nuestra iglesia ponían mucho énfasis en el renacer. Durante meses, a lo largo y ancho de los estados del sur, en todas partes, se erigían carpas donde los predicadores le prometían a la gente que podían elevarse de las cenizas de sus vidas. «Deja caer tu fuego», cantaba yo con el coro, suplicándole jubilosamente a Dios que arrasara con todo. Miraba de reojo a Nana, sentado en la otra punta del banco, y pensaba: «Seguramente el fuego ya ha caído, ¿verdad?»

—¿Nana? —dijo Ryan Green cuando entró en el templo. Le dio una palmada en el hombro a mi hermano, que se estremeció—. ¿Cuándo vas a volver a la cancha? —le preguntó—. Quiero decir, me encanta verte en la iglesia, claro, pero no es en la iglesia donde te necesitamos. —Rió para sus adentros.

—Volveré pronto —dijo Nana—. El tobillo se me está curando.

Ryan lo miró receloso.

—Como te decía, sin ti nos están machacando. Rezar no va a ayudar a los tíos que están jugando ahora mismo. Me encantaría echarte una mano, si necesitas algo para volver a jugar, dímelo.

Mi madre fulminó a Ryan con la mirada.

—No quiero que hables con mi hijo.

—Oiga, lo siento, señora...

—Largo de aquí —replicó ella en voz alta, y algunas personas de los bancos de delante se volvieron.

—No quería faltarles al respeto, señora —dijo Ryan, con sorna.

Cuando se marchó, Nana se inclinó contra el borde del banco. Mi madre le puso una mano en el hombro y él se la apartó con una sacudida.

32

Querido Dios:

Hoy en la iglesia, Bethany me ha dicho que su
madre no quiere que ella venga a casa después de
misa nunca más. Se lo he dicho a Buzz, pero le ha dado
igual.

Yo intuía que mi madre esperaba que fuera discreta
respecto a la adicción de Nana, pero el secreto me estaba
carcomiendo como las polillas destruyen la ropa. Deseaba que un sacerdote me oyera en un confesionario, pero
al final me conformé con mi amiga Bethany. El domingo posterior a mi confesión, ella me contó que le
habían prohibido jugar conmigo y, de pronto, lo supe:
la adicción era una enfermedad contagiosa, vergonzosa.
No volví a tratar el tema de la adicción de Nana hasta la
universidad, cuando una de mis compañeras de laboratorio me preguntó por qué sabía tanto sobre los efectos
secundarios de la heroína. Cuando le hablé de Nana,
ella respondió: «Eso serviría para una muy buena charla TED.» Me reí, pero ella insistió: «En serio, Gifty, eres
alucinante. Es como si aceptaras el dolor de haber per-

Hillsboro Public Library
www.hillsboro-oregon.gov/library
503 615-6500

Customer ID: **********2775

Items checked out:

Title: Las ruedas del autobu�s = The wheels
on the bus
ID: 33614082446849
Due: Thursday, October 13, 2022

Title: Little chickies = Los pollitos : English &
Spanish songbook.
ID: 33614082784264
Due: Thursday, October 13, 2022

Title: Ma�s alla� de mi reino
ID: 33614082403147
Due: Thursday, October 13, 2022

Title: �Quie�n hay en el selva?
ID: 33614082844290
Due: Thursday, October 13, 2022

Total items: 4
Account balance: $0.00
9/22/2022 11:28 AM
Checked out: 9
Overdue: 0
Hold requests: 0
Ready for pickup: 0

Thank you!

New! These library items will try to
automatically renew.

¡Nuevo! Estos artículos de la biblioteca se
intentarán renovar automáticamente.

dido a tu hermano y lo convirtieras en esta increíble investigación que podría ayudar a gente como él algún día.» Me reí un poco más y me encogí de hombros, tratando de restarle importancia.

Ojalá yo fuera tan noble. Ojalá al menos me sintiera tan noble. La verdad es que mientras mi madre y yo recorríamos en coche todo Huntsville durante horas enteras buscando a Nana, y nos lo encontrábamos ciego junto a la laguna llena de carpas del Big Spring Park, pensaba: «Dios, preferiría que fuera cáncer», pero no era por él, sino por mí. La naturaleza de su sufrimiento no habría cambiado de manera significativa, pero la del mío sí. Tendría una historia que contar mejor. Cuando me preguntaran «¿Dónde está Nana? ¿Qué le ha pasado a Nana?», tendría mejores respuestas.

Nana es la razón por la que empecé a trabajar en esto, pero el impulso no fue en absoluto trigo limpio, el que uno esperaría en una charla TED. Por el contrario, este experimento científico era un desafío; me dedicaría a algo verdaderamente difícil, y, en el proceso, intentaría resolver mis malentendidos sobre la adicción de mi hermano y la vergüenza. Porque todavía siento muchísima vergüenza. Aún se me cae la cara de vergüenza y no consigo liberarme de ella. Puedo revisar los datos una y otra vez. Puedo estudiar una ecografía tras otra de cerebros adictos a las drogas, agujereados como un queso suizo, atrofiados, irreparables. Puedo observar esa luz azul que destella en el cerebro de un ratón y tomar nota de los cambios de comportamiento que experimentan por culpa de la adicción, y puedo saber los años de difíciles y arduos experimentos científicos que fueron necesarios para conocer esos cambios mínimos, pero aún hoy, todavía hoy, pienso: «¿Por qué Nana no lo dejó? ¿Por qué no se curó por nosotras? ¿Por mí?»

• • •

El día que lo encontramos colocado en Big Springs Park iba muy puesto. Allí, tendido sobre el césped, parecía una ofrenda. Yo no sabía para quién era esa ofrenda, para qué. Había estado sobrio un par de semanas, pero cuando una noche no volvió a casa lo supimos. Esa noche se convirtió en dos y luego en tres. Mi madre y yo lo esperábamos sin pegar ojo. Cuando salíamos las dos a buscarlo en coche, yo pensaba en lo harto que debía de estar Nana, harto de que mi madre lo bañara como si volviera a ser un niño, harto de toda esa nada. No sé a quién le compraba las pastillas después de que el médico dejara de extenderle las recetas, pero el día del parque debió de comprar una buena cantidad, porque estaba ciego perdido.

Mi madre me pidió que la ayudara a subirlo al coche. Ella lo levantó de las axilas y yo le agarré las piernas, pero se me caían todo el tiempo y entonces me eché a llorar y ella me gritó.

Jamás olvidaré que había gente mirándonos. Era un día laborable y en el parque había personas bebiendo café, fumando, y nadie movió un dedo para echarnos una mano; se limitaron a observarnos con una pizca de curiosidad. Éramos tres personas negras con problemas. Nada del otro mundo.

Cuando al fin conseguimos meter a Nana en el coche, yo lloraba a moco tendido y sorbía por la nariz, como hacen los niños cuando les ordenan que paren de llorar. No podía evitarlo. Me senté en la parte de atrás, con la cabeza de Nana sobre el regazo, y pensé que estaba muerto. No quería contárselo a mi madre porque sabía que el mero hecho de insinuar su muerte me traería problemas. Así que me quedé sentada, sorbiendo por la nariz, con un hombre muerto sobre las piernas.

Nana no estaba muerto: recuperó la conciencia cuando lo metimos en casa, pero iba tan colocado que parecía un zombi. No sabía dónde estaba. Mi madre lo empujó y él retrocedió, tambaleándose.

—¡¿Por qué sigues haciéndolo?! —le gritó ella.

Empezó a abofetearlo y él ni siquiera se llevaba las manos a la cara. En ese momento ya era el doble de alto que ella. Sólo con agarrarle el brazo y empujarla se la habría quitado de encima. No hizo nada.

—Esto tiene que parar —le decía ella al tiempo que lo golpeaba—. Esto tiene que parar. Eso tiene que parar.

Aun así, ella no podía parar de golpearlo y él no podía parar de recibir sus golpes. Él no podía parar nada de aquello.

Dios mío, Dios mío, qué vergüenza siento, incluso ahora.

33

A menudo empiezo mi trabajo con las respuestas, con una idea en mente de los resultados. Sospecho que algo es cierto y avanzo hacia esa sospecha, experimentando, haciendo ajustes, hasta que encuentro lo que busco. El final, la respuesta, nunca es la parte difícil. Lo difícil es intentar deducir cuál es la pregunta, tratar de preguntar algo lo bastante interesante, lo bastante diferente de lo que ya se ha preguntado, procurar que todo ello importe.

Pero ¿cómo sabemos cuándo nos estamos acercando a un auténtico final en lugar de a un callejón sin salida? ¿Cómo pondremos fin al experimento? ¿Qué haremos si, años más tarde, caemos en la cuenta de que ese camino de baldosas amarillas por el que íbamos avanzando poco a poco nos conducía directamente al ojo del huracán?

Mi madre siguió golpeando a Nana y Nana siguió quieto, hasta que al fin me metí en medio de los dos, y cuando me propinó la primera bofetada, mi madre dejó caer las manos a los costados y recorrió la habitación con la mirada, enloquecida de pánico.

Ella no creía en la necesidad de pedir perdón a los niños, pero cuando bajó los brazos y puso esa cara de horror me pareció que había estado a punto de hacerlo.

—Se acabó —dijo—. Hasta aquí hemos llegado.

Se quedó allí, de pie, un rato más, contemplando a sus dos hijos. A mí me ardía la cara por la bofetada, pero no me atreví a tocármela. Tenía a Nana detrás, aturdido, todavía colocado, dolorido. No había dicho una palabra. Nuestra madre salió de la sala y yo ayudé a Nana a llegar al sofá. Lo empujé un poco y él se dejó caer, se hizo un ovillo junto al apoyabrazos, acomodando la cabeza cerca del punto donde una vez había estado aquel traicionero adorno de madera. Le quité los zapatos y le miré la planta del pie, que se había curado sin dejar ninguna cicatriz; no había rastro del clavo ni del aceite hirviendo. Lo cubrí con una manta, me senté y permanecimos así el resto de la noche. Durante ese tiempo observé cómo iba bajándole el efecto de la droga, se quedaba dormido y gemía. «Eso es todo», pensé, porque no había duda de que ninguno de los tres podía soportar otro día como ése.

Por la mañana, nuestra madre había encontrado una solución. Había pasado toda la noche despierta haciendo llamadas, aunque no sé con quién había hablado, a quién le había confiado la adicción del hijo que tanto nos habíamos esforzado por ocultar. Nana, que ya estaba despejado, se deshacía en disculpas, repitiendo el viejo mantra: lo siento. Jamás volverá a ocurrir. Prometo que jamás volverá a ocurrir.

Nuestra madre escuchó pacientemente todas esas palabras que ya habíamos oído antes y entonces respondió algo nuevo:

—Te han aceptado en un lugar de Nashville. Vendrán a buscarte dentro de cinco minutos. Ya te he preparado la bolsa.

—¿Qué lugar, mamá? —Nana retrocedió un paso.

—Es un buen lugar, un lugar cristiano. Allí saben lo que hay que hacer. Pueden ayudarte para que no te pongas tan mal como la última vez.

—No quiero ir a rehabilitación, mamá. Voy a dejarlo. Lo prometo. No lo volveré a hacer. En serio, nunca más lo haré.

Oímos que un coche aparcaba fuera. Nuestra madre entró en la cocina y empezó a guardar comida en táperes. La oímos mover cosas, manipulando todas esas tapas que ella guardaba en un orden perfecto, apiladas por tamaño y etiquetadas.

—Gifty, por favor —siseó Nana, volviéndose hacia mí por primera vez—. Dile algo. Yo... yo no puedo...

Su voz fue apagándose y se le llenaron los ojos de lágrimas. La ternura con la que había pronunciado mi nombre me sentó como un jarro de agua fría.

Nuestra madre metió los táperes en lo que ella todavía llamaba «bolsas de polietileno», bolsas de la compra que ella juntaba y reutilizaba como si fueran a acabarse algún día. Trajo la comida y una maleta a la sala y se plantó delante de nosotros.

—No los hagamos esperar —dijo.

Nana dirigió sus ojos suplicantes hacia mí. Me miró, y yo aparté la vista en el momento en que sonaba el claxon.

Antes de iniciar mi proyecto de tesis, anduve un poco a trancas y barrancas, sin saber qué hacer. Tenía ideas e impresiones, pero no conseguía fusionarlas, no hallaba la pregunta correcta. Dedicaba meses a un experimento para acabar descubriendo que no conducía a nada, de modo que lo dejaba y volvía a encontrarme en el punto de partida. El verdadero problema era que me negaba a contemplar la pregunta que tenía ante los ojos: el deseo, la inhibición. Aunque nunca había sido una adicta, la adicción, así como la habilidad para eludirla, había dominado mi vida y yo no quería dedicarle ni un segundo más de mi tiempo. Pero, por supuesto, allí estaba. La cuestión que deseaba saber por encima de todo. ¿Puede un animal inhibirse de buscar una recompensa, especialmente cuando esa búsqueda supone algún riesgo? Una vez que comprendí cuál era la pregunta, todo lo demás empezó a encajar.

El programa de rehabilitación de Nashville duraba treinta días. El establecimiento no permitía visitas, pero una vez que acabó la fase de desintoxicación, los viernes se nos permitía llamarlo y hablar unos minutos con él. Esas llamadas eran deprimentes. «¿Cómo estás?», preguntaba yo. «Bien», respondía Nana y entonces nos quedábamos callados, contando los segundos que faltaban para colgar. Era como repetir la experiencia del Hombre Chin Chin y me preocupaba que pudiera acabar ocurriendo lo mismo, que Nana y yo nos pasáramos la vida contando minutos en silencio, como desconocidos al teléfono.

Me alegro de que no pudiéramos hablar con Nana cuando estaba desintoxicándose. No creo que hubiera podido aguantar sus sudores y su dolor otra vez. De hecho, aquellas breves llamadas de los viernes me rompían el corazón. Él seguía enfadado con nuestra madre y conmigo, se sentía traicionado, pero cada semana tenía la voz un poco más clara, un poco más fuerte.

Mi madre y yo fuimos a buscarlo a Nashville cuando terminó su estancia allí. Después de treinta días de comer mierda sana, nos dijo que lo que más le apetecía era un sándwich de pollo. Nos metimos en el Chick-fil-A más próximo y Nana y yo nos quedamos sentados en el reservado mientras nuestra madre pedía la comida. Treinta días, tres viernes de llamadas telefónicas y apenas teníamos nada que decirnos. Cuando nuestra madre volvió, los tres nos pusimos a comer, enredados en la misma charla tonta y superficial de antes.

—¿Cómo te sientes? —preguntó mi madre.

—Bien.

—Quiero decir, ¿cómo...?

Nana cogió la mano de mi madre entre las suyas.

—Estoy bien, mamá. Voy a mantenerme limpio. Estoy centrado y, en serio, quiero recuperarme, ¿vale?

—Vale —dijo ella.

¿Acaso alguien se ha visto sometido a un escrutinio semejante al que se somete a un ser querido que acaba de salir de rehabilitación? Mi madre y yo mirábamos a Nana como si nuestros ojos fueran lo único que pudiera mantenerlo allí, clavado en aquel asiento de color rojo vivo, mojando patatas fritas en salsa agridulce. Sobre su cabeza estaba la vaca de Chick-fil-A aconsejándonos COME MÁS POLLO. Esos anuncios siempre me habían parecido ingeniosos y yo siempre había sentido un extraño orgullo sureño por aquel sitio que había conservado sus valores cristianos incluso en la prosperidad. Años más tarde, a pesar de que mis ideas políticas y religiosas ya habían cambiado, cuando unos amigos organizaron una protesta contra el restaurante yo no pude sumarme. Recordé aquel sábado con Nana, lo feliz que me había sentido allí con mi familia, cómo había pronunciado una breve plegaria de curación por encima de las bandejas de comida rápida.

Cuando terminamos de comer, Nana nos contó que los trabajadores del centro de rehabilitación les hacían rezar por la mañana y les habían enseñado a meditar.

Nana era mucho más joven que el resto de los internos y el personal lo había tratado con amabilidad y lo había animado mucho. En las reuniones de terapia de grupo que celebraban todas las noches, los pacientes no sólo hablaban de sus problemas, sino también de sus esperanzas para el futuro.

—¿Y tú qué decías? —le pregunté.

Hacía mucho tiempo que no me permitía pensar en el futuro. Cuando Nana estaba enfermo, nuestras vidas lo mismo avanzaban a cámara lenta que a gran velocidad, y no éramos capaces de ver el rumbo que iban a tomar las cosas.

—Sólo decía que quería ponerme bien, ya sabes. Jugar al baloncesto, estar con vosotras. Esa clase de cosas.

¿Cómo consigue un animal inhibirse y no emprender la búsqueda de la recompensa, sobre todo cuando ésta implica un riesgo? En la época en que mi madre vino a vivir conmigo a California, yo ya había empezado a formarme una imagen más clara de la respuesta a esa pregunta que llevaba obsesionándome la mayor parte de mi carrera de posgrado, esa prueba a la que había sometido a numerosos ratones y a la que había dedicado muchas horas de mi vida. Había encontrado indicios de dos circuitos neuronales distintos que mediaban en el comportamiento de búsqueda de recompensa y había examinado las neuronas implicadas para comprobar si se producía alguna diferencia discernible en su patrón. Una vez constatada esa diferencia, había empleado la técnica de formación de imágenes de calcio para registrar la actividad cerebral del ratón a fin de poder determinar cuál de esos dos circuitos era importante para ese comportamiento. Al final, cuando terminó todo el proceso, contaba con una cantidad suficiente de información como para redactar un artículo académico en el que se demostrara que, si se utilizaba la optogenética para estimular las neuronas codificadoras del riesgo en las zonas de la corteza prefrontal media y el núcleo accumbens, sería posible suprimir la búsqueda de recompensa.

Esta manipulación del comportamiento, todos estos ajustes y alteraciones, todas estas inyecciones y técnicas de imagen, para descubrir que la inhibición sí era posible, que, mediante un arduo proceso científico, podía llevarse a cabo. Todo este trabajo para llegar al fondo de algo que no tenía fondo: Nana sufrió una recaída apenas catorce horas después de salir de rehabilitación.

34

Los opioides actúan sobre los circuitos de recompensa del cerebro. La primera vez que los tomas, tu cerebro se inunda tanto de dopamina que te quedas pensando que, al igual que la comida, al igual que el sexo, los opioides te hacen bien, son necesarios para la supervivencia misma de la especie. «¡Otra vez! ¡Otra vez!», te dice tu cerebro, pero cada vez que le haces caso, las drogas funcionan un poco menos y exigen un poco más, hasta que al final les das todo y no recibes nada a cambio: ninguna excitación, ninguna oleada de placer, apenas un alivio momentáneo de la angustia de la abstinencia.

Asistí a una conferencia de Han sobre el proceso de la obtención de imágenes de las neuronas relacionadas con las expectativas de recompensa. La sala no estaba llena, así que Han me divisó nada más entrar y me dedicó un pequeño saludo con la mano.

Me senté en el fondo justo cuando él empezaba. En la proyección de la pantalla se veían unas neuronas dopaminérgicas de color morado que giraban y unos pequeños haces de luz verde por todos lados.

—Lo que aparece en verde son los sitios activos de liberación de las neuronas dopaminérgicas —explicó Han, señalando con su puntero láser—. Las vías de dopamina mesocortical, mesolímbica y nigroestriada conforman lo que conocemos como «vías de recompensa», ¿de acuerdo? Son las que se activan cuando esperamos o recibimos una recompensa.

Han recorrió la sala con la vista y cuando me miró levanté el pulgar. Él sonrió y a continuación carraspeó para disimular. Siguió adelante con su ponencia, mientras yo observaba la sala. La mayoría de los presentes eran ambiciosos estudiantes universitarios que ese mediodía habían decidido asistir a una conferencia de neurociencia en busca de créditos académicos, o tal vez porque querían emprender una carrera en ese ámbito o quizá los había llevado allí la mera curiosidad.

Cuando Han terminó, esperé que se vaciara la sala. Me quedé sentada mientras él ordenaba los papeles sobre el escritorio. Levanté la mano, pero él no estaba mirándome, de modo que carraspeé con fuerza.

—Perdón, ¿profesor? —dije.

Él se echó a reír y se apoyó en el escritorio.

—¿Sí, Gifty?

—O sea, que usted dice que cuando alguien me da un *like* en Facebook se libera dopamina, ¿no?

—Exacto, justo eso —respondió él.

—¿Y qué pasa cuando hago algo malo?

Han se encogió de hombros.

—Depende. ¿Algo de qué tipo? ¿Cómo de malo?

—Malo, malo —dije y él se echó a reír.

35

Querido Dios:
    Ojalá Nana se muriera de una vez. Por favor, haz que
todo esto termine.

36

En toda la literatura de autoayuda que he leído se afirma que tienes que hablar de tu dolor para superarlo, pero la única persona con la que he sentido que quería hablar de Nana era mi madre, y sabía que ella no podría soportarlo. Parecía injusto sumar mi dolor al suyo, así que me lo tragaba. Hacía anotaciones en mi diario cada vez más frenéticas, cada vez más desesperadas, hasta que llegué a ésa en concreto, a esos renglones atroces.

«Dios leerá lo que escribes y atenderá tu escritura como si fueran plegarias», me había dicho mi madre. La noche que deseé la muerte de mi hermano pensé: «Bueno, pues que así sea», pero por la mañana, cuando me di cuenta de que había escrito algo que jamás me perdonaría, arranqué la página del cuaderno, la hice trizas y la tiré por el inodoro, esperando que Dios la olvidara. ¿Qué había hecho? Cuando Nana sufrió una recaída, me hundí en la miseria. Me volví callada.

Me volví callada y mi madre se volvió loca. Se pasaba el día conduciendo por las calles de Huntsville a la caza de mi hermano. En la iglesia, durante la alabanza y la adoración, se acercaba al altar y bailaba como una posesa. Si en la canción había alguna referencia a «caer de rodillas», ella la tomaba al pie de la letra y de inmediato se desplomaba de una manera que parecía dolorosa.

Los cotilleos en las iglesias son tan antiguos como la iglesia misma, y en la mía les encantaba cotillear. Años más tarde, Mary, la hija del pastor, se convertiría en líder de adoración: cada mañana, su bebé gateaba por todo el templo hasta que ella lo llevaba a la guardería, y todos le sonreían dulcemente mientras recordaban las circunstancias de su nacimiento. Aquel cotilleo, jugoso como un melocotón, alimentó a la congregación durante un tiempo, y cuando Mary se casó empezamos a pasar hambre. Pero antes el interés había recaído en Nana y los ridículos bailes de mi madre en el altar. Si el embarazo de Mary era un melocotón, Nana había sido un festín.

Todos sabían que Nana se había lesionado en un partido, pero tardaron un tiempo en enterarse de su adicción. Cada domingo, cuando el pastor John recibía las peticiones de plegarias, mi madre y yo poníamos el nombre de Nana en la cesta. Orad por su curación, decíamos y, al principio, todos se contentaron con suponer que nos referíamos a la lesión del tobillo. Pero ¿cuánto tiempo tarda Dios en curar un esguince?

—He oído que se droga —dijo la señora Cline.

Era diaconisa en la iglesia de las Primeras Asambleas, una mujer soltera de cincuenta y cinco años, recta como una escoba, con labios tan finos que parecían una ranura que le cruzaba la cara.

—¡No! —exclamó la señora Morton, con un grito ahogado.

—Ay, sí, querida. ¿Por qué crees que ya nunca viene por aquí? Esta temporada no juega, así que no puede estar muy ocupado.

—Qué triste. Qué triste que se drogue.

—Sí que es triste, pero..., en serio, me repugna tener que decirlo pero... lo cierto es que parece que a los de su clase les gustan las drogas. Quiero decir, siempre están drogados. Por eso hay tantos delitos.

—Tienes razón. Ya me había dado cuenta.

Yo estaba estudiando versículos de la Biblia en la escuela dominical cuando oí esa conversación que tenía lugar en el pasillo. Si la hubiese oído hoy, sé lo que habría hecho: habría salido y les habría señalado que no hay ningún dato que respalde la idea de que los negros poseen una inclinación biológica superior hacia las drogas y la delincuencia que cualquier otra raza. Y me habría marchado a buen paso de aquella iglesia sin mirar atrás.

Sin embargo, tenía diez años y me daba vergüenza. Me quedé sentada en la silla, rígida, esperando que no advirtieran mi presencia. Apreté las hojas de la Biblia con tanta fuerza que dejé mis huellas marcadas. Cuando las dos mujeres se marcharon, solté el aliento que estaba reteniendo y me pellizqué la piel entre el pulgar y el índice, un truco que había aprendido para no llorar. En ese momento, y en realidad por primera vez en mi vida, odié a Nana. Lo odié a él profundamente y me odié a mí misma.

No soy psicóloga ni historiadora ni socióloga. Puedo examinar el cerebro de un animal deprimido, pero no suelo pensar en las circunstancias, si es que hubo alguna, que causaron esa depresión. Como cualquiera, me limito a enfrentarme a una parte de la historia, y cuento con un solo repertorio para estudiar y recitar, para memorizar.

Cuando era niña, nadie hablaba de «racismo institucionalizado». De hecho, la palabra «racismo» apenas se usaba. No creo haber asistido a una sola clase en la universidad en la que se mencionaran los efectos fisiológicos de años de racismo sufrido en primera persona y de racismo interiorizado. Esto era antes de que aparecieran estudios que demostraban que una mujer negra tenía cuatro veces más probabilidades de morir durante el parto, antes de que se hablara de la epigenética y de si el trauma era o no hereditario. Si existían esos estudios, jamás los leí. Si se impartieron esas clases, no asistí a ninguna de ellas. En aquel entonces esas ideas suscitaban poco interés, porque había, hay, poco interés por la vida de los negros.

Lo que trato de decir con esto es que carecía del lenguaje, de las herramientas para explicar y analizar el odio que sentía por mí misma. Crecí contando sólo con mi parte, con la pequeña piedra palpitante de odio hacia mí misma que llevaba a todos lados, a la iglesia, a la escuela, a todos aquellos lugares de mi vida que, como pensaba entonces, reafirmaban la idea de que en mi interior había algo fatal e irremediablemente malo. Yo era una niña a la que le gustaba ser buena.

Mi madre, Nana y yo éramos los únicos negros en la iglesia de las Primeras Asambleas de Dios; mi madre no conocía otra mejor. Pensaba que el Dios de Estados Unidos tenía que ser el mismo que el Dios de Ghana, que era imposible que el Jehová de la Iglesia blanca fuera distinto del de la Iglesia negra. El día que vio el cartel fuera de la iglesia que preguntaba «¿TE SIENTES PERDIDO?», el día que entró en el templo por primera vez, empezó a perder a sus hijos, que descubrirían mucho antes que ella que no todas las iglesias de Estados Unidos habían sido creadas iguales, ni en la teoría ni en la práctica. Y, para mí, el daño que me causó asistir a una iglesia donde la gente susurraba palabras peyorativas sobre «los de mi clase» fue en sí mismo una herida espiritual, tan profunda y tan oculta que tardé años en encontrarla y plantarle cara. No sabía cómo interpretar el mundo con el que lidiaba en esa época. No sabía cómo aceptarlo. Cuando mi madre y yo pedíamos una plegaria por Nana, ¿la congregación rezaba de verdad? ¿De verdad les importaba? Cuando oí los cotilleos de aquellas dos mujeres, se levantó un velo y el mundo sombrío de mi religión quedó al descubierto. ¿Dónde estaba Dios en todo esto? ¿Dónde estaba Dios, sino en la silenciosa calma del aula de una escuela dominical? ¿Dónde estaba Dios, sino en mí? Si mi negrura era una especie de acusación, si Nana jamás podría curarse y si la congregación jamás podría creer realmente en la posibilidad de su curación, ¿dónde estaba Dios?

Después de oír hablar a la señora Morton y a la señora Cline en la iglesia, escribí en el diario:

> Querido Dios:
> Por favor, date prisa y haz que Buzz se ponga mejor. Quiero que toda la iglesia lo vea.

Yo sabía, incluso al escribir eso, que no era así como Dios actuaba, pero entonces ¿cómo actuaba exactamente? Dudé de él y me odié a mí misma por dudar de él. Creía que Nana estaba demostrando que todos tenían razón al pensar lo que pensaban de nosotros, y yo quería que se pusiera mejor, que se recuperara, porque así todos verían que se habían equivocado. Me paseaba por aquellos lugares, como la niña piadosa que era, pensando que mi bondad constituía la prueba contraria. «¡Miradme!», quería gritar. Deseaba ser un teorema viviente, un Logos. La ciencia y las matemáticas ya me habían enseñado que si había demasiadas excepciones a una regla, entonces esa regla no era una regla. Miradme. Todo aquello era desatinado y absurdo, pero yo no sabía pensar de otra forma. La regla jamás había sido una regla, aunque yo la tomaba como si lo fuera. Me hicieron falta años de cuestionamientos y de búsquedas para poder ver más allá de mi pequeña parcela, e incluso ahora no siempre lo consigo.

Cuando Nana recayó, mi madre se volvió loca y yo me volví callada. Me convertí en una niña introvertida, me hice invisible; escribía febrilmente en mi diario y esperaba una revelación. De hecho, eso supuso el final, no de mi mundo, sino de mi fe, aunque tardé en darme cuenta.

Yo callaba y estaba enfadada por cómo de pronto la gente se había puesto en contra de Nana. Ya ni siquiera el deporte podía protegerlo. Cuando Nana era el rey, algún domingo el pastor John lo hacía subir al altar y todos en la congregación extendíamos las manos y rezábamos para que le fuera bien la semana siguiente, para que triunfara en todos los partidos en los que jugase. Nana inclinaba la cabeza para recibir las bendiciones y nosotros tendíamos las manos hacia él como si lo coronáramos. Y cuando llegaba el día del partido y su equipo ganaba, todos nos sentíamos satisfechos. «¿Cuán grande es nuestro Dios?», cantábamos durante la alabanza y la adoración, y lo creíamos.

Las pocas veces que el equipo de Nana perdía, yo prestaba atención esperando la chispa de furia que surgiría de entre la multitud.

—Venga ya.

—Concéntrate en el partido.

Pero se trataba de baloncesto en Alabama, no de fútbol americano. La gente no estaba tan interesada en ese deporte. Antes de que el equipo de Nana adquiriera renombre en el estado, las gradas estaban casi vacías en todos los partidos. Luego, cuando gracias a mi hermano el equipo empezó a ganar, todos los espectadores se convirtieron en expertos.

Nana jugó exactamente dos partidos durante su adicción y fue un desastre; no se concentraba y lo hizo fatal. Fallaba un lanzamiento tras otro; se le caía la pelota y dejaba que rodara hacia las gradas.

—¡¿Dónde ha aprendido a jugar este puto negrata?! —gritó un aficionado furioso.

Yo no daba crédito a la velocidad de la caída, a lo rápido que se volvían las tornas. Cuando Nana estaba hundido, el pastor John dejó de convocarlo al altar para que recibiera nuestras bendiciones, nuestras manos extendidas. Él jugó esos dos partidos como si fuera un principiante. La noche del último partido que jugó en su vida, lo abuchearon desde las gradas los aficionados de los dos equipos. Todos corearon su desprecio. Cuando el árbitro le pitó una falta, Nana estampó la pelota contra la pared. El árbitro lo expulsó del partido y todos lanzaron una ovación cuando mi hermano miró a su alrededor, hizo una peineta en dirección a las gradas y salió corriendo de la pista. Esa noche, en las gradas, abucheando a Nana, vi a Ryan Green. Vi a la señora Cline. Vi a mi iglesia, y ya no pude dejar de verlos.

«Amarás al Señor tu Dios con todo tu corazón, y con toda tu alma y con toda tu mente y con toda tu fuerza. [...] Amarás a tu prójimo como a ti mismo. No hay otro mandamiento mayor que estos dos.» En aquellos días medité mucho sobre este versículo, que ocupa tres páginas del diario de mi infancia, copiado una y otra vez, hasta que la caligrafía se vuelve descuidada, perezosa. Quería recordarme a mí misma que tenía que amar a Dios, amar al prójimo.

No obstante, no sólo nos dice que amemos al prójimo, sino que lo hagamos de la misma manera en que nos amamos a nosotros mismos, y allí residía el desafío. Yo no me amaba a mí misma y, aunque lo hubiera hecho, no podía amar al prójimo. Había empezado a odiar mi iglesia, a odiar mi escuela, mi ciudad, mi estado.

Pese a todos sus esfuerzos, mi madre no consiguió convencer a Nana de que volviera a la iglesia con nosotras después de aquel domingo en el último banco. Yo me sentí muy aliviada, pero no se lo dije. No quería que la gente nos mirara y nos juzgara. No quería más pruebas del fracaso de Dios a la hora de curar a mi hermano, un fracaso que me parecía increíblemente cruel, a pesar de que toda la vida había oído decir que los caminos de Dios son misteriosos. El misterio no me interesaba. Lo que deseaba era la razón y para mí estaba cada vez más claro que no conseguiría nada parecido en ese lugar donde había pasado gran parte de mi vida. Si hubiera podido dejar de asistir del todo a la iglesia de las Primeras Asambleas, lo habría hecho. Cada vez que decidía no ir, me imaginaba a mi madre en el altar, dando vueltas y cayendo de rodillas, cantando alabanzas, y sabía que si no la acompañaba, ella iría sola. Estaría sola, como la última persona en la Tierra que todavía creía que Dios sanaría a su hijo, y yo no podía imaginar nada más triste que aquello.

37

Ahora quiero escribir sobre la adicción de Nana desde dentro. Ésa es la manera en que quiero conocerla, como si fuera mía. En mi diario describí sus últimos años con todo lujo de detalles. Escribía como una antropóloga cuyo único sujeto de estudio fuera Nana. Puedo describir su piel (cetrina), cómo llevaba el pelo (despeinado, demasiado largo). Puedo contar que él, que siempre había sido un chico demasiado delgado, había perdido tanto peso que los ojos parecían proyectársele fuera de las cuencas. Pero todos estos datos son inútiles. Leer la etnografía de mi diario es doloroso y, además, no sirve de nada, porque es imposible conocer el interior de la mente de mi hermano, cómo era moverse por el mundo dentro de aquel cuerpo en sus últimos días. Las anotaciones de mi diario me describen a mí intentando encontrar un camino para entrar en un lugar que no tiene ni entradas ni salidas.

Nana empezó a robar a mi madre. Al principio, cosas pequeñas: dinero de su cartera, el talonario de cheques, pero en poco tiempo se esfumó el coche y también la mesa del comedor. En poco tiempo, también se esfumó Nana. Desaparecía días y semanas enteros y mi madre salía a buscarlo. Llegamos a un punto en el que ella y yo conocíamos los nombres de todos los recepcionistas y de todas las encargadas de la limpieza de los moteles de Huntsville.

—Tú puedes darte por vencido, si eso es lo que quieres —le decía mi madre en voz baja al Hombre Chin Chin por teléfono—, pero yo jamás me rendiré. Jamás.

En esa época el Hombre Chin Chin llamaba con frecuencia. Yo hablaba con él unos minutos, respondía sus preguntas aburridas, notaba cómo le había cambiado la voz con el tiempo y la culpa, luego le pasaba el teléfono a mi madre y esperaba pacientemente a que terminaran de pelearse.

—¿Dónde estabas? —le dijo mi madre una vez por teléfono—. ¿Dónde has estado?

Era lo mismo que le decía a Nana las noches en que él entraba a hurtadillas por la puerta trasera, cuando el colocón empezaba a bajarle, oliendo a rayos, sin esperar encontrarse a mi madre montando guardia en la sala.

Eran los días en que Nana rompía cosas. Agujereó la pared de un puñetazo. Tiró al suelo el televisor, que quedó destrozado, e hizo añicos todos los marcos de fotografías y las bombillas de la casa. Me llamó «cotilla de los cojones» la noche en que lo pillé delirando en la planta baja y mi madre y yo corrimos a escondernos. Bloqueamos la puerta de mi dormitorio con una silla, pero él empezó a golpearla con fuerza. «Que os jodan a las dos», dijo, y oímos el golpe de su hombro al chocar contra la puerta y vimos cómo las bisagras estaban a punto de ceder para dejarlo entrar. Y mi madre se puso a rezar en voz alta: «Señor, protege a mi hijo. Señor, protege a mi hijo.» Yo tenía miedo y estaba furiosa. ¿Quién nos protegería a nosotras?

Casi era mejor cuando estaba colocado. Cuando estaba colocado, no parecía enfermo; no estaba enfadado. Estaba apagado, callado, ido. Sólo una vez lo vi meterse. Tumbado en el sofá de la sala, se clavó una aguja en la parte interior del codo y a continuación se largó a alguna parte, totalmente ajeno a mí y a todo lo que lo rodeaba.

Desde entonces, no puedo ver una aguja sin pensar en él. Prefiero pinchar a ratones que a humanos para no tener que vérmelas con ningún codo. A la que veo una vena cubital media, me viene la imagen de mi hermano adormilado y perdiendo la conciencia sobre el sofá de casa.

¿Qué puedo contar sobre el día en que murió? No recuerdo aquella mañana y la anotación de mi diario de la noche anterior sólo dice: «¡Buzz parecía cansado pero bien!» En los años que han transcurrido desde entonces he leído esa frase muchísimas veces y los signos de exclamación siguen burlándose de mí. Aquel día debí de ir a la escuela. Seguramente volvería a casa, me prepararía algo para comer y aguardaría a que regresara mi madre. No esperaba ver a Nana, pero como lo había visto la noche anterior, no estaba preocupada.

Recuerdo que mi madre tardó en volver a casa más de lo acostumbrado. Estaba con la familia Foster, con quienes había empezado a trabajar poco antes, tras el fallecimiento de la señora Palmer. Tenía un turno de día, así que por lo general regresaba a las siete de la tarde. Pero esa noche apareció a las ocho, arrastrando los pies y disculpándose por el retraso mientras descargaba el coche. La hija de la señora Foster había venido a la ciudad y no callaba ni bajo el agua.

Yo ya me había preparado la cena y le ofrecí un poco. Las dos miramos el reloj, luego la puerta, luego el reloj y luego la puerta. Nana no venía. Habíamos adoptado una rutina, una regla tácita: esperábamos dos días hasta que nos subíamos al coche y salíamos a buscarlo; esperábamos cuatro días antes de llamar a la policía, pero eso sólo había ocurrido una vez, y aquella noche todavía estábamos en el primer día. Aún no habíamos llegado a ese punto.

No estábamos preocupadas, así que cuando la policía llamó a la puerta a eso de las nueve de la noche para informarnos de que Nana había sufrido una sobredosis de heroína y había muerto en el aparcamiento de un Starbucks, nos pilló desprevenidas. Habíamos supuesto que nuestra rutina nos salvaría, que lo salvaría a él.

Esa noche no escribí nada en mi diario ni volví a hacerlo en muchos años.

38

Me crucé con Katherine en la cantina una semana después del almuerzo en el que yo no había dejado de balbucear. La vi inclinada sobre las patatas fritas, y di media vuelta para salir corriendo.

—¡Gifty! —gritó ella cuando yo casi había llegado a la puerta. Se me acercó corriendo con una bolsa de cebolla y crema agria en la mano—. ¿Cómo estás?

—Ah, hola, Katherine. Estoy muy bien, gracias —respondí.

—¿Por qué no comemos juntas?

—Tengo mucho trabajo.

—Ahí seguirá después de comer. —Me agarró la mano—. Insisto.

Pagó las patatas y mi sándwich y nos dirigimos a las mesas altas que había al fondo del local. El sitio estaba casi vacío, salvo por algunos estudiantes de grado que, probablemente buscando tranquilidad y anonimato, se habían aventurado en la zona del campus de los estudiantes de posgrado. Antaño yo era así, tan solitaria que ansiaba una soledad todavía mayor. Incluso después de hacer algunos amigos en la universidad,

214

seguía esforzándome por estar sola. Si ese día no me hubiera despistado, me habría ahorrado la comida con Katherine.

—¿Aún te cuesta escribir? —me preguntó ella.

—Ya voy mucho mejor —respondí.

Empecé a darle bocados al sándwich mientras Katherine abría la bolsa de patatas e iba comiéndoselas con lentitud, una por una.

Nos quedamos sentadas un rato. Para huir de la intensidad de su mirada, clavé los ojos en la comida como si el secreto de la vida estuviera oculto entre las rebanadas de pan de masa madre. Finalmente, Katherine rompió el silencio.

—¿Sabes?, Steve es de la Costa Este y está deseando que nos mudemos allí cuando termine mi investigación, pero ¿por qué querría nadie vivir en otro sitio que no sea California? Pasé un verano en Los Ángeles y ahora hasta la bahía de San Francisco me parece demasiado fría. Las estaciones están sobrevaloradas.

—¿Habéis decidido algo sobre lo de quedarte embarazada?

Katherine pareció sorprendida. Evidentemente no se acordaba de que me había hablado del subrepticio calendario de ovulación que llevaba Steve.

—Aún no lo hemos pensado. Él quiere empezar a intentarlo, pero yo prefiero esperar al menos hasta el posdoctorado. Tengo treinta y seis años, de manera que quizá se me haga cuesta arriba, pero lo mismo puede decirse de mi trabajo. En realidad, no lo sé. ¿Y tú? ¿Has pensado alguna vez en tener hijos?

Negué con la cabeza rápidamente, demasiado rápidamente.

—Creo que no sería una buena madre —respondí—. Además, llevo casi un año sin tener relaciones.

De pronto, me avergoncé de mi confesión, pero Katherine no pareció inmutarse. Me sentía como si se me hubiera bajado el tirante del vestido dejando un pecho al descubierto. Hablar de sexo ya no me daba tanta vergüenza como antes, pero aún me daba. Durante años había sido incapaz de reconciliar mi necesidad de sentirme bien con la de portarme bien, especialmente cuando mantenía relaciones sexuales. Después me quedaba tumbada en la cama, mirando el techo, imaginando mis promesas de buena conducta como globos que flotaban y estaban a punto de reventar.

Conocí a Justin, el tipo con el que oficialmente perdí la virginidad, el verano después de mi graduación en un encuentro llamado «Gente de Color × Universidades de Élite». La primera vez que nos acostamos, tenía el cuerpo tan rígido y la vagina tan tensa que él me miró, inseguro, y me dijo:

—Me parece que no podré. Literalmente, quiero decir, creo que no podré meterla.

—¿Qué hacemos entonces? —pregunté, mortificada pero decidida.

Tenía que coger el tren para volver a Boston unas horas después y deseaba que ocurriera, lo deseaba a él. Justin salió de la habitación y volvió con un frasco de aceite de coco y, tras unos masajes y estímulos, entró en mí.

En ese momento me dolió, pero, antes del final del verano, habíamos encontrado un ritmo delicioso de encuentros cada cierto tiempo sólo para pasar una o dos noches del fin de semana juntos. Empecé a querer más, más arañazos, más charla.

—¿Eres una niña mala? —me preguntaba Justin en la cama. Yo tenía pensado trasladarme a California para los estudios de posgrado y ambos sabíamos, lo habíamos sabido siempre, que pronto nos separaríamos—. ¿Eres una niña muy pero que muy mala?

—Sí —respondía yo apretando los dientes, disfrutando del placer que él me proporcionaba, pero pensando: «No, no, no. ¿Por qué no puedo ser buena?»

Katherine terminó de comer las patatas y se limpió las manos con una servilleta.

—Tú aún no has cumplido los treinta, ¿verdad? —me dijo—. Dios mío, todavía eres muy joven y ya eres la hostia de brillante. La verdad es que me muero de ganas de ver adónde habrás llegado dentro de cinco años, y si los hijos no forman parte de esa ecuación, ¿a quién le importa? Vas a hacer un trabajo maravilloso. Estoy segura. Dime, ¿cómo se te ocurrió dedicarte a este campo de investigación?

Esa pregunta me cogió desprevenida, lo que, probablemente, era su intención. Miré a Katherine. La sal de las patatas fritas se le había quedado pegada en los labios, que brillaban.

—Mi madre está deprimida. Ahora mismo está viviendo en mi casa. En mi cama. Tuvo depresión en el pasado y vivió una mala experiencia con la terapia psiquiátrica, así que se resiste mucho a consultar a alguien. El caso es que ya hace dos semanas que está conmigo. —Las palabras salieron en torrente y en cuanto las solté me sentí feliz y aliviada.

Katherine extendió la mano y la puso encima de la mía.

—Lo siento mucho. Debe de ser muy difícil para ti. ¿Cómo puedo ayudarte?

Gye Nyame, quise responder. «Sólo Dios puede ayudarme.»

• • •

Después de la muerte de Nana, mi madre se tomó una semana libre en el trabajo. Quería organizar un gran funeral al estilo de Ghana, con comida, música y baile. Le envió dinero y nuestras medidas al Hombre Chin Chin para que nos encargara la ropa de duelo. Cuando llegó, saqué mi vestido del paquete. Era rojo sangre y tenía un tacto ceroso; no me apetecía nada ponérmelo. No recordaba la última vez que me habían obligado a ponerme ropa tradicional y pensaba que parecería una farsa. Yo me sentía tan ghanesa como el pastel de manzanas, pero ¿cómo podía explicárselo a mi madre?

Ella se sumió en un mar de llantos y rechinar de dientes. Apenas reconocía a mi madre. La noche en que Nana murió por sobredosis, cuando la policía se marchó, ella se arrojó al suelo, empezó a balancearse y a arañarse los brazos y las piernas hasta hacerse sangre, mientras gritaba el nombre del Señor: «Awurade, Awurade, Awurade.» No había dejado de llorar desde entonces. ¿Cómo podía decirle que mi vestido fúnebre me parecía demasiado llamativo? ¿Que no quería ser el blanco de las miradas en el funeral? Quería que me dejaran en paz, y durante las primeras semanas lo conseguí. Nada te revela la verdadera naturaleza de tus amistades como una muerte repentina, peor aún, una muerte vergonzosa. Nadie sabía qué decirnos, así que ni siquiera lo intentaban. En los días posteriores a la muerte de Nana, no deberían haberme dejado sola ni un momento, y tampoco a mi madre. ¿Dónde estaba nuestra iglesia? ¿Dónde estaban los pocos ghaneses, dispersos por toda Alabama, cuya amistad mi madre había cultivado? ¿Dónde estaba mi padre? Mi madre, que casi nunca lloraba, lloró tanto esa primera semana que se desmayó de deshidratación. Me acerqué a ella y la abaniqué con lo que tenía más a mano: su Biblia. Cuando ella recobró el conocimiento y cayó en la cuenta de lo que había ocurrido, se disculpó. Me prometió que no volvería a llorar, una promesa que aún no era capaz de cumplir.

¿Dónde estaba el pastor John entonces? Él y su esposa mandaron flores a nuestra casa aquella primera semana. Él vino a visitarnos el tercer domingo en que mi madre no fue a la iglesia, los únicos domingos que mi madre había faltado al oficio desde que se había unido a la congregación de las Primeras Asambleas. Cuando abrí la puerta, me puso una mano en el hombro y empezó a rezar.

—Señor, te pido que cubras a esta joven dama con tus bendiciones. Te pido que le recuerdes que Tú estás cerca, que, mientras ella sufre su pena, Tú caminas a su lado.

Me dieron ganas de quitarme la mano del hombro con una sacudida, pero al verlo sentí tal gratitud, me sentí tan agradecida de que me tocara, que lo hice pasar.

Él entró en casa. Mi madre estaba en la sala y el pastor John se acercó y se sentó a su lado en el sofá. Le puso las manos en los hombros y ella se derrumbó. Esa escena me pareció algo tan íntimo como la desnudez, de modo que salí de allí, consciente de que desearían estar solos y con el Señor. Aunque no siempre he querido al pastor John, el día que finalmente se presentó lo quise muchísimo. Ha estado presente en mi vida y en la de mi madre desde entonces.

Nunca le conté a mi madre que el vestido fúnebre me horrorizaba. Me lo puse, mi madre se puso el suyo, y juntas recibimos a los invitados en el club que ella había alquilado para el funeral de Nana. Acudieron ghaneses; de Alabama, de Tennessee, de Ohio, de Illinois. Y, en Ghana, al funeral que organizó el Hombre Chin Chin acudieron ghaneses; de Cape Coast, de Mampong, de Accra, de Takoradi. Mi madre caminaba de un lado a otro de la sala, cantando:

Ohunu mu nni me dua bi na masɔ mu
nsuo ayiri me oo, na otwafoɔ ne hwan?

No hay rama de la que agarrarme
camino por aguas pantanosas, ¿dónde está mi salvador?

Yo no me sabía la canción, pero creo que de haberla conocido tampoco me habría sumado al coro. Estaba sentada en la primera fila junto con los escasos ghaneses dignos de presidir el funeral y les daba la mano a todos los que se acercaban. En cuanto me la estrechaban, sólo pensaba en el momento en que podría por fin ir al baño, abrir el grifo de agua caliente y lavarme las manos para quitarme cualquier rastro de esa gente.

Estábamos en el Elks Lodge, el único establecimiento lo bastante grande para albergar el extravagante funeral que mi madre había organizado. Pero el Elks Lodge no se asemejaba a una carpa funeraria de Kumasi y, aunque habíamos invitado a todos los miembros del equipo de baloncesto de Nana, a los de los antiguos equipos de fútbol, a todos los de la iglesia, a la totalidad del pequeño mundo que mi madre había conseguido construir en quince años, el espacio estaba medio vacío.

Mi madre seguía yendo de un lado a otro, cantando su canción:

Prayεe, mene womma oo
ena e, akamenkoa oo
agya e, ahia me oo

Qué será de nosotras
me he quedado sola
me he empobrecido

Los ghaneses lloraban y caminaban, alzaban las manos e interrogaban a Dios. Los estadounidenses se quedaban en su sitio, perplejos.

Después de un rato el pastor John cogió el micrófono y se dirigió al púlpito improvisado en el frente de la sala para pronunciar unas palabras.

—Sabemos que Nana era un joven talentoso. Muchos de los que hoy estamos aquí lo hemos visto en la cancha de baloncesto, lanzando la pelota hasta el mismísimo cielo. Nos producía una gran alegría verlo y reconocer en este muchacho la gloria del Señor. Ahora bien, cada vez que muere una persona joven es fácil que los que nos quedamos aquí nos enfademos. Pensamos: ¿por qué Dios querría hacer una cosa así? Nana tenía mucho para dar, Dios, ¿por qué? Es normal sentirse así, pero permitidme que os recuerde que Dios no comete errores. He dicho: Dios no comete errores. ¡Amén! Dios, en su infinita sabiduría, consideró oportuno llevar a Nana a su lado, y tenemos que creer que el cielo donde Nana se encuentra ahora es mucho más maravilloso que nada que este mundo pudiera ofrecerle. Nana está en un lugar mejor, junto a nuestro Padre celestial, y un día tendremos la gran alegría, la gran, la inmensa alegría, de reunirnos allí con él.

Me quedé sentada, escuchando las palabras del pastor John, escuchando el coro de amenes y aleluyas que sucedieron a esas palabras, mientras pensaba: «Nana habría odiado todo esto.» Y eso, así como esa sala llena de personas que conocían a mi hermano pero que en realidad no lo conocían, que pasaban de puntillas por las circunstancias de su muerte, que hablaban de él como si sólo su vida previa a las drogas fuera digna de análisis y compasión, me destrozó y derribó el árbol de mi fe, que llevaba mucho tiempo creciendo. Me quedé allí sentada, en aquel pabellón, reducida a un tocón, preguntándome qué sería de mí.

39

El Hombre Chin Chin nos había mandado fotografías del funeral de Nana en Ghana. Había cientos de personas reunidas en una carpa en Kumasi, con prendas similares a las que nos habíamos puesto mi madre y yo. Mi padre sólo aparecía en una de esas fotos y se lo veía señorial con su capa negra y roja. Su rostro era un recuerdo viejo y descolorido. Yo jamás me había parecido a él, pero, al verlo en la foto, me reconocí en su cabeza inclinada, en sus ojos cansados.

—Asistió mucha gente —dijo mi madre mientras ojeaba las fotos—. Tu padre lo ha hecho bien.

Yo no conocía a ninguna de las personas fotografiadas. La mayoría tampoco había conocido a Nana, pero algunas afirmaban que podían recordarlo de bebé.

Cuando el Hombre Chin Chin llamó para preguntarnos si habíamos recibido las fotos, hablé con él unos minutos.

—¿Qué le contaste a la gente? —le pregunté.

—¿A qué te refieres?

—A cómo murió Nana. ¿Qué les contaste? ¿Qué le contaste a tu mujer?

Él hizo una pausa y yo observé su foto, aguardando la respuesta.

—Dije que estaba enfermo. Dije que estaba enfermo. ¿Acaso no es cierto?

Ni siquiera le pasé el teléfono a mi madre. Colgué, simplemente. Sabía que ella le devolvería la llamada y que ambos hablarían de mí en susurros antes de comentar cada detalle del funeral. Qué platos se habían servido, qué canciones se habían interpretado, qué bailes se habían bailado.

—No me gusta que le faltes al respeto a tu padre —me dijo mi madre más tarde ese mismo día.

Ella llevaba dos semanas sin ir a trabajar y para mí era extraño verla en casa a todas horas, haciendo tareas cotidianas, entrando en mi habitación para soltarme algún reproche como los que recibían los niños estadounidenses que aparecían en la televisión. En aquellas primeras semanas después de la muerte de Nana, antes de que mi madre se viniera abajo, yo sentía como si estuviera viviendo la misma vida, pero al revés, hacia atrás. Alguien que no nos conociera habría pensado que todo era normal, pero ¿cuándo había estado en casa mi madre, despierta, hablándome a las tres de la tarde?

—Lo siento —respondí.

—Asistió mucha gente al funeral.

—Ya me lo has dicho.

Me lanzó una mirada de advertencia y me paró los pies. Las cosas no habían cambiado tanto como para que yo pudiera empezar a tratar a mi madre con la insolencia típica de las preadolescentes estadounidenses.

—¿Te habría gustado estar allí? —le pregunté, cambiando de actitud.

—¿En Ghana? No. Nana no lo habría querido.

Se quedó apoyada contra el marco de la puerta unos instantes más. En aquellos días, y todavía hoy, siempre me preguntaba cómo podía consolarla. ¿Debería haberme levantado para abrazarla contra su voluntad? Me dijo que se iba a tomar un zolpidem. Salió de la habitación y alcancé a oírla moviendo cosas en el baño en busca de los somníferos a los que se había acostumbrado tras tantos años trabajando en el turno de noche. Oí cómo se metía en la cama. Qué poco sabía yo.

El zolpidem la trastornaba. Tomaba una pastilla, pero no se quedaba dormida de inmediato, así que se ponía a dar vueltas por la casa, buscando pelea. En una ocasión me encontró en la cocina preparándome un sándwich de mantequilla de cacahuete y me dijo:

—Ya sabes que después de Nana yo no quería tener más hijos. —Después de tomarse el zolpidem hablaba lento, arrastrando las palabras—. Yo sólo quería a Nana. Y ahora sólo te tengo a ti.

Sé cómo suena que una madre diga algo así. Pronunció esa frase y luego subió como si tal cosa a su dormitorio. Pocos minutos más tarde, oí sus ronquidos. Lo que había dicho me había herido, pero sabía a qué se refería. La entendía y la perdonaba. Yo también sólo quería a Nana, pero sólo tenía a mi madre.

Cada vez que despertaba de ese sueño inducido por el fármaco parecía frenética, como una mujer a la que hubieran abandonado en alguna isla desierta y le hubieran dicho que sólo disponía de una hora para encontrar agua. Tenía una mirada salvaje, con las pupilas dando vueltas a toda velocidad, buscando, buscando. Mientras la observaba, me sentía como una domadora de leones o una encantadora de serpientes. «Alto ahí», pensaba yo, mientras ella se deslizaba lentamente de vuelta a la realidad.

—¿Dónde estoy? —preguntó un día.

—Estás en casa. En tu casa de Huntsville —respondí. Ella negó con la cabeza y sus ojos dejaron de buscar. En cambio, me descubrieron a mí, descubrieron mis carencias.

—No —dijo, y luego, todavía más fuerte—: No.

Volvió a subir, se metió en la cama. Ése fue el principio.

40

Mi madre en la cama a los cincuenta y dos. Mi madre en la cama a los sesenta y ocho. Cuando coloco las dos imágenes una al lado de la otra, buscando las diferencias, al principio parecen pocas: estaba más vieja, más delgada, más arrugada. A su pelo, que había tardado en encanecer, le empezaban a brotar aquí y allá algunas hebras plateadas. Esas diferencias eran sutiles, aunque estaban presentes. Más difícil de distinguir: yo a los once, perdida; yo a los veintiocho, todavía igual.

El zolpidem es un fármaco pensado sólo para breves períodos de tiempo. Es un fármaco para los que trabajan en turnos diferentes, para los que han perdido el ritmo circadiano hace mucho, pero también lo utilizan quienes quieren conciliar el sueño con más facilidad. Pertenece al grupo de los hipnóticos y, aquel primer día en que no conseguí que mi madre se levantara de la cama, me dije que la hipnosis, sencillamente, había funcionado demasiado bien.

Desde el funeral de Nana, yo había dejado de asistir a la iglesia y, el primer día en que mi madre entró en un sueño profundo, me planteé también faltar a clase. Por lo que recuerdo, aquélla fue la única vez en mi vida que no quise ir al colegio, pues si bien odiaba eso de relacionarme con mis compañeros, las clases en sí me encantaban. Me encantaban las aulas y, especialmente, me encantaba la biblioteca, con olor a humedad y a viejo.

Cuando vi que mi madre no se levantaba, me dije que ya pensaría luego qué hacer y salí andando hacia el colegio.

—¿Te encuentras bien, Gifty? —me preguntó la señora Greer, la bibliotecaria, cuando me sorprendió entre las estanterías.

Yo estaba debajo del aire acondicionado, esperando que la ráfaga glacial me secara el sudor de la caminata. Había supuesto que no encontraría a nadie en la biblioteca tan temprano. Incluso la señora Greer acostumbraba a llegar un poco más tarde. Los días en que me adelantaba y me ponía a hojear los libros, ella aparecía con una enorme Coca-Cola light en la mano y, sonriendo avergonzada, encendía los ordenadores del sistema de préstamos. Nuestra bibliotecaria siempre estaba pensando en cómo convertir la lectura en un hábito divertido y moderno para los jóvenes. El problema era que se lo decía a los propios estudiantes —«Convirtamos la lectura en un hábito divertido y moderno para vosotros, jóvenes»—, por lo que sus planes nunca darían resultado.

A mí no me importaba que la bibliotecaria no fuera ni divertida ni moderna. Me caía bien la señora Greer, con su adicción a los refrescos y su devoción por las permanentes de los ochenta. De hecho, si aquel año hubiera querido hablar con alguien del colegio, alguien que se hubiera interesado sinceramente por los problemas que yo tenía en casa, que hubiera escuchado mis preocupaciones y hubiera encontrado la manera de ayudarme, esa persona habría sido la señora Greer.

—Estoy bien —le dije y tan pronto la mentira salió de mis labios supe que iba a cuidar a mi madre yo sola. La atendería hasta que recuperara la salud, con la pura fuerza de voluntad de mis once años. No la perdería.

Mi madre a los sesenta y ocho y yo a los veintiocho. Katherine empezó a dejarse caer por mi oficina: me traía galletas, pasteles, pan recién hecho, tartas de frutas que había preparado al horno. Se sentaba en un rincón del despacho e insistía en que nos zampáramos de inmediato lo que fuera que hubiese traído aquel día, aunque yo estuviera enfrascada en la escritura; ésa era mi excusa habitual, si bien casi nunca era cierta. «Es la primera vez que pruebo esta receta —decía Katherine, restando importancia a mis débiles protestas—. A ver si me ha salido bien.»

Siempre le salía bien. En cuanto al motivo de sus visitas, no es que mintiera, sino que no me decía toda la verdad. Esos dulces caseros eran su forma de darme a entender que estaba a mi disposición si la necesitaba. Yo aún no estaba preparada para necesitarla, pero me comía todo lo que traía, lo que sobraba lo llevaba a casa y, para mi gran alegría, mi madre también comía algo. Cuando Katherine volvía, yo le decía: «Creo que a mi madre le gustó mucho la tarta de limón», y al día siguiente aparecía una nueva tarta de limón en mi taquilla, envuelta en celofán y atada con cintas, con un aspecto tan profesional que empecé a llamarlas para mí «Las Tartas de Kathy», con mayúsculas y todo, como si hubiera montado una pastelería ella sola. No sé de dónde sacaba el tiempo.

• • •

Durante la primera semana que mi madre pasó confinada en el dormitorio, yo volvía corriendo del colegio. Cada tarde era igual; le tocaba el brazo y ella murmuraba unas palabras lo bastante fuerte como para convencerme de que seguía viva. Le preparaba sándwiches de mantequilla de cacahuete y mermelada y, horas más tarde, cuando los encontraba intactos, los arrojaba a la basura y fregaba los platos. Limpiaba todo lo que se me ocurría que debía limpiar: el baño, el garaje, su dormitorio y el mío. Jamás entraba en la habitación de Nana. En cambio, sacaba a rastras la vaporeta de los rincones más profundos del armario y la pasaba por la alfombra de la sala, vaciando una y otra vez el agua grisácea en la bañera. Me tranquilizaba ver cómo toda la suciedad desaparecía por el desagüe, y que cada vez el agua era más limpia. Yo quería que mi vida se asemejara a ese proceso. Quería que mi madre y yo saliéramos de esa difícil etapa limpias y libres.

Estaba acostumbrada a estar sola en casa, pero eso, esa soledad de pega, era mucho peor que cualquier otra que hubiera sufrido antes. Saber que mi madre estaba en casa, saber que no podía, que no quería, levantarse de la cama para estar conmigo, para acompañarme en mi tristeza, me enfadaba y mi enfado hacía que me sintiera culpable, y así sucesivamente, en un bucle terrible. Para combatirlo, encendía la televisión cuando llegaba a casa por la tarde y no la apagaba hasta que me marchaba por la mañana. Quería que mi madre la oyera, que saliera de su dormitorio y se quejara a voz en grito de la electricidad que estaba desperdiciando. Quería que me recordara cuánto pagaba de luz cada mes, hasta el último céntimo, cuánto dinero le costaba mi vida, la vida de esa hija que jamás había querido tener.

—No dejes que se escape el frío —me decía cuando me pillaba con la nevera abierta durante demasiado tiempo, esperando que esa cosa todavía desconocida que me apetecía comer se me revelara por arte de magia—. ¿Sabes cuánto pago de luz? De modo que, mientras ella seguía en la cama, yo dejaba la televisión encendida. Dejaba que el frío se escapara.

Han llamó a la puerta de mi despacho.

—Pasa —dije.

Poco antes Kathy me había traído una de sus tartas, que había quedado allí, sobre el escritorio, primorosamente envuelta, tentándome.

—Voy a Philz a por un café. ¿Quieres que te traiga algo?

—Ay, gracias, Han —respondí—. En realidad, me voy a ir a casa pronto.

—Vaya, ¿así que Gifty se va a tomar el resto del día libre? —dijo—. ¿Qué se celebra?

Tragué saliva.

—Mi madre está en la ciudad —le expliqué—. Se me había ocurrido que podría comer con ella esta tarta de fresas que ha preparado Katherine.

Sabía que aquello era pensamiento mágico, aunque pronunciarlo en voz alta me hacía sentir bien: mi madre y yo sentadas en mi balconcito, con dos tenedores y una generosa porción de tarta.

—Hasta mañana, pues —dijo Han y yo recogí mis cosas y me fui en coche a casa.

Cuando llegué, deposité la Tarta de Kathy en la mesita de noche de mi madre y cogí la Biblia. Empecé a leerle pasajes del Evangelio según san Juan. Era su evangelio preferido; también el mío hacía una eternidad. Quería leerle la parte de Lázaro, ese hombre de Betania a quien Jesús había resucitado de entre los muertos.

Incluso de niña, ese milagro siempre me había parecido una exageración, un acontecimiento demasiado milagroso en un libro lleno de sucesos milagrosos. David y Goliat, Daniel y la cueva de los leones, incluso Jonás y la ballena me resultaban admisibles, pero que Lázaro, un hombre que llevaba cuatro días muerto, regresara a la vida cuando Jesús le gritó «¡Ven fuera!», era demasiado. No es que pensara que Jesús no podía hacer semejante cosa. El problema era que no entendía por qué querría hacerlo. Había pasado una pascua tras otra de mi infancia con un vestido de tonos pastel y zapatos blancos de charol cantando a voz en cuello «Él ha resucitaaaado, ÉL HA RESUCITAAAADO Y VIVE POR LOS SIGLOS DE LOS SIGLOS», celebrando con entusiasmo la resurrección de un hombre al que la muerte no había podido dominar. Entonces ¿cómo interpretar que hiciera salir a Lázaro del sepulcro? ¿Por qué Jesús querría ceder su exclusividad en ese sentido, y por qué no cantábamos canciones dedicadas a Lázaro, ese hombre que Dios consideró que merecía volver a vivir?

«Nuestro amigo Lázaro duerme; mas voy para despertarle», leí, pero mi madre no se movió. Guardé la Biblia y volví a la cocina para prepararme un té. Lázaro siempre me hace pensar en lo que significa estar vivo, lo que significa participar en el mundo, estar despierto. Cuando era pequeña, me preguntaba cuánto tiempo había vivido Lázaro después de morir. ¿Continuaría entre nosotros? ¿Sería un vejestorio, un vampiro, el último milagro que quedaba en pie? Quería que hubiera un libro entero en la Biblia dedicado a él y a lo que había sentido al ser el destinatario de esa extraña y asombrosa gracia de Dios. Me preguntaba si sería el mismo hombre que había sido antes de engañar a la muerte o si había cambiado para siempre, y me preguntaba cuánto tiempo significaba ese «para siempre» para un hombre que una vez había estado dormido.

Visto en retrospectiva, me doy cuenta de lo fácil que era psicoanalizarme. Removí el té, pensé en Katherine, pensé en Lázaro y actué como si fuera mi propia terapeuta, admitiendo el tópico que suponía haber escogido el Evangelio según san Juan, y a Lázaro, para ese momento particular de mi vida.

—¿Crees en el Evangelio de Jesucristo como prueba del Espíritu Santo? —me pregunté a mí misma, riéndome sola en la cocina. No me molesté en responderme.

Bennett y Hacker, en *Philosophical Foundations of Neuroscience*, escriben:

Lo que [la neurociencia] no puede hacer es sustituir por explicaciones neurológicas la amplia gama de explicaciones psicológicas corrientes de las actividades humanas en términos de razones, intenciones, propósitos, objetivos, valores, reglas y convenciones. [...] Puesto que carece de sentido adscribir esos atributos psicológicos a cualquier cosa que sea inferior al animal como un todo. Es el animal quien percibe, no partes de su cerebro, y son los seres humanos los que piensan y razonan, no sus cerebros. El cerebro y sus actividades hacen posible que nosotros —no él— percibamos y pensemos, que experimentemos emociones y que creemos y desarrollemos proyectos.

Si bien había numerosos cursos sobre «la mente y la filosofía» o «la filosofía y la psicología» en mi época de estudiante de grado, eran más bien escasos los que relacionaban la filosofía y la neurociencia. El libro de Bennett y Hacker me lo recomendó el tercer año de la universidad Fred, un ayudante de cátedra que una vez me había calificado de «irritante y nada tradicional»; creo que con ello quería decirme que hacía demasiadas preguntas inoportunas. Estoy bastante segura de que me dio el libro para quitárseme de encima, si no para siempre, al menos durante el tiempo que tardara en leerlo. Yo jamás había pensado que mis preguntas científicas, mis preguntas religiosas, fueran preguntas filosóficas, pero aun así me dirigí a la sala común de la residencia universitaria, abrí el libro y lo leí hasta que los ojos se me empañaron del agotamiento. A la semana siguiente, regresé al despacho de Fred.

—Sé que la psicología y la neurociencia tienen que actuar conjuntamente si queremos analizar todo el espectro del comportamiento humano, y la verdad es que me encanta la idea del animal como un todo, pero creo que mi pregunta es: si el cerebro no explica cosas como la razón y la emoción, entonces ¿qué lo explica? Si el cerebro hace posible que «nosotros» pensemos y sintamos, entonces ¿qué somos «nosotros»? ¿Tú crees en el alma?

Había llegado sin aliento. El despacho de Fred estaba a un buen paseo del aula de mi clase anterior y había corrido para pillarlo antes de que se fuera a comer.

—Gifty, en realidad no he leído el libro. Sólo se me ocurrió que podría interesarte.

—Ah.

—Pero le echaré una ojeada si quieres que hablemos de él —ofreció.

234

—No te preocupes —respondí alejándome de él—. ¿Quieres que cierre la puerta o la dejo abierta?

Tomé el camino más largo para volver a casa, mientras me preguntaba si sería demasiado tarde para ponerme a estudiar medicina. Por lo menos podría mirar un cuerpo y ver un cuerpo, mirar un cerebro y ver un cerebro, no un misterio irresoluble, no un «nosotros» inexplicable. Todos mis años de cristianismo pensando en el corazón, el alma y la mente con que las Escrituras nos ordenan que amemos al Señor me habían preparado para creer en el gran misterio de la existencia, pero cuanto más cerca estaba de descubrirlo, más se alejaban los objetos. El hecho de que pueda localizar la parte del cerebro donde se almacenan los recuerdos sólo responde la pregunta de dónde y tal vez la de cómo. De poco sirve para responder la de por qué. Y siempre estaba, y estoy, turbada.

Esto es algo que jamás reconocería en una conferencia o en una presentación ni, líbreme Dios, en un artículo académico, pero, en determinado punto, la ciencia falla. Las preguntas se convierten en suposiciones que se convierten en ideas filosóficas sobre cómo algo, probablemente, quizá, debería ser. De niña vivía rodeada de personas que desconfiaban de la ciencia, que la consideraban un ingenioso truco para quitarle la fe a la gente, y me he educado entre científicos y legos, bastante parecidos entre sí, que hablaban de la religión como si fuera una muleta para los tontos y los débiles, una manera de ensalzar las virtudes de un Dios más improbable que la existencia humana. Sin embargo, esta tensión —la idea de que uno se ve obligado a escoger entre la ciencia y la religión— es falsa. Antes miraba el mundo a través de la lente de Dios y, cuando esa lente se empañó, me volqué en la ciencia. Ambas se convirtieron para mí en formas valiosas de ver, pero a la larga ninguna de las dos consiguió cumplir plenamente su cometido: aclarar, dar sentido a las cosas.

—No hablas en serio —me dijo Anne aquel día en ciencias integradas cuando le revelé que había sido una friki de Jesús.

Durante toda nuestra amistad predicó un evangelio creado por ella con el que pretendía que yo renegara de mis creencias. Para eso no necesitaba su ayuda; llevaba muchos años haciendo ese trabajo por mi cuenta.

—¿Crees en la evolución? —me preguntó un soleado día de primavera.

Habíamos tendido un par de mantas de pícnic sobre el césped para estudiar al aire libre. Era una de las épocas más felices de mi vida. Y, aunque discutíamos constantemente y aunque nuestra amistad no duraría mucho más tiempo, ella me conocía mejor de lo que nadie me había conocido hasta entonces. Ni siquiera mi madre, carne de mi carne, me había visto nunca como me veía Anne. Sólo Nana me había conocido mejor.

—Por supuesto que creo en la evolución —respondí.

—Vale, pero ¿cómo puedes creer en la evolución y en Dios al mismo tiempo? El creacionismo y la evolución son diametralmente opuestos.

Arranqué una flor y empecé a aplastar sus pétalos, manchándome los dedos con su pigmento amarillo, y luego le enseñé ese color a Anne como si fuera un don.

—Creo que estamos hechos de polvo de estrellas y que las estrellas las creó Dios.

Soplé y el polvo amarillo se dispersó en el aire, llegando al pelo de Anne, y ella me miró como si yo estuviera loca, y me vio.

• • •

No sé por qué Jesús quiso que Lázaro se levantara de entre los muertos, pero tampoco sé por qué algunos ratones dejan de presionar la palanca y otros no. Puede que esta equivalencia sea falsa, pero se trata de dos preguntas que han surgido en mi mente, que es una y única, en un momento u otro de mi vida y, por lo tanto, las dos preguntas tienen valor para mí.

Los días posteriores a la muerte de Nana apenas pensé en Lázaro. Por entonces ya había dejado de creer en los milagros, pero aún me parecía que valía la pena esperar milagros pequeños, milagros cotidianos, como que mi madre se levantara de la cama.

—Por favor, levántate —le decía cada mañana antes de salir hacia el colegio, sacudiéndole vigorosamente el brazo, el torso, las piernas, hasta que ella emitía algún sonido, algún gesto que me tranquilizaba, que me permitía creer que tal vez, sólo tal vez, aquél sería el día.

Había perdido su trabajo, aunque yo no lo sabía. La empresa de asistencia a domicilio había llamado unas cien veces, si no más, pero dejé de coger el teléfono. Me aferraba a mi rutina, como si eso pudiera salvarme, hasta que un martes, cuando ya había pasado una semana y media, entré en la habitación de mi madre y encontré la cama vacía.

Temí que el corazón fuera a salírseme del pecho. Lo había logrado. Al igual que Jesús, había conseguido que una mujer se levantara. Fui a buscarla a la sala, a la cocina. Su coche seguía aparcado en el garaje, y cuando vi el pequeño Camry color habano, con sus faros como ojos escrutándome el alma, comprendí el grave error que había cometido. Volví corriendo al dormitorio de mi madre, abrí la puerta del baño y la encontré dentro de la bañera con un frasco vacío de zolpidem sobre el lavabo.

No quería ver a ningún policía nunca más, así que llamé al pastor John.

—Más despacio, cariño —dijo él y luego entró en pánico—. Dios mío, Dios mío. Espera allí.

La ambulancia llegó antes que el pastor. Los paramédicos alzaron a mi madre y la depositaron sobre la camilla. Ella no podía mirarme; sólo se limitaba a decir «Lo siento» y «Debería haberle dejado que se lo llevara».

—¿Qué? —pregunté—. ¿A quién?

—Él quería llevarse a Nana a Ghana y me negué. Oh, Awurade, ¿por qué, por qué no le dejé que se lo llevara?

El pastor John entró cuando estaban trasladando a mi madre. Salimos de la casa detrás de la camilla y apenas presté atención cuando los paramédicos le dieron a él las instrucciones. Cerré los ojos con fuerza, con tanta fuerza que empecé a sentir la tensión en la frente. Lloré y recé.

41

El pastor John vivía en una casa de color amarillo vivo a unas tres manzanas de la iglesia de las Primeras Asambleas de Dios. En la casa había dos dormitorios vacíos porque sus hijos mayores se habían marchado a otras iglesias de Alabama para convertirse a su vez en pastores de jóvenes o líderes de adoración. Yo me alojaba en el cuarto del hijo mayor, mientras Mary, su hija, estaba en casa de una tía. Todavía no estoy segura de por qué habían mandado a Mary a otro sitio; a lo mejor pensaron que la desgracia de mi familia era contagiosa.

Mi madre estaba ingresada en el hospital universitario de Birmingham, a una hora y media en coche, pero ella no quería que la viera allí postrada, de modo que, pese a mis súplicas, el pastor John y su esposa Lisa jamás me llevaron. Así que me instalé en la habitación de Billy. Iba andando a la escuela. Hablaba lo menos posible y me negaba a asistir a la iglesia los domingos.

—Estoy segura de que a tu mamá le gustaría que oraras por ella este domingo —insistía Lisa.

La noche que llegué, me preguntó cuál era mi comida favorita. No tuve tiempo de pensar la respuesta y contesté que espaguetis con albóndigas, un plato que había probado apenas en un puñado de ocasiones porque nosotros comíamos fuera muy pocas veces y mi madre sólo cocinaba recetas ghanesas. Aquella noche, Lisa preparó una gran cantidad de espaguetis con albóndigas y los tres comimos casi en silencio.

—No voy a ir a la iglesia —dije.

—Sé que estás pasando por un momento muy difícil, Gifty, pero recuerda que Dios nunca nos da más de lo que podemos soportar. Tu madre y tú sois guerreras de Cristo. Lo superaréis.

Me metí una albóndiga entera en la boca y mastiqué muy despacio para no tener que responderle.

Mi madre estuvo ingresada en el hospital universitario dos semanas, y dos semanas me quedé yo en casa del pastor John, evitándolos a él y a su mujer todo lo que pude y comiendo albóndigas frías de la nevera cada vez que estaba sola en la cocina. Al final de esas dos semanas, apareció mi madre. Yo había supuesto que la vería distinta, tal vez un poco más trastornada, más viva, pero estaba como antes: igual de cansada, igual de triste. Les dio las gracias al pastor John y a Lisa; a mí no me dijo ni una palabra. Volvimos a casa en silencio y cuando entramos en el garaje, nos quedamos allí sentadas un segundo, con el motor del coche en marcha.

—Lo siento —dijo mi madre.

No estaba habituada a oírla disculparse, y ésa era la segunda vez que lo hacía ese mes. Me sentí como si estuviera en el coche con una desconocida, una alienígena de un planeta que yo no tenía ganas de visitar. Mantuve la cabeza gacha. Clavé los ojos en mi regazo, como si allí estuvieran ubicados todos los misterios del mundo. Mi madre me cogió del mentón y me obligó a mirarla a los ojos.

—Nunca más.

Cuando volvimos a casa desde la del pastor John, no le quité ojo. No subió a su dormitorio, sino que se sentó a la mesa del comedor, apoyó los codos y dejó caer la cabeza entre las manos. Yo me quedé junto a la puerta, recelosa. Los últimos dos años había aprendido que los estados de calma no duran. Los breves períodos de sobriedad de Nana en el páramo de su adicción no habían sido sino un truco para que me relajara y creyera que serían permanentes. Mi madre no se había metido en la cama, pero yo no me dejaría engañar: sabía reconocer un páramo cuando lo veía.

—Gifty, estoy enferma. Necesito que reces por mí —dijo.

No respondí. Permanecí junto a la puerta, observándola. Ella me hablaba sin mirarme. Yo sabía que estaba avergonzada, que estaba sufriendo, y quería que siguiera así.

—Te he comprado un billete de avión para ir a Ghana. Te irás allí cuando terminen las clases, así yo podré centrarme en ponerme bien.

—No —dije y ella volvió la cabeza hacia mí bruscamente y me miró a los ojos.

—No lo hagas tú también —respondió en twi—. No empieces a contestarme ni a ponerte difícil.

—No quiero ir —susurré—. Puedo ayudarte a recuperarte. Seré buena. Rezaré. Volveré a la iglesia.

Ella se pasó la mano por la cara y negó con la cabeza.

—Puedes asistir a la iglesia en Ghana. Tengo que librar una guerra espiritual. Tú serás mi guerrera, ¿verdad que sí?

Y eso fue lo último que dijo: «Tú serás mi guerrera, ¿verdad que sí?» Y lo dijo en un tono tan empalagoso que caí en la cuenta de que no era la misma mujer que antes llamaba «madre». Aquella mujer ya no regresaría.

El verano que fui a Ghana fue el verano que descubrí que tenía una tía. El Hombre Chin Chin no paraba de mencionar a las personas y cosas que había dejado en Ghana, pero mi madre casi nunca hablaba del pasado. En mis recuerdos, ella siempre está saliendo a toda prisa por la puerta, demasiado ocupada, demasiado cansada, para responder mis incesantes preguntas.

«¿Cómo se llama tu madre?»

«¿Cuántos hermanos tienes?»

«¿Dónde naciste?»

Siempre me daba la callada por respuesta. Y luego Nana murió y me encontré en un avión, rumbo a un país en el que jamás había estado. Cuando llegué, no fue mi padre quien vino a recibirme, sino una mujer pechugona y parlanchina que tenía la misma cara que mi madre.

Lo primero que hizo mi tía Joyce cuando me vio fue inspeccionarme el brazo, levantándolo y dejándolo caer nuevamente. Más tarde la vi hacer eso mismo con un pollo en el mercado, evaluando cuánto estaba dispuesta a pagar por la carne a partir de la robustez del ala, del peso de la pata.

—Estás demasiado flaca —me dijo—. En eso has salido a tu padre, como puedes ver.

Para demostrarlo, se levantó la camiseta, se agarró un michelín de la barriga y lo sacudió. Me dio mucha vergüenza que montara ese número en medio de la atestada terminal. Tenía el ombligo hacia fuera, algo que yo nunca antes había visto, y me sentí como si estuviera enseñándome una cola vestigial. Deseé que mi madre se levantara de la cama, divisara con el ojo de su mente ese

242

ombligo convexo que destellaba como si se tratara de una diana resplandeciente, y viniera a buscarme. Deseé que nadie hiciera comentarios acerca de lo delgados que eran mis brazos. Deseé que mi hermano estuviera allí conmigo.

Una vez fuera del aeropuerto, la tía Joyce llamó con señas a un hombre que vendía *koko* en bolsas. Compró dos para mí y una para ella.

—Come —me ordenó, como si hubiera decidido iniciar en ese mismo instante el proceso de cebarme.

Sorbí las gachas del plástico, conteniéndome para no llorar, mientras mi tía, esa desconocida, me observaba. Ella no apartó la mirada ni dejó de hablar hasta que vacié las dos bolsas hasta la última gota.

—Tu madre siempre pensaba que era mejor que nosotros, pero ya ves tú —dijo, escrutándome con las cejas enarcadas.

¿Qué se suponía que debía ver? ¿Mi cuerpo demasiado flaco? ¿El hecho de que yo estuviera en Ghana? O tal vez a mi madre, cuyo rostro no pude ver claramente aquel verano. Por más que lo intentaba, no conseguía imaginar su cara. Mi tía Joyce y yo nos quedamos sentadas delante del aeropuerto durante una hora, mientras ella me contaba una historia tras otra de mi madre, pero lo único que yo podía imaginar era la curva descendente de una espalda de mujer.

42

—Ninguna arma forjada contra mí prosperará. He dicho que NINGUNA ARMA. FORJADA CONTRA MÍ. PROSPERARÁ. El pastor de la mayor iglesia pentecostal de Kumasi iba y venía por el altar dando fuertes pisotones, como si sus pies fueran signos de exclamación. Él gritaba y un coro de amenes y aleluyas inundaba el templo. Una mujer se desplomó imbuida del Espíritu Santo y otra corrió a abanicarla, mientras gritaba «¡Gracias, Jesús!», al tiempo que su pañuelo blanco revoloteaba como un ave sobre el cuerpo de la mujer caída. Yo estaba sentada en el primer banco junto a la tía Joyce, quien de cuando en cuando hacía gestos de asentimiento hacia el pastor, y exclamaba «¡Ajá! ¡Así es!», como si ambos estuvieran manteniendo una conversación privada, en lugar de encontrarse en el sofocante templo de una iglesia evangélica carismática de Kumasi, rodeados de cientos de feligreses.

Estábamos librando una guerra espiritual. O, al menos, eso hacían los demás. Yo me derretía bajo aquel sol dominical, viendo cómo se formaban gotas de sudor en mis brazos. Cada vez que el pastor golpeaba el suelo con los pies, del pelo le salían despedidas gotas de sudor, con las que bautizaba a los que estábamos en la primera fila. Cada vez que me caían encima esas gotitas sentía asco, pero luego recordaba que unos años antes había anhelado que me bautizaran en agua y me entraba la risa. Mi risa no habría pegado nada con el mensaje del pastor.

—Estamos rodeados de demonios —afirmaba él—. Hay demonios que han tratado de quitarnos a nuestros hijos. En el nombre de Jesús, los expulsamos.

La mujer que estaba a mi izquierda se llevaba las manos al pecho, al estómago, a las piernas, antes de extenderlas hacia delante. Su rostro, tan intenso que casi parecía enfadada, me revelaba todo lo que yo necesitaba saber: que estaba poseída por demonios y que era menester expulsarlos.

Esto no era la iglesia de las Primeras Asambleas de Dios de Huntsville, Alabama. No era el evangelismo que yo conocía. Comparado con el estruendo ensordecedor de esa ceremonia, los oficios religiosos de mi infancia sonaban como el canto amortiguado y tímido de un coro infantil. Yo nunca había oído al pastor John hablar acerca de demonios y brujas como criaturas vivitas y coleando, en cambio este pastor parecía que estuviera viéndolos sentados entre nosotros. Mi madre se había criado en una iglesia como ésta, pero no había regresado a Ghana para combatir en la guerra espiritual. Me había enviado a mí, como una especie de emisario. Allí sentada, mientras me iba derritiendo y formando un charco bajo mis pies, imaginé a mi madre como la había dejado, y me di cuenta de que si su propia fe —una cosa viva, que respiraba— no podía salvarla, entonces mi pequeña aportación no serviría de nada.

La tía Joyce y yo cogimos un taxi para volver a casa. Bajé las ventanillas para refrescarme con el aire.

—Qué ceremonia tan poderosa —dijo la tía Joyce—. Muy poderosa.

Miré por la ventanilla y pensé en lo mucho que a Nana le habría gustado estar allí. Ver ese país nuestro y ayudarme a gestionar los complicados sentimientos que me causaba.

—Muy poderosa —respondí.

Ella sonrió y me cogió la mano.

—No te preocupes. Tu madre volverá a sentirse bien muy pronto.

Aquel verano en Ghana aprendí a amasar *fufu*, aprendí a regatear en el mercado, me acostumbré a los baños con cubos de agua fría, sacudí palmeras para recoger los cocos. Compilé una Enciclopedia de Conocimientos que No Me Interesaban, a la espera del día en que mi madre me llamara para que pudiera regresar a Estados Unidos y olvidar todo lo que había aprendido. Una semana se convirtió en dos y a continuación en tres. A medida que pasaba el tiempo, empecé a pensar que probablemente terminaría siguiendo los pasos del Hombre Chin Chin y me perdería en este país, mi familia me perdería.

—¿Dónde está mi padre? —le pregunté un día a la tía Joyce.

Ya llevaba allí un mes y ella aún no lo había mencionado ni una sola vez. Puede que la tía Joyce hubiera estado esperando ese momento, pero no lo había dejado traslucir.

—Vive en la ciudad. Lo he visto algunas veces en Kejetia, pero ya no viene a mi puesto tan a menudo. Me parece que ni siquiera va a la iglesia —añadió frunciendo la nariz, como si hubiera olido algo podrido.

Sin embargo, la dejadez de mi padre respecto de su asistencia a la iglesia olía a rosas en comparación con el hedor que desprendían sus otras felonías.

—¿Puedo verlo? —pregunté y, unos minutos más tarde, nos subimos a un taxi.

El Hombre Chin Chin vivía en Tanoso, en el desvío hacia Sunyani, no lejos de la escuela secundaria Yaa Asantewaa. Tenía una casa de un tamaño modesto, color rojo ladrillo, con una verja alta e imponente. Cuando la tía Joyce y yo nos aproximamos a la casa, cinco perros o más corrieron a la verja, entre ladridos amenazadores. Me quedé mirándolos entre los resquicios de la valla, manteniéndome a distancia de sus rabiosas mandíbulas, mientras la tía Joyce llamaba al timbre. Lo pulsó dos, tres veces, y desde donde nos encontrábamos oímos su agudo chirrido dentro de la casa.

—¿Dónde está este hombre? —dijo mi tía mientras volvía a pulsar el botón.

Por fin apareció una mujer que tranquilizó a los perros y abrió la verja. Durante el minuto siguiente ella y la tía Joyce hablaron en twi tan rápido que no entendí una sola palabra.

—Gifty, ésta es la esposa de tu padre —dijo la tía Joyce.

La mujer se volvió hacia mí y sonrió.

—Pasad, pasad —nos invitó, y entramos en la casa.

El Hombre Chin Chin nos aguardaba en la sala, se puso de pie tan pronto entramos y se acercó hacia mí con los brazos abiertos.

—Eh, Gifty, cómo has crecido —dijo.

No pude abrazarlo. No soportaba oír su voz, que durante la mayor parte de mi vida me había llegado de una forma incorpórea, a través de corrientes eléctricas. Y ahora esa misma voz estaba allí, saliendo de una boca encajada en una cabeza que descansaba sobre un cuerpo larguirucho, delgado y musculoso. El cuerpo de Nana.

—¿No sabías que estaba aquí? —le pregunté.

Él bajó los brazos y los ojos. Se aclaró la garganta para hablar, pero yo no había terminado.

—Ha intentado matarse, ¿lo sabías? Casi se muere y luego me obligó a venir y tú has sabido todo este tiempo que yo estaba aquí, ¿verdad?

Su esposa interfirió en la conversación para ofrecernos bebida y comida. Aunque me habían explicado que rechazar la hospitalidad ghanesa era una grosería, dije que no quería nada y me quedé sentada, enfurruñada y en completo silencio, durante una hora, mientras el Hombre Chin Chin hablaba.

Cara a cara no enmudecía. Nervioso, con una voz muy alta y entrecortada, contó historias sobre su trabajo, sus amigos, su vida sin nosotros. En ningún momento dijo ni una palabra sobre mi madre ni sobre Nana. No se disculpó y, a esas alturas, yo ya tenía edad suficiente para saber que jamás lo haría.

En el camino de regreso, le pregunté a mi tía si mi padre le había preguntado alguna vez sobre mí o sobre mi madre durante sus visitas a su puesto del mercado.

—Ay, Gifty —dijo mi tía.

—¿Qué?

—*Ofere.*

—¿Y eso qué quiere decir? —le pregunté.

Mi comprensión del twi era bastante limitada, pero la tía Joyce no podía o no quería pronunciar en inglés más de un par de frases al día. Cada vez que yo le pedía que repitiera algo en inglés, respondía que no me esforzaba lo suficiente por entender, o se ponía a señalar todos los errores que según ella mi madre había cometido al educarme.

—No sé cómo se dice en inglés. Tu madre debería haberte enseñado estas cosas —contestó, optando por la segunda respuesta.

Más tarde, llamé a mi madre, como hacía una vez por semana. Ella atendió al teléfono con una alegría falsa en la voz y traté de imaginar en qué habitación de la casa estaría. ¿Llevaría puesto el pijama o ropa para salir a la calle? ¿Habría recuperado su empleo?

—Tu tía quiere decir que él es tímido. Que está avergonzado —me explicó.

—Oh —dije.

Tal vez a Nana le habría importado cómo se sentía el Hombre Chin Chin, pero a mí me tenía sin cuidado. Él era para mí tan extranjero como el idioma, tan extranjero como todas las personas que pasaban a mi lado en Kejetia. Me había sentido más próxima al hombre de las rastas.

—¿Cuándo puedo volver a casa? —le pregunté.

—Pronto —dijo, pero aquella palabra había perdido todo significado.

Se la había oído a mi padre un millón de veces y la consideraba una palabra vacía, una mentira que los padres les decían a sus hijos para tranquilizarlos.

La incapacidad para experimentar placer con cosas que normalmente son placenteras recibe el término psiquiátrico de «anhedonia». Es el síntoma característico de un trastorno depresivo grave, pero también puede tratarse de un indicio de abuso de sustancias, de esquizofrenia o de Parkinson. Oí ese término por primera vez en una sala de conferencias de la universidad y enseguida sufrí una conmoción. Anhedonia era la sensación de «nada» que le impedía a mi madre levantarse de la cama.

Desde un punto de vista profesional, la anhedonia me resulta relevante porque me interesa el comportamiento de búsqueda de recompensa, pero en lo personal jamás la he experimentado en el mismo grado que los sujetos de mis experimentos. Es tan sólo un síntoma, lo que, por supuesto, implica que la causa es otra cosa. Esa causa me interesa en tanto que se relaciona con una enfermedad psiquiátrica, aunque yo examino tan sólo un elemento, una parte de la historia.

Sé muy bien cómo se ve mi familia sobre el papel. Y sé qué aspecto tiene Nana a vista de pájaro: un inmigrante negro varón miembro de una familia monoparental de clase media baja. La capacidad estresante de cualquiera de esos factores podría bastar para provocar la anhedonia. Si Nana estuviera vivo, si lo convirtiese en objeto de estudio, sería difícil identificar el consumo de drogas como la causa de este elemento específico de su sufrimiento. Sería todavía más difícil identificar la causa del consumo de drogas.

Precisamente lo que se busca averiguar es: ¿por qué hay personas que deciden consumir sustancias? Siempre que hablo de manera informal de mi trabajo, me preguntan por qué los adictos se vuelven adictos. Pronuncian palabras como «voluntad» y «elección» y terminan preguntando: «¿No crees que aparte del cerebro hay algo más?» Cuando argumento que la adicción es una enfermedad, equiparable a la hipertensión o a la diabetes, escuchan con escepticismo, y yo lo entiendo. Lo que en realidad están diciendo es que quizá se divirtieran mucho en el instituto y en la universidad, pero míralos ahora. Han tenido fuerza de voluntad, han tomado las decisiones correctas. Quieren que los tranquilice. Quieren creer que han recibido el suficiente amor, y que han criado a sus hijos lo bastante bien como para que esas cosas que yo investigo jamás de los jamases les ocurran a ellos o a sus familias. Comprendo que tengan ese impulso. También yo he pasado años cavando un foso de buenas obras en un intento de proteger mi castillo. No quiero que me rechacen como hicieron con Nana. Sé que es más fácil decir «Al parecer a los de su clase les gustan las drogas», es más fácil tachar a todos los adictos de malas personas o de débiles de espíritu, que analizar en profundidad la naturaleza de su sufrimiento. Yo también lo hago a veces. Juzgo. Voy por ahí sacando pecho, pertrechada con mis títulos de Stanford y Harvard, como un escudo, y caigo en el mismo pensamiento reduccionista y perezoso que caracteriza a los que consideran que los adictos son personas horribles. Salvo que en mi caso me encuentro al otro lado del foso. Y puedo decir sin temor a equivocarme que no existe en el mundo ningún estudio capaz de analizar la totalidad del animal de mi hermano, capaz de mostrar lo inteligente, amable y generoso que era, sus inmensas ganas de recuperarse, sus inmensas ganas de vivir. Olvidemos por un instante cómo se veía sobre el papel y observémoslo en cambio en su momento de plenitud y belleza. Es cierto que años antes de que muriera, yo le miraba la cara y pensaba «Qué pena, qué desperdicio». Pero ese desperdicio era mío, el desperdicio era lo que me estaba perdiendo cada vez que lo miraba y sólo veía su adicción.

43

Querido Dios:

Hoy La Mamba Negra tenía que trabajar, así que Buzz ha hecho la cena. Me ha preguntado qué tal en clase y cuando le he contado que Lauren se ha reído de mí por llevar ropa de Walmart, me ha dicho: «No te preocupes. Hay un lugar en el infierno que lleva su nombre.» Sé que no está bien que lo haya dicho, pero me ha hecho sentir mejor.

Querido Dios:

¡Feliz Navidad! Anoche en la iglesia montamos un pesebre viviente y yo hice de corderito perdido. No era un papel importante ni nada de eso. Sólo tenía una frase: «He aquí el cordero de Dios.» El resto del tiempo me quedaba sentada en el escenario sin abrir la boca. No era para nada especial, pero cuando llegó el momento de saludar al público, Buzz se puso de pie para aplaudirme.

44

Mientras yo me encontraba en Ghana, mi madre se estaba recuperando en nuestra casa de Alabama. Su anhedonia seguía siendo severa como siempre, pero al parecer su estancia en el pabellón psiquiátrico del hospital universitario había contribuido a aliviarle algunos síntomas. Había dejado de ir a terapia, pero al menos había vuelto a la iglesia. Los domingos yo llamaba al pastor John para suplicarle que me informara sobre su evolución, aunque aparte del aspecto que tenía mi madre ese día, y la ropa que llevaba, poco más podía contarme.

Aquel verano, yo sabía que mi madre tenía que curarse, aunque no entendía de qué. Sólo había oído hablar de la depresión como un sinónimo de tristeza, de modo que jamás la había considerado una enfermedad. «Gifty, estoy enferma», me decía mi madre, y yo sabía que era cierto, pero no entendía ni el cómo ni el porqué de su enfermedad.

Cuando en la universidad estudié las depresiones graves y la anhedonia, empecé a hacerme una idea más clara sobre lo que le pasaba a mi madre. Pocos años después de mi regreso de Ghana, le pedí que me hablara del tiempo que había estado en el hospital universitario y el verano que había pasado sola.

—¿Por qué quieres saberlo? —me preguntó.

—Es para una clase —le mentí.

Mi madre soltó un suspiro de irritación. Últimamente nuestra relación había cambiado; yo no le dejaba eludir mis preguntas, y ella tenía que contarme la verdad. Mi madre aborrecía esos cambios, pero yo ahora tenía más cartas que cuando era pequeña, así que terminaba compartiendo conmigo cosas que jamás habría revelado antes.

—Querían que hablara con el doctor y me daban algunas pastillas para que me las tomara.

—¿Y te las tomabas?

—Sí, las tomaba cuando estaba en el hospital y después las tomé un tiempo mientras tú estabas en Ghana, pero no me servían, así que acabé dejándolas.

—¿Les dijiste que las pastillas no te servían? Se suponía que cuando una medicina no funciona, tienes que decirlo para que puedan ajustar la dosis. Esa medicina no siempre funciona desde el minuto uno. Lo importante es encontrar la combinación correcta de los componentes y las dosis adecuadas. ¿No te explicaron nada de eso?

—Yo no tenía ganas de seguir hablando con ellos. No quería contarles que las pastillas no servían, porque no quería que me dieran descargas.

En ese momento fui yo la que suspiró con irritación.

—Pero me recuperé, ¿no? —insistió ella, y no pude discutírselo, aún no.

Los tratamientos psiquiátricos han avanzado mucho desde la época de las lobotomías. En aquel entonces, en el Lejano Oeste de la neurología y la psicocirugía, se extirpaban los lóbulos frontales con apenas un poco más de circunspección de la que podría mostrarse al realizar una apendicectomía. Eran los tiempos en que los períodos de prueba eran laxos, en los que se experimentaba directamente con pacientes humanos y no se invertían muchos años en repetir siempre el mismo experimento con ratones y ratas. Cuando reflexiono acerca de lo lenta y tediosa que puede ser mi investigación, a veces añoro aquellos tiempos. Pienso que si se me permitiera inyectar en pacientes humanos esa opsina en un virus, tendría la oportunidad de encender esa luz azul y constatar las posibilidades reales de ese experimento, pero el problema es que no se puede transmitir ese haz de luz sin transmitir también el virus. De modo que, si bien es cierto que los miles y miles de pacientes que fueron lobotomizados en algunos casos mejoraron los síntomas que habían mostrado antes, también, y con la misma frecuencia, se convirtieron en poco más que una sombra de lo que habían sido, quedaban abandonados en el páramo de la ciencia deficiente y apresurada y terminaban sentados en charcos de su propia baba. Cuando lo recuerdo, siento gratitud por mi tarea, por lo mucho que tarda, por lo lenta que es.

Las «descargas» a las que se refería mi madre han cambiado mucho desde que empezaron a utilizarse en los años cuarenta y cincuenta. Todos recordamos aquella escena de *Alguien voló sobre el nido del cuco*, de cuando la terapia electroconvulsiva se utilizaba, no como tratamiento para un trastorno psiquiátrico, sino como una especie de control mental. En esa época se aplicaba esta terapia a todo el mundo, desde esquizofrénicos y depresivos que necesitaban atención psiquiátrica, hasta homosexuales y mujeres «histéricas» que ni precisaban ni habían solicitado ningún tratamiento, sino que, simplemente, vivían fuera de los parámetros de lo que la sociedad consideraba «normal». Cuesta sacarse de la cabeza la idea de que obligaron a muchos a corregir algo que nunca había estado mal; cuesta olvidar los primitivos comienzos de esta terapia y defenderla. A mucha gente, como a mi madre, esas «descargas» —el hecho de que se utilicen para provocar convulsiones y tratar así algo que es imposible de ver y, con bastante frecuencia, difícil de aceptar— les parece ir demasiado lejos, pero lo cierto es que la terapia electroconvulsiva puede ser efectiva y lo es. A menudo se utiliza como último recurso y es bastante habitual que se aplique porque la propia paciente lo solicita, en un último intento de escapar de ese oscuro y profundo túnel.

El trabajo que hacemos Katherine y los que estamos interesados en encontrar intervenciones de bioingeniería y neurociencia que sean útiles para tratar los trastornos psiquiátricos tiene que ver en muchos aspectos con ir más allá de ese último recurso, de ese último intento. Cuando volvió a su consulta, Katherine se convirtió en una psiquiatra que sólo aceptaba a pacientes desahuciados, pacientes para los que todo había fallado, incluyendo la muerte. Los estudios de Katherine en Stanford se relacionaban no sólo con la optogenética, sino con mejorar la estimulación del nervio vago, que es un tratamiento para las depresiones y las epilepsias resistentes a los tratamientos. Se trata de implantarle al paciente un minúsculo dispositivo subcutáneo, cerca de la clavícula, que transmite impulsos eléctricos al nervio vago. Es como un cargador para la batería agotada del cuerpo de un paciente con depresión. Lo frustrante de esa tecnología es que, al igual que ocurre con la ECP para la enfermedad de Parkinson, nadie sabe exactamente por qué funciona, sólo que lo hace de forma imperfecta, utilizando electricidad, una técnica que no permite distinguir entre una célula y otra. Si pudiéramos entender mejor esos tratamientos, si pudiéramos realizar intervenciones que afectaran sólo a las neuronas específicas implicadas en cada enfermedad psiquiátrica en particular, entonces quizá podríamos ofrecer algo mejor.

Mi madre se arrastró hasta que logró salir de su oscuro y profundo túnel, pero tal vez esta manera de expresarlo es demasiado imprecisa, tal vez la imagen de arrastrarse sea demasiado forzada para condensar ese incesante y mudo esfuerzo que supone luchar contra la depresión. Tal vez sería más correcto decir que la oscuridad fue disipándose, que el túnel se volvió más estrecho, de modo que empezó a parecerle que sus problemas se encontraban en la superficie, no en lo más hondo del núcleo interno del planeta.

Mi tía me llevó a la iglesia una última vez. Yo no le caía bien al pastor, estaba resentido por mis numerosas negativas a subirme al escenario y a recibir la sanación. En el sermón que pronunció aquel día habló sobre que la tozudez era poco más que un orgullo disfrazado. Clavó la mirada en mí cuando declaró que el orgullo de Occidente residía en su incapacidad para creer de verdad.

—Ayer me contaron un milagro, un milagro que me recordó los milagros sobre los que leemos en este libro sagrado. Nuestra hermana, que está en Estados Unidos, no podía levantarse de la cama, pero por fin lo ha logrado. Alabado sea Dios —anunció.

Y la iglesia respondió:

—Amén.

—Nuestra hermana, que está en Estados Unidos, necesitaba al Dios de los milagros y el Dios de los milagros se ha mostrado, ¿amén?

—¡Amén!

—Quizá allí la miren y sostengan que el hecho de que se haya levantado de la cama no es más que una coincidencia, pero nosotros, los creyentes, sabemos la verdad. ¿Amén?

—¡Amén!

—Cuando Dios nos ordena que nos levantemos, nos levantamos.

Posó los ojos en los feligreses, que estaban aplaudiendo, asintiendo con la cabeza y alzando las manos en señal de alabanza, pero esa reacción no lo satisfizo.

—¡He dicho que cuando Dios nos ordena que nos levantemos, NOS LEVANTAMOS!

Dio una patada al suelo y la congregación captó la indirecta. A mi alrededor, los creyentes se incorporaron y empezaron a golpear los pies contra el suelo, a saltar y a gritar.

Yo me quedé sentada, mirando fijamente al pastor, que me observaba con una expresión acusatoria. No podía ni quería moverme. ¿Era cierto que mi madre se había levantado de la cama? ¿Como Lázaro, como Jesús? No me atrevía a creerlo.

Al día siguiente, la tía Joyce y yo fuimos a Kotoka en *tro-tro*. Varios hombres se acercaron para preguntarme si podían llevar mi equipaje. Mi tía los reprendió a todos.

—Dejadnos en paz. ¿No veis que no queremos que nos interrumpáis?

Cuando se marcharon, me alzó en brazos y me movió arriba y abajo, como si estuviera pesándome. Me dejó en el suelo y sonrió satisfecha: una sonrisa radiante, segura, orgullosa. Era muy distinta de mi madre, aunque cuando me estrechó entre sus brazos, algo que mi madre casi nunca hacía, y sonrió de oreja a oreja, como mi madre casi nunca sonreía, supe que la mujer con la que había pasado el verano era un reflejo de la mujer que mi madre podría haber sido. Mi madre merecía ser así de feliz, estar así de cómoda en su propio cuerpo y en el mundo.

—Eres una niña maravillosa —dijo la tía Joyce—. Sigue rezando por tu madre y haciendo que todos nos sintamos orgullosos de ti.

Pocas semanas antes, yo ni siquiera sabía de la existencia de mi tía, y aquí estaba ella, orgullosa de mí.

Me subí al avión y dormí durante la mayor parte del trayecto hasta Nueva York, donde hice escala medio dormida a Atlanta. Mi madre me estaba esperando en Huntsville. Me obsequió con una sonrisa y yo la recibí con voracidad. Quería todo lo que ella estuviera dispuesta a darme.

45

Cuando la señora Palmer, la mujer que mi madre había cuidado durante quince años, murió tras una larga enfermedad, yo estaba en quinto curso. Había cumplido noventa y cinco años y todavía la recuerdo dentro del ataúd abierto. Tenía cientos de arrugas en la cara y en las manos, como si por su cuerpo, desde la frente hasta los dedos de los pies, hubieran corrido innumerables ríos, zigzagueando y entrecruzándose. Las aguas se habían secado tiempo atrás, dejando sólo esas cuencas y lechos vacíos, como arroyos que hubieran perdido el caudal. Observé a mi madre mientras presentaba sus respetos a la familia de la señora Palmer, un grupo de personas completamente distintas a la seca familia Thomas. Abrazaron a mi madre con fuerza, como si fuera uno de ellos, y yo entendí por primera vez que para ellos lo era.

Entonces quién era ella, me pregunté mientras los nietos y bisnietos de la señora Palmer estrechaban a mi madre entre sus brazos. Mi madre —que jamás nos había abrazado, ni siquiera cuando éramos pequeños y nos hacíamos daño y rompíamos a llorar— aceptaba las caricias de esos desconocidos que, por supuesto, no eran desconocidos para ella. Había pasado más días con la señora Palmer que con nosotros. Y así fue como reconocí, quizá por primera vez, que mi madre no era mía.

La mayor parte de los días me despertaba, cerraba el sofá cama, y me asomaba para ver cómo estaba mi madre antes de salir deprisa hacia el laboratorio. Ya no intentaba que se levantara, ni le preparaba comidas que pudieran gustarle, no hacía nada. Pero un día metí la cabeza en la habitación y allí estaba, poniéndose los pantalones.

—¿Mamá?

—Dijiste que me enseñarías tu laboratorio —se limitó a contestar, como si estuviéramos viviendo en un mundo lógico, en el que el tiempo avanzaba de una manera ordenada y directa, en lugar de nuestro mundo zigzagueante y cabeza abajo.

Hacía una semana y media que le había sugerido a mi madre que me acompañase al laboratorio; su respuesta fue únicamente «tal vez», seguida de once días de absoluto silencio; ¿por qué ahora?

Decidí que viviría en su mundo.

Aunque estaba nublado, mi madre no dejó de entrecerrar los ojos y cubrírselos durante todo el trayecto hasta el campus. Me dije que abriría las persianas del dormitorio más a menudo aunque ella protestara, y añadí «deficiencia de vitamina D» a mi creciente lista de preocupaciones. El laboratorio estaba vacío y noté tal alivio por no tener que explicar a mis colegas la presencia de mi madre, su aspecto un tanto descuidado y su lenta manera de andar arrastrando los pies, que al instante me sentí culpable. Con excepción de Katherine y Han, los demás ni siquiera sabían que ella se alojaba en mi casa, mucho menos que prácticamente no se había movido de la cama durante las últimas semanas. Sabía que mi reticencia a hablar de ello iba mucho más allá de mi carácter retraído, que era algo mucho más profundo que la vergüenza que uno siente al presentar a sus padres a amigos. En el laboratorio trabajaban personas que, apenas vieran a mi madre, detectarían su enfermedad, y captarían cosas sobre ella que les pasarían desapercibidas al resto. No quería que la miraran y vieran un problema que había que resolver. Quería que la conocieran en su mejor momento, lo que significaba que yo hacía lo mismo que todo el mundo: procuraba disimular la depresión, ocultarla. ¿Por qué? ¿Para quién?

Si hubiera sabido que ella iba a venir ese día, habría cambiado mi calendario de trabajo para poder enseñarle algo interesante, alguna cirugía o sesión de entrenamiento. A falta de aquello, le mostré la cámara de pruebas conductuales, que en ese momento estaba vacía, y las herramientas de mi laboratorio, que estaban sin utilizar.

—¿Dónde están los ratones? —preguntó.

Saqué los de Han, porque los tenía más cerca. Estaban durmiendo en su caja, con los ojos cerrados, acurrucados, muy monos.

—¿Puedo coger uno?

—A lo mejor se pone un poco nervioso, de modo que hazlo con cuidado, ¿vale?

Ella asintió; yo levanté uno y se lo pasé.

Sostuvo al ratón en el cuenco de las manos, le acarició la cabeza con el pulgar y él abrió un ojo, lo movió buscándola, y luego volvió a cerrarlo. Mi madre rió y al oírla me dio un vuelco el corazón.

—¿Les hacéis daño?

Yo jamás le había explicado del todo mi trabajo a mi madre. Cada vez que le hablaba al respecto, utilizaba los vocablos más científicos, más técnicos. Nunca mencionaba las palabras «adicción» o «recaída»; decía «búsqueda de recompensa» e «inhibición». No quería que pensara en Nana, que pensara en el dolor.

—Tratamos de ser lo más humanos posible y no utilizamos animales cuando podemos hacer las cosas de otra manera. Pero a veces les causamos alguna incomodidad.

Ella asintió y depositó con cuidado al ratón en su caja, mientras yo me preguntaba en qué estaría pensando. Aquel día que mi madre regresó a casa y nos encontró a Nana y a mí cuidando al pajarito recién nacido, nos dijo que, como lo habíamos tocado, no sobreviviría. Lo cogió con las dos manos y lo levantó, mientras nosotros le suplicábamos que no le hiciera daño. Ella se encogió de hombros y nos lo devolvió. En twi, dijo: «No hay ninguna criatura viviente en esta tierra de Dios que no llegue a conocer el dolor alguna vez.»

En la última etapa del proceso de separación-individuación de la teoría del desarrollo infantil de Mahler, los bebés empiezan a cobrar conciencia de sí mismos y, al hacerlo, a entender a sus madres como individuos. La experiencia de ver a mi madre recorriendo el laboratorio, observando cosas, mostrando ternura hacia un ratón cuando casi nunca exhibía ternura hacia ninguna criatura viviente, y todo esto en plena depresión, me confirmó profundamente ese aprendizaje. Por supuesto que mi madre es una persona independiente. Por supuesto que contiene multitudes. Tiene reacciones que me sorprenden, en parte, sencillamente porque ella es ella, no yo. Me olvido de esto y lo aprendo de nuevo porque es una lección que no se queda grabada, que no puede quedarse grabada. Yo la conozco sólo en lo que la define en oposición a mí, en su papel de madre, de modo que cuando la veo en sí misma, como cuando le silban en la calle, se produce una disonancia. Cuando quiere para mí cosas que yo misma no deseo —Cristo, matrimonio, hijos—, me enfurece que no me entienda, que no me vea como una persona independiente y separada, pero esa furia surge del hecho de que yo tampoco consigo verla a ella de esa manera. Quiero que sepa lo que quiero tal como lo sé yo, íntima, inmediatamente. Quiero que se ponga bien porque yo quiero que se ponga bien, ¿y acaso eso no basta? Mi primer pensamiento, el año en que mi hermano murió y mi madre se metió en la cama, fue que necesitaba que ella volviera a ser mía, una madre tal como yo lo entendía. Y el hecho de que no se levantara, de que se quedara allí tumbada un día tras otro, marchitándose, me hizo recordar que no la conocía, no del todo, no por completo. Jamás la conocería.

46

Y, sin embargo, a veces la miraba y lo veía, veía eso que
está vivo y que se estremece en todos nosotros, en todas
las cosas. Ella sostenía un ratón, sostenía mi mano o mi
mirada, y yo vislumbraba su verdadera esencia. «Por favor, no te vayas —pensé cuando la llevé a casa desde el
laboratorio y ella se metió en la cama—. No me dejes
todavía.»

Empecé a trabajar en el escritorio de la sala, dejando la puerta del dormitorio abierta para poder oírla si me
llamaba. Ella no me llamaba nunca y yo nunca trabajaba. Me había vuelto experta en pensar en el trabajo sin
hacerlo realmente. «Esto es lo que escribiría si estuviera
escribiendo», pensaba, pero en ese instante la cabeza se
me iba, como cuando rezaba, y empezaba a fantasear en
otras cosas, sobre todo en la playa. En realidad, nunca
me había gustado asarme al sol, me parecía una actividad
para la gente blanca; además nadar no se me daba bien.

Sin embargo, mi madre venía de un pueblo costero.
Me inventé un cuento de hadas en el cual mi madre, la
más bella de Abandze, dormía cada vez más hasta que
finalmente se volvía imposible sacarla de la cama, de

modo que cuatro hombres fuertes y espléndidos la llevaban a un lecho dorado: la trasladaban desde mi apartamento californiano hasta la costa de Ghana, donde la depositaban sobre la arena. Y, cuando subía la marea, lamiéndole primero las plantas de los pies, luego los tobillos, las pantorrillas y finalmente las rodillas, ella, lentamente, empezaba a despertarse. En el preciso instante en que el agua cubría el lecho dorado y lo arrastraba hasta al mar, ella revivía. Las criaturas marinas arrancaban pedacitos de su cama y, con ellos, le confeccionaban una cola de sirena. Le enseñaban a nadar con ella. Y vivían allí con ella para siempre. La Bella Durmiente, la Sirena de Abandze.

—Lo que conocemos como el «fuero interno» —afirmó una vez la profesora del curso sobre Gerard Manley Hopkins— es esa característica indefinible que hace que cada persona y cada cosa sean únicas. Es la santidad de una cosa. Como sacerdote jesuita que era, Hopkins creía que...

—¿Piensa que es posible leer a Hopkins sin traer a colación su religión o su sexualidad? —la interrumpió un alumno.

La profesora se apartó el pelo de la cara con un gesto y le clavó su aguda mirada.

—¿Tú sí?

—Quiero decir, la Iglesia lo reprimió tanto que terminó quemando sus propios poemas. Es extraño ensalzar sus ideales religiosos cuando es evidente que esos mismos ideales le provocaban un sufrimiento terrible.

—La Iglesia no siempre tiene que ser represiva —intervino otro alumno—. Quiero decir, era un medio eficaz de aprender sobre la moral y sobre cómo ser un ciudadano responsable y ese tipo de cosas. En realidad, ésa es la única razón por la que yo llevaría a mis hijos a la iglesia, para que puedan aprender lo que está bien y lo que está mal.

—Sí, pero lo malo es cómo aprendes lo que está bien y lo que está mal —señaló el primero que había hablado—. Yo me sentía culpable todo el tiempo, porque nadie me dijo: «Es imposible no ser culpable a los ojos de Dios, o como se llame, totalmente imposible. Siempre querrás tener sexo, mentir, engañar, aunque sepas que está mal.» Y precisamente ese deseo de hacer algo malo fue, para mí, devastador.

La profesora asintió; la cortina de pelo rubio que tantas veces le ocultaba los ojos se abría y se cerraba al ritmo de sus movimientos. La miré y me pregunté si alguna vez lo había oído, el sonido de la llamada.

Sabemos distinguir lo que está bien de lo que está mal porque lo aprendemos; de una u otra manera, lo aprendemos. A veces de nuestros padres, que pasan nuestros primeros años enseñándonos a sobrevivir, apartando bruscamente nuestras manos de los fogones de la cocina y de los enchufes eléctricos, manteniéndonos lejos de la lejía. Otras veces tenemos que aprender por nuestra propia cuenta: acercar la mano a los fogones, quemarnos, antes de que sepamos por qué hay cosas que no podemos tocar. Esas lecciones que aprendemos haciendo cosas son fundamentales para nuestro desarrollo, pero no todo puede aprenderse de esa manera.

Muchas personas beben sin convertirse en alcohólicos, aunque para algunos el interruptor se acciona tan pronto como beben un sorbo, ¿y quién sabe por qué? La única forma cien por cien segura de evitar la adicción es no probar nunca las drogas. Eso suena bastante sencillo y los políticos y fanáticos que predican la abstinencia para todas las cosas quieren hacernos creer que en efecto es bastante sencillo. Tal vez lo sería si no fuéramos humanos, los únicos animales del mundo dispuestos a probar algo nuevo, divertido, absurdo, excitante, estúpido, incluso aunque se pueda morir en el intento. El mismo hecho de que me encontrara realizando investigaciones sobre las adicciones en una universidad del estado de California era el resultado de las proezas de los miles de pioneros que se subieron a sus carretas y, enfrentándose a enfermedades, heridas e inanición, atravesaron un inmenso territorio de montañas, ríos y valles, con la única intención de llegar al otro extremo de este vasto país. Sabían que esa empresa implicaba riesgos, pero las posibilidades de éxito, placer, de conseguir una vida un poco mejor, les pesó más que el coste. Basta con observar a un niño estampando su bicicleta contra un muro o saltando de la rama más alta de un sicomoro para comprender que los seres humanos actuamos de manera temeraria con nuestro cuerpo, actuamos de manera temeraria con nuestra vida, por la única razón de que queremos saber qué ocurrirá, cómo será esa sensación de rozar la muerte, de correr justo hasta el borde de la vida, lo que, en algunos aspectos, equivale a vivir plenamente.

En mi investigación, intento formular preguntas que anticipen nuestra inevitable temeridad y hallar un modo de evitarla, pero, para hacerlo, necesito valerme de ratones. Los ratones no buscan el peligro como nosotros. Como todo lo demás en este planeta, están sometidos a los caprichos de los humanos. Mis caprichos tenían que ver con realizar análisis que pudieran generar grandes progresos en nuestra comprensión del cerebro, y mi deseo de entender el cerebro superaba cualquier otro deseo que pudiera tener. Yo ya sabía que lo que hacía grandiosos a los seres humanos —nuestra temeridad y nuestra creatividad y nuestra curiosidad— era lo mismo que dificultaba la vida de todo lo que nos rodeaba. Como éramos animales lo bastante audaces como para navegar, aunque creyéramos que el mundo era plano y que nuestros barcos se caerían por el borde, conseguimos descubrir nuevos continentes, diferentes pueblos, que la Tierra era redonda. El coste de ese descubrimiento fue la destrucción de esas nuevas tierras, de esos pueblos diferentes. Sin nosotros, los océanos no se estarían convirtiendo en ácido, y las ranas, los murciélagos y las abejas no se encontrarían en peligro de extinción. Sin mí, el ratón cojo no cojearía; jamás habría sucumbido a la adicción. Me enseñaron que Dios nos había concedido el dominio sobre los animales, pero nadie me enseñó que yo misma era un animal.

Cuando el ratón cojo por fin estuvo listo para la optogenética, lo saqué de la caja y lo anestesié. Poco después le afeitaría la cabeza y le inyectaría el virus que contenía las opsinas, y finalmente, si todo iba según lo previsto, ese ratón jamás volvería a presionar la palanca, perdería esa temeridad que yo misma le había inducido.

47

Querido Dios:

Hoy Ashley y yo hemos intentado ver cuál de las dos podía contener la respiración más tiempo debajo del agua. He respirado hondo y me he metido en la zona poco profunda de la piscina de Ashley mientras ella me cronometraba. He contenido la respiración durante tanto tiempo que ha empezado a dolerme el pecho, pero no quería perder, porque Ashley siempre me gana, aunque entonces he empezado a notarme aturdida y mareada y he pensado que a lo mejor podía caminar hasta la zona profunda, tan sólo un segundo. Debo de haberme desmayado porque la madre de Ashley me ha sacado de la piscina y se ha puesto a darme golpes en la espalda hasta que me ha salido agua de la boca, y me decía todo el tiempo: «¿Estás loca? ¡Podrías haber muerto!» Pero tú no habrías dejado que me muriera, ¿verdad, Dios?

48

Siempre he huido de la temeridad, siempre he temido el peligro y a la muerte. Pasé años evitando los vasos rojos de plástico y las poncheras en las pocas fiestas del instituto a las que me invitaban. No probé el alcohol hasta mi segundo año en la universidad. Y no bebí por curiosidad, sino por desesperación, puesto que estaba harta de sentirme sola. Quería hacer amigos y nunca había tenido un talento especial para ello. Cuando éramos pequeñas, Ashley se había convertido en mi mejor amiga gracias a la fuerza de voluntad y a la franqueza de las que sólo son capaces los niños. Fue ella quien me lo pidió; me dio un golpecito en el hombro el día que me vio jugando sola en el parque infantil del barrio y me dijo: «¿Quieres ser mi amiga?», y yo dije que sí. Nunca más volvió a ser tan fácil.

A mi hermano no le costaba nada hacer amigos; estar en un equipo lo ayudaba, esos grupos cerrados de chicos que adoptan nombres con los que se sienten identificados: los Tornados, los Osos Pardos, las Víboras. Como si fueran una horda de depredadores, que salen de cacería. Era habitual que nuestra casa estuviera atestada de jugadores de baloncesto. Los días en que mi madre tenía turno de noche, a veces los encontraba durmiendo la mona en el salón después de alguna de sus fiestas salvajes, un bosque de gigantes dormidos.

Nana siempre les caía bien a todos, pero cuando se convirtió en el mejor jugador de baloncesto de la ciudad, su popularidad no conoció límites. En Publix, donde íbamos juntos a comprar nuestras cenas chapuceras, los cajeros decían: «El sábado vamos a ir todos al partido, Nana.» Era extraño oír el nombre de mi hermano en los labios de tantos vecinos de Alabama, con ese acento cargado de diptongos; estiraban tanto las vocales que sonaba como otro nombre completamente distinto. Cuando les oía decir su nombre, cuando lo miraba a través de sus ojos, él no me parecía mi hermano. Este Nana, este Naaau-naaau, este héroe local, no era el mismo que vivía en mi casa, el que se calentaba la leche antes de echar los cereales, el que tenía miedo a las arañas, el que se meó en la cama hasta los doce años.

Era callado, pero agradable con la gente, agradable en las fiestas. Yo siempre era demasiado pequeña para acompañarlo, y las noches que montaba fiestas en nuestra casa me sobornaba con veinte dólares para que me quedara en mi habitación. A mí no me importaba: era una niñita piadosa que permanecía sentada en mi cama, leía la Biblia y rezaba para que Dios salvara sus almas de esa condena eterna que parecía inevitable. Cuando estaba segura de que todos se habían dormido, atravesaba de puntillas ese bosque, temiendo despertar a algún gigante. Si Nana estaba levantado, a veces me exigía que le devolviese los veinte dólares, pero otras veces me preparaba un bocadillo de mantequilla de cacahuete y mermelada y me decía que volviera a la cama. Luego echaba a todos sus amigos y se pasaba las primeras horas de la mañana limpiando como un loco hasta que nuestra madre regresaba.

—Nana, ¿qué es esto? —preguntaba ella, siempre, indefectiblemente, al divisar el tapón de la botella que se había caído detrás del alféizar, la mancha de cerveza en la bayeta.

—Ha venido Brent —respondía él, antes de lanzarme una mirada que decía: «Si abres el pico, te mato.» Yo jamás hablé, pero hubo ocasiones en las que deseé haberlo hecho. Como aquella fiesta, no mucho después de su accidente, en la que aparecieron caras que yo no conocía y que duró más que lo que solían durar. El frasco de oxicodona empezaba a vaciarse muy deprisa y poco después Nana le diría a mi madre que su dolor no se aliviaba, sino que iba a peor. Más tarde el doctor le extendería una nueva receta y nosotras veríamos cómo ese frasco, y la mitad del siguiente, desaparecían, antes de cortarle el suministro. Mi madre encontraría pastillas en el aplique. Pero aquella noche, antes de que yo supiera que debía tener miedo, bajé a hurtadillas la escalera y vi a mi hermano subido a la mesita auxiliar, cargando más peso del aconsejable sobre el tobillo, y vi a sus amigos, que lo rodeaban en círculo, ovacionándolo por algo que yo no alcanzaba a ver, y deseé con todas mis fuerzas tener lo que fuera que tenía él y que hacía que los demás quisieran reunirse a su alrededor, que quisieran ovacionarlo.

Cuando bebí mi primera copa en aquella fiesta de segundo de carrera, pensé: «Tal vez sea esto, tal vez acabo de desentrañar el secreto.» Pasé el resto de la noche hablando, riendo, bailando, esperando la ovación. Me daba cuenta de que mis compañeras de dormitorio me miraban arqueando las cejas, asombradas de que yo hubiera salido de mi caparazón, sorprendidas de que fuera divertida. Yo también estaba sorprendida. Estaba bebiendo, pero no me había convertido en una estatua de sal.

—Has venido —dijo Anne cuando se presentó en la fiesta y me estrechó entre sus brazos.

Sus ojos se posaron rápidamente en el vaso que yo tenía en la mano, pero no hizo comentario alguno.

—En realidad, ya llevo aquí un buen rato —respondí.

—Ya veo.

Ella había llegado con un par de amigas, pero las perdimos poco después. Cada vez entraba más gente. La sala se oscureció, la atmósfera se volvió más cargada, la música más fuerte. Yo llevaba una hora o más con el vaso en la mano hasta que, finalmente, Anne me lo quitó y lo puso sobre una mesa.

—Bailemos —dijo, y antes de que yo pudiera contestar, se subió a una mesa y me tendió la mano. Me hizo subir y me acercó a ella—. ¿Te lo estás pasando bien? —me preguntó al oído en una mezcla de susurro y grito.

—En realidad, esto no es lo mío. La música está demasiado alta; hay demasiada gente.

Ella asintió.

—De acuerdo: un lugar sin ruido, sin gente, lo pillo. Estoy registrando todo esto en mi archivo «Cómo conquistar a Gifty».

—¿Has hecho un archivo?

—Oh, sí. Toda una hoja de cálculo. Te encantaría.

Puse los ojos en blanco justo cuando empezaba a sonar una lenta. Anne me rodeó la cintura con los brazos y se me aceleró la respiración. Un grupo de chicos nos silbaron desde el suelo.

—¿Te gusto más cuando he bebido? —le pregunté a Anne, nerviosa por oír la respuesta.

—Cuando más me gustas es cuando te da por hablar de Jesús en plan arrebatado —me respondió—. Cuando más me gustas es cuando te sientes santa. Me haces sentir santa a mí también.

Eché la cabeza hacia atrás y reí.

Una semana más tarde, le pedimos prestado el coche a una amiga de Anne y fuimos al bosque de Harvard en Petersham. No deberíamos haber tardado más de una hora y cuarto en llegar, pero hubo un accidente en la autopista y avanzamos a paso de caracol durante dos horas, esperando que se restableciera el tráfico. Cuando finalmente pasamos delante del vehículo siniestrado, un amasijo de metal que apenas se parecía a un coche, empecé a replantearme eso de probar las setas como habíamos acordado.

—La cuestión es que tienes que hacerlo —señaló Anne—. Me refiero a que ¿cómo puedes saber qué es la euforia hasta que la sientes? Fuera de eso no es más que una palabra.

Balbuceé alguna evasiva.

—Va a estar genial —insistió Anne—. En serio, es como una experiencia religiosa. Te gustará, te lo prometo.

En el primer año, Anne se había apuntado a un seminario durante el cual pasaban dos semanas explorando el bosque, así que lo conocía mejor que la mayoría. Nos desviamos del sendero hasta salir a un claro rodeado de árboles que en ese momento me parecieron increíblemente altos. Años más tarde, cuando llegué a California y vi con mis propios ojos una secuoya, recordé los árboles del bosque de Harvard y me parecieron bebés en comparación con los gigantes que habitan en el otro extremo del país.

Sin embargo, aquel día quedé impresionada. Anne extendió un mantel de pícnic y se recostó encima unos segundos, sin hacer más que mirar hacia arriba. Sacó una arrugada bolsa de plástico de su mochila y dejó caer las setas en la palma de la mano.

—¿Estás lista? —me preguntó y me pasó las mías.

Asentí, me metí una en la boca y esperé a que hiciera efecto.

No sé cuánto tardó. El tiempo se estiraba y se ralentizaba tanto que me parecía que con cada parpadeo volaba una hora. Me parecía que mi cuerpo era un hilo enrollado y tenso en una rueca y que, mientras yo estaba allí sentada, iba desenrollándose centímetro a centímetro hasta quedar convertido en un revoltijo sobre el mantel. A mi lado, Anne me observaba con hermosa benevolencia. Le cogí la mano. Estábamos tumbadas boca arriba, mirándonos, mirando los árboles, mientras los árboles nos devolvían la mirada.

—Hombres árbol vivientes —dije, y Anne asintió con la cabeza como si entendiera, y tal vez entendía.

Cuando se me pasó el efecto de las setas, Anne estaba aguardándome.

—¿Y...? —Me miraba expectante.

—Recordé una historia que mi padre le contaba a mi hermano —dije—. Llevaba años sin pensar en ella.

—¿Qué historia? —me preguntó Anne, pero yo negué con la cabeza.

No tenía nada más para darle. No quería contarle mis historias. No podía imaginarme viviendo como ella, libre, como un cable pelado listo y dispuesto a tocar lo que fuera que tocara. No podía imaginarme dispuesta y —aun después de esos escasos momentos robados de trascendencia psicodélica, no adictiva, inofensiva y, sí, eufórica— seguía sin poder imaginarme libre.

• • •

A finales de ese semestre Anne y yo ya estábamos viviendo una amistad tan íntima que parecía romántica; era romántica. Nos habíamos besado y un poco más, pero yo no conseguía definir la relación y Anne no estaba interesada en hacerlo. Cuando le faltaba poco para graduarse, empezó a pasar mucho tiempo en mi dormitorio o en la biblioteca, encorvada sobre sus libros para el examen de acceso a la Facultad de Medicina, con el pelo, que después de hacerse la permanente seguía creciendo hacia todos lados, recogido en un moño despeinado.

Yo la llamaba Samurái Anne cuando quería irritarla, o cuando quería que dejara su trabajo y me hiciera caso.

—Cuéntame algo de ti que no sepa —me pidió.

Se soltó el cabello y se enrolló un mechón en el dedo.

—¿Algo que no sepas?

—Sí. Por favor, líbrame del aburrimiento de estos modelos de examen: como tenga que hacer uno más, me va a dar algo. ¿Te lo imaginas? Muerta por culpa del examen de acceso justo cuando estás intentando convertirte en doctora.

—No tengo nada interesante que contar —dije.

—Entonces cuéntame algo aburrido —repuso.

Sabía lo que quería. Intentaba que le hablara de Nana, porque, mientras que yo conocía todas las historias de Anne, ella apenas conocía un puñado de las mías, y yo siempre había tenido la precaución de elegir las felices. A veces trataba de hacerme hablar de él, pero nunca directamente, tan sólo con rodeos que yo siempre detectaba. Ella me contaba alguna anécdota de su hermana y luego me dirigía una mirada expectante, como si se supusiera que estábamos intercambiando historias. Una historia de una hermana a cambio de una historia de un hermano. Pero yo me negaba. Las historias de Anne sobre su hermana, sobre las fiestas a las que ambas habían ido, las personas con las que se habían acostado, no me parecían a la altura de las historias que yo podría haber contado sobre Nana. Después de sus años de fiestas, de acostarse con una u otra, no llegaba el momento en que conseguía un empleo en el mundo neoyorquino de las finanzas, como le había ocurrido a la hermana de Anne. Y eso no era justo. De ahí mi reticencia y mi resentimiento: algunas personas salen de sus historias indemnes, incluso más fuertes. Otras no.

—Una vez le pinté las uñas a mi hermano mientras dormía —le conté— y cuando se despertó, trató de quitarse el esmalte de uñas en el fregadero. No sabía que le hacía falta un quitaesmalte, así que no paraba de frotarse las manos, cada vez más fuerte, y yo lo miraba y me reía. Entonces él se dio la vuelta y me arreó un puñetazo y tuve un ojo morado durante toda una semana. ¿Es ésa la clase de historia que quieres oír?

Anne se quitó las gafas y se las puso en la cabeza. Cerró el libro.

—Quiero oír cualquier historia que quieras contarme —respondió.

—No eres médico. No eres mi puta terapeuta, Anne.

—Bueno, tal vez deberías ir a ver a uno.

Me eché a reír, con una risa malvada, una risa que jamás había oído. No supe de dónde salió, y cuando se escapó de entre mis labios, pensé: «¿Qué más hay dentro de mí? ¿Cuán oscura es esta oscuridad, hasta qué profundidad llega?»

—Se murió —dije—. Se murió. Se murió. Se murió. Eso es todo. ¿Qué más quieres saber?

49

Cuando iba al instituto, durante una semana tuve pesadillas que me hacían despertarme bañada en sudor; luego no recordaba lo que había soñado, pero cuando me despertaba, muerta de miedo, cogía una libreta e intentaba escribirlo. Como eso no me dio resultado, empecé a evitar quedarme dormida.

No podía contarle a mi madre lo que me ocurría porque sabía que ella se preocuparía, me vigilaría y rezaría, y yo no quería ninguna de esas cosas, así que le daba las buenas noches y me iba a la cama. Escuchaba su arrastrar de pies hasta que se detenía y, cuando estaba segura de que ella se había dormido, volvía a hurtadillas a la planta baja y veía la televisión con el volumen al mínimo.

Era difícil combatir el sueño, y la televisión, a ese volumen, no ayudaba mucho. Me iba adormilando en la mecedora y la pesadilla me atacaba de inmediato, así que me forzaba a despertarme, muerta de pánico. Empecé a rezar febrilmente: le suplicaba a Dios que detuviera esos sueños y, si no quería hacerlo, le rogaba que al menos me permitiera recordarlos. Lo peor de todo era no saber a qué le tenía miedo.

Después de una semana de plegarias que cayeron en saco roto, hice algo que no había hecho en años: hablé con Nana.

—Te echo de menos —susurré en el salón a oscuras y en silencio, salvo por los ronquidos de mi madre—. Está siendo muy duro —le conté.

Le hice toda clase de preguntas, como «¿Qué podríamos ver en la tele esta noche?» o «¿Qué podría comer?». Sólo me impuse una regla: no decir jamás su nombre, porque estaba segura de que pronunciar su nombre convertiría en real lo que estaba haciendo y yo me volvería loca. Por un lado sabía que estaba hablando con Nana, pero al mismo tiempo sabía que no era él para nada, y reconocerlo, decir su nombre y que mi hermano no apareciera, vivo, en carne y hueso, rompería el hechizo. De modo que nunca lo llamaba por su nombre.

Una noche, mi madre me encontró descansando en la mecedora. Levanté la mirada del televisor y la vi allí de pie. A veces me maravillaba cómo se movía; era tan silenciosa que parecía incorpórea.

—¿Qué estás haciendo aquí abajo? —me preguntó.

Nana llevaba cuatro años muerto. Habían pasado tres años y medio desde aquel verano de Ghana, y yo llevaba un mes de pesadillas. En ese lapso, me había prometido que jamás me convertiría en una carga para mi madre, que lo único que ella recibiría de mí sería bondad y paz, tranquilidad y respeto, pero aun así respondí:

—Algunas veces, cuando no puedo dormir, hablo con Nana.

Ella se sentó en el sofá y yo la miré fijamente, preocupada de haber revelado demasiado, de haber violado nuestro pequeño código, mi promesa personal.

—Yo también hablo con Nana —respondió ella—. Todo el tiempo. Todo el tiempo.

Sentí que los ojos se me llenaban de lágrimas. Le pregunté:

—¿Él te responde?

Mi madre cerró los ojos y se recostó en el sofá, hundiéndose en los cojines.

—Sí, creo que sí.

La noche anterior al examen de Anne, por fin le conté que Nana había muerto de una sobredosis.

—Oh, Dios mío, Gifty —dijo—. Oh, mierda, lo siento mucho. Todas esas gilipolleces que te he dicho, lo lamento muchísimo.

Pasamos el resto de la noche acurrucadas en mi cama de matrimonio extragrande. Cuando atardeció y llegó el silencio y la oscuridad, oí que ella estaba llorando. Esa noche, sus sollozos, que le estremecían todo el cuerpo, me parecieron demasiado teatrales, esperé que se calmara y se quedara dormida. Cuando por fin lo hizo, permanecí allí tumbada, echando chispas, preguntándome: «¿Y ella qué sabe? ¿Qué sabe del dolor, de su túnel oscuro e infinito?» Y sentí que el cuerpo se me ponía rígido, y sentí que se me endurecía el corazón, y no volví a hablar con ella. Al día siguiente me mandó mensajes de texto, después de salir del examen.

«¿Puedo pasar a verte? Llevaré medio litro de helado y podríamos relajarnos y no hacer nada.»

«Siento mucho lo de anoche. No debería haberte hecho hablar antes de que estuvieras lista.»

«¿Hola? ¿Gifty? Entiendo que estés enfadada conmigo, pero ¿podemos hablar?»

Los mensajes siguieron llegando a un ritmo constante durante dos semanas, y luego, silencio. Anne se graduó, llegó el verano y yo regresé a Alabama, donde trabajé de camarera para poder ahorrar algo de dinero antes de reincorporarme a las clases. Al año siguiente volví a empezar, con una amiga menos. Me volqué en mi trabajo. Me presenté a entrevistas en laboratorios de todo el país. No había rezado en años, pero algunas veces, antes de acostarme, cuando echaba de menos a Anne, le hablaba a Nana.

50

A la mañana siguiente de que preparara al ratón cojo para la optogenética me encontré a mi madre despierta y sentada en la cama.

—Oye —dije—, ¿quieres que salgamos hoy? Podemos ir a desayunar a algún sitio. ¿Te gustaría?

Ella sonrió débilmente.

—Sólo agua —respondió—. Y una barrita de cereales, si tienes.

—Claro, tengo un montón. Déjame ver. —Corrí hacia el armario de la cocina y saqué un gran surtido—. Escoge una.

Ella cogió la de mantequilla de cacahuete y chips de chocolate y me hizo un gesto de asentimiento. Bebió un sorbo de agua.

—Puedo quedarme en casa contigo hoy, si lo prefieres. En realidad, no tengo por qué ir.

Era mentira. Si ese día no iba al laboratorio, desperdiciaría casi una semana de trabajo y tendría que comenzar todo de nuevo, pero no quería perderme esa oportunidad. Me sentía como si mi madre fuera mi propio Día de la Marmota. ¿Vería su sombra? ¿Había terminado el invierno?

—No, ve —dijo—. Vete.

Volvió a meterse en la cama y yo cerré la puerta, y corrí hacia mi coche, entristecida y aliviada a la vez.

En el laboratorio había motivo de celebración: habían publicado el primer artículo de Han en *Nature*. Él era el autor principal y caí en la cuenta de que pronto finalizaría el posdoctorado. Ya empezaba a echarlo de menos. Le compré una magdalena en la pastelería del campus, se la llevé a su escritorio con la única vela que tenía encendida en el centro y le canté una versión estrambótica e improvisada del *Cumpleaños feliz*, reemplazando la letra por «Enhorabuena, Han».

—No tenías por qué hacerlo —dijo y sopló la vela.

Las orejas se le habían puesto rojas nuevamente y me gustó volver a ver esa reacción extraña y deliciosa, que por desgracia nuestra mayor familiaridad había hecho desaparecer en los últimos tiempos.

—¿Estás de coña? Puede que pronto necesite que me contrates.

—Dice la mujer a quien le han publicado dos artículos en *Nature* y otro en *Cell*. Estoy tratando de ponerme a tu altura, eso es todo.

Me reí, restándole importancia, y me puse a trabajar. Había querido entrar en ese laboratorio porque tenía fama de meticuloso: allí dentro había que comprobar cada resultado una y otra vez. Pero había un punto en que la confirmación se convertía en procrastinación y yo sabía que me estaba acercando a ese punto; puede que incluso ya lo hubiera dejado atrás. Han tenía razón: era buena en lo mío. Era buena en lo mío y anhelaba con toda el alma ser mejor, ser la mejor. Quería tener mi propio laboratorio en una universidad de élite. Quería un perfil en *The New Yorker*, invitaciones para impartir conferencias, y dinero. Aunque la universidad no era el camino adecuado para hacerse rico, yo seguía soñando con ganar dinero. Quería sumergirme en una pila de billetes cada mañana, como el Tío Gilito en la serie de televisión que veíamos Nana y yo cuando éramos pequeños e íbamos cortos de dinero. De modo que comprobaba y volvía a comprobar.

Anne me consideraba una fanática del control. Lo decía en plan socarrón y cariñoso, pero yo sabía que hablaba en serio y que era cierto: quería que las cosas fueran de una manera determinada; quería contar mis historias a mi modo, a mi ritmo, imponiendo una especie de orden que en realidad no existía en ese momento. El último mensaje de texto que Anne me mandó decía: «Te quiero. Lo sabes, ¿no?», y tuve que hacer un esfuerzo titánico para no responder, y no respondí. Mi inhibición me proporcionaba placer, un placer enfermizo que era como una resaca, como haber sobrevivido a una avalancha y perder los miembros por congelación. Esa inhibición, ese autocontrol a toda costa, me hacía horrible para un montón de cosas, pero brillante para mi trabajo.

Reanudé el experimento de la palanca presionada. Utilizaba tanto opsinas como proteínas fluorescentes que me permitían registrar la actividad cerebral, con el fin de poder ver qué neuronas específicas de la corteza prefrontal se activaban durante las descargas en las patas del ratón. Las proteínas fluorescentes eran, en cierto modo, una maravilla. Cada vez que yo emitía un haz de luz azul sobre la proteína, se generaba un resplandor verde en la neurona que la expresaba. La intensidad de ese verde variaba en función de si la neurona estaba o no activa. Jamás me cansaba de ese proceso, de su santidad, de emitir luz y de obtener luz como respuesta. La primera vez que lo presencié, sentí ganas de convocar a todos los que estaban en el edificio para que lo vieran. En mi laboratorio, en este santuario, había ocurrido algo divino. «Agradable es la luz y bueno para los ojos ver el sol.»

Ahora que ya lo he visto varias veces, mis ojos se han acostumbrado. No puedo regresar a aquel estado inicial de maravilla, así que no trabajo para recuperarlo, sino para superarlo.

—Oye, Gifty, ¿quieres que salgamos a cenar alguna vez? Fue bonito compartir el Ensure y todo eso, pero a lo mejor podríamos probar con comida de verdad.

Han se había puesto guantes y gafas protectoras, me miraba con un gesto cálido y esperanzado, y sus orejas empezaban a adoptar un débil resplandor rojizo.

En ese momento deseé tener un resplandor propio, un fuerte brillo fluorescente de color verde debajo de la piel de la muñeca, que se activara como señal de advertencia.

—Se me dan fatal las relaciones —respondí.

—De acuerdo, ¿y qué tal se te da cenar?

Me reí.

—Mejor —dije, aunque eso tampoco era cierto.

Recordé las cenas con Raymond de cinco años antes, las excusas que había inventado para evitarlas, las peleas que habíamos tenido.

—Pasas más tiempo con los ratones de laboratorio que con otras personas. Sabes que eso no es saludable, ¿verdad? —insistía él.

Yo no sabía cómo explicarle que pasar tiempo en el laboratorio seguía siendo para mí una forma de pasar tiempo con otras personas. No con ellas, exactamente, sino pensando en ellas, con ellas en la mente, algo que para mí era tan íntimo como lo que había sentido en cualquier cena o salida nocturna para tomar unas copas.

No era saludable, pero, en abstracto, era una búsqueda de lo saludable, ¿y acaso eso no contaba?

—Te escondes detrás de tu trabajo. No dejas entrar a nadie. ¿Cuándo voy a conocer a tu familia?

Las grietas de nuestra relación empezaban a notarse. Una grieta: que a mí no se me daban bien las cenas. Otra: que yo trabajaba demasiado. La más grande: mi familia. Le había dicho a Raymond que era hija única. Me gustaba considerarlo una omisión prolongada en el tiempo, más que una mentira descarada. Él me había preguntado si tenía hermanos y le había contestado que no; seguí diciendo que no durante meses, de modo que, cuando empezamos a tener la pelea de «¿Cuándo voy a conocer a tu familia?», no supe cómo volver atrás y decir que sí.

—A mi madre no le gusta viajar —respondía.

—Vamos nosotros: Alabama no está tan lejos.

—Mi padre vive en Ghana —señalaba yo.

—Nunca he estado allí y siempre he querido visitar la madre patria. Vayamos.

Me irritaba que llamara a Ghana «la madre patria». Me irritaba que se sintiera lo bastante cercano como para hacerlo. Era mi madre patria, la patria de mi madre, pero los únicos recuerdos que tenía de ese sitio eran desagradables: el calor, los mosquitos, los cuerpos apiñados en Kejetia aquel verano en que sólo podía pensar en el hermano que había perdido y en la madre que estaba perdiendo.

Aquel verano no perdí a mi madre, pero una parte de ella se marchó para no regresar jamás. Yo ni siquiera le había contado que estaba saliendo con alguien. Nuestras llamadas telefónicas, infrecuentes y breves, eran tan lacónicas que parecía que habláramos en código. «¿Cómo estás?», le preguntaba yo. «Bien», respondía ella, lo que significaba: «Estoy viva, ¿eso no basta?» ¿Bastaba? Raymond venía de una familia grande, tenía tres hermanas mayores, una madre y un padre, e innumerables tíos y primos. Cada día hablaba con al menos uno de ellos. Yo los había conocido a todos y había sonreído tímidamente mientras ellos alababan mi belleza, mi intelecto, y le decían a Raymond que no me dejara escapar.

—No lo estropees —susurró la mayor de las hermanas de Raymond a un volumen lo bastante alto como para que yo pudiera oírla, una noche cuando él y yo estábamos marchándonos de la casa de sus padres.

Raymond no era idiota. Sabía que había cosas que yo me reservaba y, al principio, se contentaba con esperar hasta que yo estuviera preparada para contárselas, pero más tarde, cuando ya casi habían pasado seis meses, empecé a sentir que el período de gracia estaba a punto de llegar a su fin.

—Me esforzaré más en las cenas con amigos. Me esforzaré más —dije una noche después de una pelea que nos había dejado a los dos hechos polvo y tambaleándonos al límite de nuestra voluntad de estar juntos.

Él se pasó la mano por las cejas y cerró los ojos. No podía mirarme.

—No tiene que ver con las putas cenas, Gifty —dijo en voz baja—. ¿Tú quieres estar conmigo? Quiero decir, ¿de verdad quieres estar conmigo?

Asentí con la cabeza. Me acerqué a su espalda y lo rodeé con los brazos.

—Tal vez el próximo verano podríamos ir juntos a Ghana —dije.

Se dio la vuelta y me lanzó una mirada suspicaz, pero también esperanzada.

—¿El próximo verano?

—Sí. Le preguntaré a mi madre si quiere venir también.

Si Raymond supo que yo mentía, me dejó hacerlo.

· · ·

Mi madre jamás regresó a Ghana. Ya han pasado más de tres décadas desde que abandonó su país llevando consigo a Nana. Después de mi pelea con Raymond, la llamé y le pregunté si alguna vez pensaba volver. Tenía dinero ahorrado; podía llevar una vida más sencilla allí, sin la obligación de trabajar a todas horas.

—¿Volver para qué? —repuso—. Mi vida está aquí.

Entendí lo que quería decir con eso. Todo lo que había construido para nosotros y todo lo que había perdido se encontraba en este país. La mayor parte de sus recuerdos de Nana transcurrían en Alabama, en nuestra casa al final del callejón y en lo alto de la colina. A pesar de que en Estados Unidos había sufrido mucho, también había tenido alegrías: las marcas en la pared de la cocina que mostraban cómo Nana había crecido sesenta centímetros en un año; el aro de baloncesto, oxidado por la lluvia y la falta de uso. Yo misma, la rama escindida de este árbol de familia, creciendo en California lentamente, pero creciendo. En Ghana sólo estaba mi padre, el Hombre Chin Chin, con quien ninguna de las dos habíamos hablado en años.

No creo que este lugar fuera todo lo que mi madre esperaba el día que le preguntó a Dios adónde debería ir para darle a su hijo el mundo. Aunque no vadeó ríos ni atravesó montañas, sí hizo lo que muchos pioneros habían hecho antes que ella: se internó con temeridad y curiosidad en lo desconocido, albergando la esperanza de encontrar algo un poquito mejor. Y al igual que ellos, sufrió y perseveró, tal vez en la misma medida. Cada vez que la miraba, una náufraga en la isla de mi cama de matrimonio, me costaba ver más allá del sufrimiento. Me costaba no hacer un inventario de todo lo que ella había perdido: su país natal, su marido, su hijo. Las pérdidas no dejaban de acumularse. Me costaba verla allí postrada, oír su respiración irregular, y pensar en que pese a todo había perseverado. El hecho de que ahora estuviera tumbada en mi cama era testimonio de esa perseverancia, de que había sobrevivido, aunque no estuviera demasiado segura de quererlo. En su día llegué a creer que Dios nunca nos da más de lo que podemos soportar, aunque después mi hermano murió y mi madre y yo nos vimos obligadas a enfrentarnos a mucho más, y eso nos aplastó.

Tardé muchos años en darme cuenta de lo difícil que es vivir en este mundo. Y no me refiero a la parte mecánica de vivir, puesto que, para la mayoría, el corazón late y los pulmones absorben oxígeno sin que tengamos que ordenarles que lo hagan. Para la mayoría, en un sentido mecánico y físico es más difícil morir que continuar viviendo. Aun así, seguimos tratando de morirnos. Conducimos demasiado rápido por carreteras serpenteantes, practicamos sexo con desconocidos sin protección, bebemos, consumimos drogas. Tratamos de sacarle un poco más de jugo a la vida. Es natural que deseemos eso, pero que nos mantengamos con vida en este mundo, día tras día, cuando debemos enfrentarnos a más y más desgracias, y cuando la naturaleza de «lo que podemos soportar» cambia y nuestros métodos para soportarlo cambian también, eso es bastante milagroso.

51

Katherine llevaba tiempo preguntándome si podía venir a casa.

—No hace falta que me la presentes. Podría pasar para tomar una taza de café contigo y luego marcharme. ¿Qué opinas?

Cada vez que me lo preguntaba, yo ponía alguna objeción. Una vez más aparecía la antigua necesidad de ocuparme de la salud mental de mi madre yo sola, como si lo único que hiciera falta para que mejorase era que yo me presentara en casa con una pistola de encolar, un libro de recetas de Ghana, un vaso de agua, o una porción de tarta de fruta. Pero lo cierto es que en el pasado no había funcionado ni tampoco estaba funcionando ahora. Antes o después tendría que pedir ayuda, y aceptarla.

Limpié la casa antes de que llegara Katherine. No estaba sucia, pero somos animales de costumbres. Al final apareció con un ramo de flores y una bandeja de galletas de chocolate. Le di un abrazo, la invité a que se sentara a la pequeña mesa del comedor y preparé café.

—No puedo creer que jamás haya estado aquí antes —dijo Katherine, mirando a su alrededor.

No parecía que llevara cuatro años viviendo en esa casa, pues vivía como una mujer acostumbrada a tener que mudarse en cualquier momento. Raymond decía que mi apartamento era como un «piso del programa de protección de testigos». No había fotos de parientes, no había fotos de nada. Siempre estábamos en la casa de Raymond.

—En realidad, yo no recibo visitas muy a menudo —respondí.

Llené un par de tazas de café, me senté enfrente de Katherine y me calenté las manos con la taza.

Ella me observaba. Aguardaba a que yo hablara, esperaba que tomara la iniciativa de alguna manera y me dieron ganas de recordarle que yo no le había pedido que viniera.

—Está ahí —susurré, señalando mi dormitorio.

—Vale, no la molestaremos —indicó Katherine—. ¿Cómo te encuentras tú?

Me entraron ganas de llorar, pero no lo hice. Era una habilidad que había heredado de mi madre. De hecho, hasta tal punto me había convertido en mi madre, que me costaba pensar en mí como una persona distinta de ella; veía la puerta cerrada de mi dormitorio e imaginaba que un día la que estaría al otro lado sería yo, postrada en la cama, con la salvedad de que estaría sola, sin una hija que me cuidara. La pubertad había supuesto un cambio tremendo. Antes, yo no me parecía a nadie, lo que significa que me parecía a mí misma, pero después empecé a parecerme a mi madre, y mi cuerpo creció para llenar el molde que había dejado al perder su silueta. Tuve ganas de llorar, pero no pude, no quise hacerlo. Igual que mi madre, tenía una caja cerrada bajo llave en la que guardaba todas mis lágrimas. Mi madre abrió la suya sólo el día que Nana murió y volvió a cerrarla poco después. La mía se había abierto por culpa de una pelea entre ratones, pero estaba tratando de volver a cerrarla. Hice un gesto de asentimiento.

—Me encuentro bastante bien —respondí y luego, para cambiar de tema, añadí—: ¿Alguna vez te he comentado que de pequeña escribía un diario? Desde que vino mi madre lo he estado leyendo y he vuelto a escribir.

—¿Y qué clase de cosas escribes?

—Observaciones, más que nada. Preguntas. La historia de cómo llegamos a este sitio. Me da vergüenza admitirlo, pero en el diario solía hablarle a Dios. Éramos evangelistas. —Agité las manos en una especie de baile para acompañar la última palabra y cuando me di cuenta, las dejé caer sobre el regazo como si se estuvieran quemando y hubiera que apagar las llamas.

—No lo sabía.

—Oh, sí. Es vergonzoso. Hablaba en lenguas. Todo eso.

—¿Por qué es vergonzoso? —me preguntó Katherine.

Señalé a mi alrededor, como diciendo: «Mira cómo vivo, cómo es mi mundo. Mira el orden y el vacío de este apartamento. Mira mi trabajo. ¿No es vergonzoso todo eso?»

Katherine no entendió el gesto o, si lo hizo, no estaba de acuerdo.

—A mí me parece que creer en algo, en cualquier cosa, es hermoso e importante. En serio.

Al ver que yo ponía los ojos en blanco, dijo las últimas palabras con actitud defensiva. Siempre me irritaba el más mínimo tufo a esa espiritualidad falsa e irracional de los que equiparaban creer en Dios a creer, por ejemplo, en una presencia extraña en la sala. Cuando estudiaba en la universidad, me marché de un recital al que Anne me había arrastrado porque la poeta no dejaba de referirse a Dios como «ella»; esa necesidad de ser provocadora y querer englobarlo todo me pareció demasiado forzada, demasiado facilona. Además, eso se oponía a los mismos fundamentos de una ortodoxia y una fe que te pedía que te sometieras, que aceptaras, que creyeras, no en un espíritu nebuloso, no en el espíritu kumbayá de la Madre Tierra, sino en algo concreto. En el Dios de las Escrituras, tal como era. «Cualquier cosa» no significaba nada. Puesto que yo ya no podía creer en ese Dios concreto, ese cuya presencia había sentido tan profundamente de pequeña, tampoco podía limitarme a «creer en algo». No sabía cómo hacérselo entender a Katherine, de modo que me quedé callada, observando la puerta de mi dormitorio.

—¿Sigues escribiéndole a Dios?

La miré, preguntándome si estaría tendiéndome alguna trampa. Recordé mis manos bailarinas. Cuando estudiaba en la universidad, se habían burlado tanto de mí a raíz de mi fe religiosa, que había adoptado la actitud de burlarme de mí misma yo primero. Sin embargo, la voz de Katherine carecía de malicia; su mirada era seria.

—Ya no empiezo con «Querido Dios», pero puede que siga escribiéndole, sí.

No podía dar una respuesta clara en relación con Dios. No podía hacerlo desde el día en que Nana murió. Dios me había fallado de una manera tan completa y radical que mi fe se había tambaleado. Pero entonces ¿cómo podía explicar los estremecimientos que había sentido? ¿Cómo podía explicar que hubiera percibido sin asomo de duda su presencia en mi corazón?

El día que la señora Pasternack dijo «Creo que estamos hechos de polvo de estrellas y que las estrellas las creó Dios», yo me reí en voz alta. Estaba sentada al fondo del aula, haciendo garabatos en mi cuaderno con espiral, porque iba adelantada respecto del resto de la clase. Me había apuntado a un curso de matemáticas en la universidad para obtener créditos académicos y soñaba, soñaba con marcharme tan lejos de casa como pudiera.

—¿Te gustaría compartir algo con el resto de la clase, Gifty? —preguntó la señora Pasternack.

Me senté recta. No estaba acostumbrada a las reprimendas ni a los problemas. Nunca me habían castigado en el colegio y creía, al parecer con motivo, que mi reputación de niña inteligente y aplicada me protegería.

—Es que eso me parece un poco oportuno —dije.

—¿Oportuno?

—Sí.

Me lanzó una mirada extraña y siguió con la clase. Yo volví a repantigarme y reanudé mis garabatos, irritada, porque tenía ganas de pelea. Asistía a una escuela pública que se negaba a enseñar la evolución, en una ciudad donde muchas personas no creían en ella, y las palabras de la señora Pasternack, según me pareció entonces, equivalían a escurrir el bulto, una manera de decir sin decir.

¿Cómo podemos explicar el tiempo que transcurrió antes de la llegada de los seres humanos? ¿Y las cinco extinciones previas, incluyendo las que aniquilaron a los mamuts lanudos y a los dinosaurios? ¿Cómo explicar los dinosaurios y el hecho de que compartimos un cuarto de nuestro ADN con los árboles? ¿Cuándo creó Dios las estrellas, cómo y por qué? Yo sabía que en Huntsville jamás encontraría las respuestas a esas preguntas, aunque también es cierto que no las encontraría en ninguna parte, al menos respuestas que me satisficieran.

• • •

—Me ha alegrado verte —dijo Katherine.

Terminó la tercera taza de café, y se puso en pie para irse. La acompañé hasta la puerta y Katherine me cogió la mano.

—Deberías seguir escribiendo. A Dios, a quien sea. Si te hace sentirte mejor, deberías seguir. No hay ninguna razón para no hacerlo.

Asentí y le di las gracias. La saludé con la mano cuando se subió al coche y se alejó.

52

«Nunca más» se había convertido en «otra vez». Después de que Katherine se marchara, me asomé para ver cómo estaba mi madre. Ningún cambio. Pocos días antes, había hablado con el asesor académico para explorar la posibilidad de graduarme al final del trimestre en lugar de esperar otro año o más.

—¿Cuáles son tus objetivos? ¿Qué quieres? —me preguntó él.

Lo observé y pensé: «¿De cuánto tiempo dispones? Quiero dinero y una casa con piscina y una pareja que me quiera y un laboratorio propio en el que sólo trabajen las mujeres más brillantes y fuertes. Quiero un perro y ganar el Premio Nobel y encontrar la cura para la adicción y la depresión y las demás enfermedades que nos aquejan. Lo quiero todo y quiero querer menos.»

—No estoy segura —respondí.

—Te diré lo que vamos a hacer: tú termina tu trabajo de investigación, lo entregas y luego lo reevaluamos todo. No corre prisa. Que empieces el posdoctorado ahora, el año próximo o el siguiente en realidad no cambia mucho las cosas.

Mi laboratorio estaba helado. Me estremecí, cogí el abrigo que colgaba del respaldo de la silla y me lo puse. Me arremangué y me puse a limpiar mi área de trabajo, que había dejado sucia la última vez. Ese día había terminado mi experimento al fin, había respondido a la pregunta. Había comprobado los resultados las veces suficientes como para estar lo bastante segura de que era posible conseguir que un animal, incluso el ratón cojo, se abstuviera de buscar una recompensa si alterábamos su actividad cerebral. Cuando observé al ratón cojo por última vez, con su implante de fibra óptica y su cable de red, todo se veía igual. Estaba la palanca, el tubito metálico, el maná de Ensure. Estaba el ratón con su cojera. Le transmití el haz de luz y fue así de sencillo: el animal dejó de presionar la palanca.

Dejé el área de trabajo, entré en mi despacho y me senté a escribir el artículo académico, pensando en todos mis ratones. Tendría que haberme sentido eufórica por haber terminado y estar escribiendo; debería haberme alegrado al pensar que iba a publicar un nuevo artículo y por fin me graduaría, pero no era así; al contrario, me sentía hundida.

Las exigencias de los textos científicos son diferentes de las de los humanísticos, y no tienen nada que ver con escribir en un diario todas las noches. Mis artículos académicos eran secos y directos. Recogían los datos de mis experimentos, pero no decían nada sobre lo que yo había experimentado al sostener un ratón con las manos y notar los latidos de su corazón o su respiración. Y también quería expresar eso. Quería decir: aquí está, el aliento de la vida. Quería contar la inmensa oleada de alivio que me inundaba cada vez que veía a un ratón adicto negarse a presionar la palanca. Ese gesto, esa negativa, era mi meta, su triunfo, pero no había forma de expresar nada de eso. Así que me limité a describir el proceso paso por paso, en orden. La fiabilidad, la estabilidad de mi trabajo, el impulso de seguir esforzándome, de seguir intentándolo, hasta lograr la manera de resolverlo, no era sino la piel de todo el proceso; el corazón, en cambio, era esa oleada de alivio, ese cuerpo diminuto y vivo del ratón cojo, todavía vivo.

Al pastor John le gustaba decir «extended las manos», antes de pedirle a la congregación que rezara por algún feligrés. Si estabas lo bastante cerca de quien precisaba esas plegarias, llegabas literalmente a tocarlo, a ponerle las manos encima. Tocabas cualquier parte de su cuerpo —la frente, el hombro, la espalda—, y ese contacto, ese precioso contacto, era tanto la plegaria como su canal. Si no estabas cerca y extendías el brazo en el aire, de todas maneras era posible sentir eso que en ocasiones he oído llamar «energía», eso que yo llamaba el Espíritu Santo, moviéndose por la sala, atravesándote los dedos en dirección a la persona necesitada. La noche que me salvaron, me tocaron así. Tenía la mano del pastor John en la frente, las manos de los santos sobre mi cuerpo, las manos de los feligreses extendidas. La salvación, la redención, era tan palpable como la piel tocando la piel, igual de sagrado. Y jamás lo he olvidado.

De pequeña me enseñaron que ser salvada era como decir: por muy pecadora que sea, por muy pecadora que llegue a ser jamás, le cedo el control de mi vida a Él, que sabe más que yo, a Él, que lo sabe todo. No es un momento mágico en el que te liberas del pecado y quedas libre de culpa, sino más bien una manera de decir: camina a mi lado.

Cuando observé cómo el ratón cojo rechazaba la palanca, recordé una vez más lo que significa haber renacido, haberse renovado, haberse salvado, que no es sino otra manera de decir que necesitas esas manos extendidas de tus iguales y la gracia de Dios. Esa gracia salvadora, esa gracia sublime, es una mano y un contacto, un implante de fibra óptica y una palanca y una negativa, y qué dulce, qué dulce es.

53

Por fin me puse a escribir en serio el artículo académico. Pasaba períodos de doce horas yendo del laboratorio al despacho y a la cafetería que estaba al otro lado de la calle a comprar bocadillos y ensaladas mediocres. Por las noches, cuando volvía a mi casa, me desplomaba sobre el sofá, aún vestida, y me quedaba frita, pensando en todas las cosas que debía hacer al día siguiente. Y por la mañana, vuelta a empezar.

Para escribir me ponía a todo volumen una selección de canciones que me había regalado Raymond cuando cumplimos medio año juntos. Tal vez escuchar la banda sonora de los últimos días de una relación que no había durado mucho fuera un acto de masoquismo, pero cuando oía esas canciones melancólicas y trágicas sentía que mientras trabajaba estaba conversando con el artista que las cantaba. Tarareaba la música, escribiendo en el ordenador mis notas o leyendo las respuestas de mis compañeros, y sintiendo, por primera vez desde que mi madre había venido a vivir conmigo, que estaba haciendo algo bien. Escribía y tarareaba y evitaba a cualquiera que me recordara el mundo que estaba más allá de mi oficina. Concretamente a Katherine. Desde el día de su visita, llevaba insistiéndome para que saliéramos a comer juntas, y al final me quedé sin excusas.

Nos encontramos para comer sushi el viernes de mi primera buena semana. Pedí un *caterpillar roll*, un sushi que tiene forma de oruga, y cuando llegó me comí la cabeza primero, porque me inquietaba la manera en que la oruga me miraba.

—Parece que te has mantenido ocupada. Eso está genial —señaló Katherine.

—Sí, estoy muy contenta con los progresos que he hecho.

Katherine separó los palillos y los frotó entre sí, despidiendo diminutas astillas de madera.

—¿Y tu madre? —preguntó.

Me encogí de hombros antes de abalanzarme sobre el torso de la oruga y dediqué los siguientes minutos a intentar desviar la conversación hacia arenas menos movedizas: mi trabajo, lo importante que era, lo bien que me iba.

Katherine me felicitó, aunque con menos convicción y entusiasmo de lo que yo esperaba.

—¿Sigues escribiendo tu diario? —preguntó.

—Sí.

Después de la muerte de Nana, escondí mis diarios debajo del colchón y no volví a pensar en ellos hasta el verano en que me fui a la universidad. Cuando levanté el colchón, los muelles rechinaron y gruñeron. Podría haber tomado esos gruñidos como una advertencia, pero no lo hice. Por el contrario, me puse a leer las anotaciones de la primera a la última, avanzando a través de lo que era en esencia la totalidad de mi vida consciente. Las primeras entradas del diario me dieron tanta vergüenza que me encogí y entorné los ojos, como si así pudiera ocultarme de mi yo anterior. Cuando llegué a los años de la adicción de Nana, ya estaba desencajada. No podía avanzar. En ese momento decidí que construiría una Gifty nueva desde cero, y sería ella la que me acompañaría en Cambridge: una mujer segura de sí misma, desenvuelta, inteligente. Sería fuerte y no le tendría miedo a nada. Abrí una página en blanco y añadí una nueva entrada que empezaba así: «Encontraré la manera de ser yo misma, signifique eso lo que signifique, y no hablaré nunca de Nana o de mi madre. Es demasiado deprimente.»

Iba a la universidad y seguía escribiendo mi diario, y cuando comencé el posgrado, la escritura se había convertido en un hábito regular, tan vital e inconsciente como respirar.

Sabía que Raymond había estado leyendo mi diario durante semanas antes de que la verdad saliera a la luz. Aunque no era una obsesa de la limpieza como mi madre, había heredado su asombrosa habilidad para notar cuándo un objeto estaba un poco fuera de sitio. El día que encontré el diario en el lado izquierdo de la mesita de noche en lugar del derecho, pensé: «Así que en ésas estamos.»

—¿Quieres explicarme esto, Gifty? —Raymond blandía mi diario en el aire.

—¿Explicar qué? —le dije, y percibí en mi voz a la colegiala, a todas esas otras Gifty que había prometido dejar atrás y que, en cambio, habían venido conmigo.

Raymond leyó:

—«Le he hecho creer a Raymond que estoy planeando un viaje con él a Ghana, pero, en realidad, no es así. No sé cómo decírselo.»

—Bueno, ahora ya no tengo que decírtelo —respondí y vi cómo entrecerraba los ojos.

Había escrito esa anotación el día que descubrí que él estaba leyendo mi diario. Tardó dos semanas en encontrarla.

—¿Por qué haces esto?

Esa voz, la voz que yo amaba, la voz de un predicador sin púlpito, tan grave que me parecía que salía de mi interior, ahora tronaba de furia.

Me eché a reír, con esa risa malvada y terrible, penetrante y desesperada, que parecía surgir de una caverna. Cuando reía así tenía miedo de mí misma.

Raymond también se asustó. Se estremeció como un pajarito recién nacido. Me lanzó una mirada herida y en esa mirada vi una ventana, una oportunidad de arreglar lo que se había roto entre nosotros y recuperar nuestra relación.

Podría haber implorado, llorado, podría haberlo distraído. Al contrario, me reí más fuerte.

—¿Así que has leído mi diario? ¿Es que seguimos en el instituto? ¿Pensabas que te engañaba?

—No sé qué pensar. ¿Por qué no me dices tú lo que tengo que pensar? Mejor todavía, cuéntame qué piensas tú, porque como comprenderás yo no puedo leerte la mente. Todo esto, todo esto... es como si no te conociera.

¿Qué pensaba yo? Pensaba que una vez más lo había echado todo a perder. Pensaba que jamás podría quitarme de encima mis fantasmas, jamás de los jamases. Allí estaban, en cada palabra que escribía, en cada laboratorio, en cada relación.

—Estás pirada, lo sabes, ¿no? —dijo Raymond. No contesté—. Estás como una puta cabra.

Lanzó mi diario por la habitación y vi cómo se abría en pleno vuelo. Raymond cogió sus llaves, la cartera, la chaqueta, una prenda pesada e innecesaria en la soleada península de San Francisco. Recogió hasta el último rastro de sí mismo y luego se marchó.

● ● ●

—En serio, Katherine, te agradezco lo que estás haciendo, pero todo va bien. Me encuentro bien y mi madre también.

Katherine comía muy rápido. Había limpiado el plato mucho antes de que yo llegara a los últimos trozos del sushi, y habíamos pasado los últimos minutos en silencio, mientras yo masticaba lenta, deliberadamente.

—Gifty, esto no es ningún juego. No hay ningún truco. No intento tratarte ni psicoanalizarte ni hacerte hablar de Dios o de tu familia o de lo que sea. Estoy aquí como amiga tuya, y punto. Una amiga que invita a otra amiga a comer. Eso es todo.

Asentí. Debajo de la mesa, me pellizqué la piel entre el pulgar y el índice. ¿Y si lo creyera? ¿Qué pasaría?

54

Cuando terminé la comida me marché y decidí tomarme el resto del día libre. Mi madre no había salido de casa ni de la cama desde el día en que me había acompañado al laboratorio; sin embargo yo todavía albergaba esperanzas de que estuviera haciendo algún progreso. Tal vez podía convencerla de viajar conmigo a Half Moon Bay.

Volví al apartamento con la radio apagada y las ventanillas bajadas. Mi cita con Han iba a ser ese mismo fin de semana, y estaba nerviosa; no dejaba de pensar en todas las maneras diferentes en que aquello podía terminar. Si las cosas salían mal, quizá acabaría de convencerme de que debía graduarme y dejar el laboratorio, aunque sólo fuera para no tener que encontrarme con él todos los días. Pero si las cosas salían bien, bueno, ¿quién sabía lo que podría pasar?

Al llegar delante de mi casa vi que había un coche aparcado en mi plaza, así que estacioné en la de otro, convirtiéndome en parte del problema.

—Mamá —dije al entrar en el apartamento—. ¿Te gustaría ver el océano Pacífico?

Dejé mi bolso en la entrada. Me quité los zapatos. No esperaba que me respondiera, de modo que el silencio del apartamento no me sorprendió. Asomé la cabeza en el dormitorio y ella no estaba allí.

Cuando era niña, tenía una sensación de seguridad, de aplomo, de que lo que sentía era de verdad y era importante, de que el mundo tenía un sentido que respondía a una lógica divina. Amaba a Dios, a mi hermano y a mi madre, en ese orden. Cuando perdí a mi hermano, las otras dos cosas se esfumaron como por arte de magia. Dios desapareció en un instante, pero mi madre se convirtió en un espejismo, una imagen formada por una luz refractada. Yo avanzaba hacia ella, una y otra vez, pero ella jamás avanzaba hacia mí. Nunca estaba allí. El día que volví a casa del colegio y no la encontré fue para mí como el trigésimo noveno día en el desierto, el trigésimo noveno día sin agua. No creía que pudiera sobrevivir a otro.

«Nunca más», había dicho mi madre, pero yo no la creí. Sin quererlo ni planearlo, me había pasado diecisiete años esperando el cuadragésimo día. Y ahora había llegado.

—¡¿Mamá?! —grité.

Era un apartamento pequeño. Desde el centro de la sala lo divisabas casi en su totalidad y saltaba a la vista que ella no estaba. Corrí hacia el baño, el único cuarto que tenía la puerta cerrada, pero tampoco estaba allí.

—¿Mamá? —Salí corriendo, bajé por la escalera, crucé el césped recién cortado, el aparcamiento con los coches mal aparcados, las aceras que resplandecían por el carburo de silicio—. ¡Mamá!

Me detuve delante de una boca de riego y recorrí la urbanización con la mirada. Ni siquiera sabía dónde empezar a buscar. Saqué el teléfono y llamé a Katherine.

Debía de haberse dado cuenta de que pasaba algo, porque ni siquiera dijo hola, sino sólo:

—Gifty, ¿estás bien?

—No, no estoy bien —le respondí preguntándome cuándo había admitido algo así por última vez. ¿Lo había admitido en alguna ocasión, aunque fuera a Dios?—. Acabo de llegar a casa y mi madre ha desaparecido. ¿Puedes ayudarme?

—Espera. Voy enseguida.

Cuando llegó en coche, yo estaba sentada sobre la boca de riego con la cabeza entre las rodillas: su color rojo intenso era un reflejo de lo que sentía.

Katherine me puso una mano en el hombro, y me levanté.

—No puede haber llegado muy lejos a pie —dijo.

Mientras Katherine conducía por la pequeña urbanización de apartamentos y después tomaba la carretera principal en dirección al Safeway, al campus, yo pensaba en los puentes, en las aguas.

—¿Tu madre conoce a alguien aquí? —me preguntó Katherine—. ¿Podría haber llamado a alguien?

Negué con la cabeza. No había ningún templo de las Primeras Asambleas de Dios en esta localidad; no había ninguna congregación que pudiera acogerla. Sólo estaba yo.

—Tal vez deberíamos llamar a la policía —dije—. Aunque eso le moleste, pero no sé qué más puedo hacer. ¿Y tú?

Y de pronto la vi a la sombra de un árbol, a un lado de la carretera. Iba en un pijama que le quedaba enorme, sin sujetador, con el pelo enmarañado. Ella, que me regañaba cuando salía de la casa sin pendientes, y ahora iba así.

No esperé que Katherine se acercara y parara el coche. Me apeé de un salto.

—¡¿Dónde te habías metido?! —grité mientras corría hacia ella y la estrechaba entre mis brazos. Estaba rígida como una tabla—. ¿Dónde estabas? —La agarré de los hombros y la sacudí con fuerza, obligándola a mirarme, pero ella apartaba la vista.

Fuimos en coche al apartamento. Katherine le dirigió unas palabras a mi madre pero, salvo eso, hicimos el trayecto en silencio. Cuando llegamos le pidió a mi madre que esperara fuera del coche y me cogió la mano entre las suyas.

—Puedo quedarme, si quieres —propuso, pero yo negué con la cabeza. Hizo una pausa, se inclinó un poco más hacia mí, y dijo—: Gifty, volveré mañana a primera hora y te ayudaré a buscar una solución, ¿de acuerdo? Te lo prometo. Llámame hoy a la hora que sea. En serio, a cualquier hora.

—Gracias —dije antes de bajar del coche y llevar a mi madre al apartamento.

Allí dentro, parecía pequeña y desconcertada, inocente. Yo había pasado tanto miedo y me había puesto tan furiosa que en ningún momento había sentido pena, pero ahora me compadecí de ella. La metí en el baño y empecé a llenar la bañera. Le quité la camisa y le examiné las muñecas. Le desaté el cordón del pantalón del pijama, que se cayó solo, formando un charco de seda en el suelo del baño.

—¿Has tomado algo? —le pregunté, dispuesta a abrirle la boca por la fuerza, pero gracias a Dios ella negó con la cabeza, veloz como un parpadeo.

Cuando la bañera se llenó, la obligué a meterse dentro. Le eché agua en la cabeza y vi cómo cerraba y abría los ojos, de la impresión, del placer.

—Mamá, te suplico... —dije en twi, pero no sabía lo bastante bien ese idioma como para terminar la frase.

Tampoco estaba segura de lo que quería decir: te suplico que pares. Te suplico que te despiertes. Te suplico que vivas.

Le lavé el pelo y se lo peiné. Le enjaboné el cuerpo, pasando la esponja por cada pliegue de su piel. Cuando llegué a sus manos, ella cogió una de las mías, se la llevó al corazón y la sostuvo allí.

—*Ebeyeyie* —dijo. «Todo saldrá bien.»

Era lo que acostumbraba a decirle a Nana cuando lo bañaba. En aquel entonces era cierto, hasta que dejó de serlo.

—Mírame —me ordenó, agarrándome el mentón entre las manos y acercando mi cabeza hacia ella—. No tengas miedo. Dios me acompaña, ¿me oyes? Dios me acompaña adondequiera que vaya.

Al fin la acosté en la cama y me quedé sentada una hora al otro lado de la puerta, escuchando sus ronquidos. Sabía que no podría dormirme. Sabía que debía quedarme allí, montando guardia, pero en ese instante empecé a sentir que no había aire suficiente en el apartamento para las dos, y me escapé, algo que no había hecho desde que era una adolescente. Al volante de mi coche, me incorporé a la 101 y puse rumbo al norte, hacia San Francisco, conduciendo con las ventanillas bajadas, respirando hondo, mientras el viento me azotaba la cara y me resecaba los labios. No paraba de lamérmelos. «Eso va a ser peor», decía siempre mi madre. Tenía razón, pero jamás le había hecho caso al respecto.

No sabía adónde iba, sólo que no quería estar cerca de ratones ni de humanos. Ni siquiera quería estar cerca de mí misma, y si hubiera podido encontrar la manera de hacerlo, si hubiera descubierto el interruptor para apagar mis pensamientos, sentimientos y severas recriminaciones, lo habría accionado.

«Ya sea que te desvíes a la derecha o a la izquierda, tus oídos percibirán a tus espaldas una voz que te dirá: "Éste es el camino; síguelo".»

Yo esperaba esa voz, esperaba el camino, mientras conducía por las callejuelas de una ciudad que nunca me había gustado mucho. Casi podía oír los resoplidos agónicos de mi coche al trepar por aquellas amplias colinas y cómo exhalaba de alivio cuando las descendía a toda velocidad. Pasé por barrios cuyas casas parecían castillos en miniatura, donde había vastas extensiones de césped de un verde resplandeciente, y por callejones donde había hombres y mujeres muy colocados, sentados en umbrales o retorciéndose sobre las aceras, y sentí mucha pena por ellos.

De pequeños nadie nos cuidaba ni nos vigilaba, así que de noche Nana y yo nos colábamos en la piscina cerrada que había a pocas manzanas de casa. Los bañadores se nos habían quedado pequeños después de varios años de uso, no habían crecido a la par que nosotros. A Nana y a mí nos encantaba zambullirnos al amparo de la oscuridad. Durante años, les habíamos suplicado a nuestros padres que nos dejaran apuntarnos a la piscina, pero ellos siempre se inventaban excusas para no hacerlo. Nana decidió que ya era lo bastante alto y que tenía los brazos lo bastante largos como para descorrer el pestillo por encima de la puerta. Mientras nuestra madre trabajaba en el turno de noche, nosotros nos bañábamos en esa piscina.

—¿Crees que Dios sabe que estamos aquí? —pregunté.

En realidad, ninguno de los dos sabíamos nadar, y éramos intrusos, pero no estúpidos. Sabíamos que nuestra madre nos mataría si moríamos ahogados. Así que siempre nos quedábamos en la zona poco profunda.

—Claro que Dios sabe que estamos aquí. Él lo sabe todo. Sabe dónde está cada persona todos los segundos de todos los días.

—Entonces probablemente Dios esté enfadado por habernos colado en la piscina, ¿verdad? Estamos cometiendo un pecado.

Yo ya sabía la respuesta y Nana sabía que yo la sabía. En aquella época, ni él ni yo habíamos faltado ni un domingo a la iglesia. Incluso cuando tuve una conjuntivitis contagiosa, mi madre me colocó unas gafas de sol y me obligó a acudir al templo para recibir mi curación. Al principio, Nana no respondió y supuse que me ignoraba, algo a lo que yo estaba más que acostumbrada, tanto en la escuela, donde hacía demasiadas preguntas, como en casa, por el mismo motivo.

—No es tan malo —dijo Nana por fin.

—¿El qué?

—Quiero decir, éste es un pecado agradable, ¿no?

Esa noche me parecía que la luna estaba un poco torcida. Empecé a notar el frío y el cansancio.

—Sí, es un pecado agradable.

Pasé por cafeterías y tiendas de ropa de segunda mano. Vi a niños jugando en parques infantiles, vigilados por sus madres o canguros. Conduje hasta que cayó la noche, luego entré en el aparcamiento de una heladería y apagué el motor.

—Mamá se pondrá mejor —le dije al parabrisas o al viento o a Dios, no lo sé—. Voy a terminar mi artículo académico y a graduarme y dentro de varios años todo este trabajo habrá valido la pena, será importante para alguien, y mi madre estará viva para verlo todo, ¿de acuerdo?

El aparcamiento estaba desierto y oscuro, salvo por un par de perezosas farolas que emitían una luz mortecina. Volví a arrancar el motor y me quedé allí sentada un minuto más, fantaseando en cómo encontraría el apartamento al regresar. Mi madre sentada recta en el sofá, una olla de arroz *jollof* calentándose en la cocina.

—Por favor, por favor —dije, y aguardé un instante más alguna clase de respuesta, alguna señal, algún pequeño milagro, algo, antes de salir de allí e iniciar el largo trayecto de regreso a casa.

Desde nuestra casa de Nueva Jersey, Han y yo oímos las campanas de la iglesia todos los domingos.

—Tu gente te está llamando —bromea él a veces. Yo le lanzo una mirada de exasperación pero, en realidad, no me molestan esas bromas, y tampoco las campanas.

Una vez cada varios meses o cuando estoy de humor, regreso del laboratorio que dirijo en Princeton por el camino más largo, sólo para poder entrar en esa iglesia. No sé nada de episcopalismo, lo que no parece importarle a nadie cuando me siento en el último banco, mirando fijamente la figura de Cristo en la cruz. Han me ha acompañado en un par de ocasiones, pero enseguida se pone nervioso. Mira de reojo a Cristo y a mí, como si estuviera contando los segundos que faltan para que yo esté lista para irme. Le he dicho muchas veces que no es necesario que venga, pero él quiere acompañarme. Lo sabe todo de mí, de mi familia, de mi pasado. Estuvo a mi lado cuando mi madre finalmente falleció, en la casa de mi infancia, en su propia cama, con su propia cuidadora a su lado para ayudarnos a todos en la recta final.

Han me entiende, entiende todo mi trabajo, mis obsesiones, tan íntimamente como si fueran suyos, pero esto no lo entiende. Jamás ha oído la llamada, así que no sabe lo que significa echar de menos ese sonido, prestar atención por si aparece.

Suelo ir allí cuando no hay nadie aparte de Bob, el encargado de mantenimiento, que se queda en su despacho, esperando o bien que empiece el oficio nocturno o bien que llegue la hora de cerrar.

—Gifty, ¿qué tal van los experimentos? —me pregunta siempre guiñándome un ojo.

Debe de ser una de esas personas que oyen «científico» y piensan «ciencia ficción», y se diría que con ese guiño pretende asegurarme que mi secreto está a salvo, que jamás le contará a nadie que estoy intentando clonar un alien. Él y Han se llevan bien.

Ojalá estuviera intentando clonar un alien, pero mis metas son mucho más modestas: neuronas, proteínas y mamíferos. Ya no estoy interesada en otros mundos o planos espirituales. He visto bastante en un ratón para entender la trascendencia, la santidad, la redención. En las personas, he visto todavía más.

Desde el último banco de la iglesia, el rostro de Cristo es un retrato del éxtasis. Cuando lo observo atentamente cambia, pasa del enfado al dolor y de éste al gozo. Algunos días me quedo allí sentada durante horas; otros, apenas unos minutos, pero jamás inclino la cabeza. Nunca rezo, nunca espero oír la voz de Dios, sólo miro. Me sumo en un silencio bendito, y recuerdo. Trato de poner orden, de encontrar sentido, de dar significado a todo ese embrollo. Siempre enciendo dos velas antes de marcharme.

Agradecimientos

En muchos sentidos, esta novela es un diálogo entre mi obra y mis intereses y los de mi brillante amiga Christina Kim, Tina, investigadora posdoctoral en el laboratorio Ting de la Universidad de Stanford. La investigación y el proyecto de tesis de Gifty están inspirados en el trabajo doctoral que ella misma llevó a cabo en el laboratorio Deisseroth de Stanford, especialmente el que da fundamento al artículo que escribió en coautoría, «Molecular and Circuit-Dynamical Identification of Top-Down Neural Mechanisms for Restraint of Reward Seeking», publicado en *Cell* en 2017. La experiencia de escribir este libro —que incluye desde visitas al laboratorio de Tina hasta enriquecedoras discusiones sobre asuntos grandes y pequeños— es algo que atesoraré para siempre. Gracias, Tina, por el trabajo que realizas y por el regalo de tu amistad.

Gracias a la Ucross Foundation, a la American Academy de Berlín y a la Universidad de Wurzburgo por las becas que me permitieron dedicarme a escribir esta novela.

Gracias a la revista *Guernica* por proporcionar un hogar a mi cuento «Inscape». En esta novela se recogen muchos de los personajes y de los interrogantes de ese relato, a los que se les ha dado una forma y un propósito diferentes de modo que planteen nuevas preguntas.

Gracias a vosotros, Eric Simonoff, Tracy Fisher y a todos los de WME por vuestra fe constante en mi obra y en mi carrera. Me encuentro en las mejores manos.

Gracias, Jordan Pavlin, editor extraordinario. Qué placer es conocerte y trabajar contigo. Gracias también a todos los de Knopf por haberle dado un sitio a mi obra. También agradezco a Mary Mount de Viking UK, a Tiffany Gassouk de Calmann-Lévy y a todos los maravillosos editores y editoriales que han defendido mi obra en el extranjero.

Gracias a Josefine Kals por ser la mejor agente de prensa del mundo. Me siento afortunada de tenerte en mi equipo.

Gracias a mi familia y a la familia de Matt y a todos los amigos que me han apoyado estos últimos años.

Gracias a Christina Gonzalez Ho, lectora de confianza y querida amiga. Me siento muy agradecida por el tiempo y la atención que me has dedicado.

Gracias a Clare Jones por los comentarios sobre esta novela y por nuestra valiosa correspondencia en general.

Por último, un agradecimiento especial a ti, Matt, por leer mi obra, por todos los años de amor y fe y por una amabilidad sin límites. Vivir contigo es una experiencia enriquecedora y dichosa.